星の王子さま 88星座巡礼

サン＝テグジュペリとハレー彗星の 謎^{エニグム}

滝川ラルドゥ美緒子 著

はじめに

　本書は著者独自の観点と解釈から、サン＝テグジュペリの『星の王子さま』に隠された謎（エニグム）を解いていく物語です。フランス語で書かれた原著の文章のニュアンスをていねいに読みとることで、より詳細に謎の読み解きを試みました。2点の前著『リトル・プリンス・トリック　"星の王子"からのメッセージ』（講談社）、『『星の王子さま』のエニグム　サンテグジュペリ自身が描いた挿絵で謎解く歴史の真実』（高陵社書店）の続編として、本書ではさらに、ハレー彗星や星座、キリスト教との関連を示しました。

　書き方としては、ハレー彗星としての「星の王子さま」自身が『星の王子さま』の隠された謎を自ら解説していくというスタイルにしました。そのほうがより『星の王子さま』を理解することができ、また、読者にも独自の解釈が深められると思うからです。ぜひ、楽しんで読んでみてください。

◉本書にはアラビア数字と漢数字が表れますが、この数字の表記にも謎解きに関係があります。原書にアラビア数字で書かれているものにはアラビア数字で、そしてフランス語数字で書かれているものは漢数字で表記しました。

◉原書のページ番号は、翻訳文の下に　　の形で表記しました。

◉原文の翻訳がときにはスムースな表現でなかったりしますが、これは作者が矛盾をヒントとしていることもあるからです。作者の意図を生かして忠実に訳しており、読者のみなさまにあえてわかりやすくはしていません。

◉本文中頻繁に、　　のマークを付けてフランス語の原文と共に直訳を挿入しました。そこに大事なヒントが隠されているため、作者の意図を読者の方々にも推察してもらうためです。

◉サン＝テグジュペリ自身が描いたデッサンは、フランス語がわからない読者にも謎が見つかるように大きなサイズの騙し絵となっています。

『星の王子さま 88 星座巡礼』目次

はじめに 3

Bonjour! 10

1986-87 年のハレー彗星の軌道 16

星の王子さま　フランス語原書の翻訳と謎解き 17

献辞の翻訳 ▶ 19

献辞の謎解き ▶ 20

最初の章の翻訳 ▶ 21

最初の章の謎解き ▶ 23

ボアヘビの正体 23　野獣の正体? 25　デッサン No. 1 の正体 25
デッサン No. 1 を縦にすると? 27　「一度」? 29　デッサン No.2 の本性 30
中国とアリゾナを比較する理由? 31　大人の忠告を聞く少年 32
やっと見つかった「I」章 32

II 章の翻訳 ▶ 33

II 章の謎解き ▶ 37

7 回出てくる6年? 37　飛行機の修理? 38　難破船? 39　チビちゃんの出現 41
3頭のひつじ? 44　パイロットが放り投げた箱 46　3 つの円? 48
なんで若い裁判官なの? 48

III 章の翻訳 ▶ 49

III 章の謎解き ▶ 52

どんぐり目の大きな口を開けている少年って? 52　とても美しい大笑いって? 53
角が欠けている蝶ネクタイ 55　枯れた木みたいなものって? 56
隠れんぼしてるのってだーれだ? 57

目 次

IV 章の翻訳 ▶ 58

IV 章の謎解き ▶ 61

家くらいの大きさの惑星とは？ 61　架台がない望遠鏡って？ 62
お尻がない天文学者？ 63　B 612 って？ 64　1920？ 65　1909？ 65
双子？ 66　異なった掲示板の脚 67

V 章の翻訳 ▶ 69

V 章の謎解き ▶ 74

低い木を食べるひつじって？ 74　バランスの悪い象たち 74
こんな持ち方では土なんて掘れないのでは？ 77　美しいブロンドの髪 77
バオバブの頑丈そうで奇妙な根 78　バオバブに立つ小さな赤い服の男って？ 79
白い根が 1 本だけ！ 79　枝のぼやけたバオバブって？ 80

VI 章の翻訳 ▶ 82

VI 章の謎解き ▶ 83

「四十四」？ 83　逆さにすると時計座に似てる？ 84　椅子 85

VII 章の翻訳 ▶ 87

VII 章の謎解き ▶ 90

何でも食べるひつじ？ 90

VIII 章の翻訳 ▶ 94

VIII 章の謎解き ▶ 98

夜には消える花？ 98　どこかからいつのまにか飛んで来る花？ 98　ふっくらした唇 100
黒く塗りつぶされた目 100　つぼみの正体 101　長いまつげが！ 102
輝きの欠けた惑星って？ 102　水瓶座から水をもらう花って？ 103
爪は怖くないけど、気流は嫌な花って？ 104　奇妙な髪型と顔の人物って？ 105
一方のパンツにだけ折り返しが？ 106　鋭い爪をもった花 106
マニュキアされたような爪 108　優しそうな花 109　仮面を被ったような顔の男 110
後悔の言葉 110

5

IX 章の翻訳 ▶ 112

IX 章の謎解き ▶ 115

脱出？ 115 　額の印 116 　こんな手つきで灰の掃除なんてできっこない 116
柵の中に黄金色のマークが… 117 　休火山の正体 118 　煙突と言ったら？ 118
キャップを被った火山の正体 119 　真っ赤なマグマが見える活火山の正体 119
黒い点々を集める花って？ 120

X 章の翻訳 ▶ 122

X 章の謎解き ▶ 128

325、326、327、328、329、330 って？ 128 　Coma と comma(，) って似てる 129
赤い眼と白い眼の王様 130 　王様の惑星って？ 131 　ぼくの日没を約束したのに… 131
もう 1 つ一緒に見えている惑星って？ 133

XI 章の翻訳 ▶ 134

XI 章の謎解き ▶ 137

感嘆符「！」の正体 137 　何度も喝采を要求する見栄っ張り 138
まん丸な顔をして取っ手みたいな耳？ 140 　見栄っ張りがいる惑星って？ 140

XII章 の翻訳 ▶ 142

XII章の謎解き ▶ 143

酒飲みの惑星って？ 143 　堂々巡り？ 144 　テーブルに倒れたビン 144
酒飲みの星座って？ 145

XIII 章の翻訳 ▶ 147

XIII章の謎解き ▶ 151

ビジネスマンの惑星って？ 151 　54 年以来？ 153

XIV 章の翻訳 ▶ 155

XIV章の謎解き ▶ 159

いちばん小さな惑星って？ 159 　奇妙な髪形をして目の飛び出た男の正体 161
微妙な傾き 162 　朝日？ 夕日？ 164 　1440 の日没が見られる惑星って？ 166

目 次

XV 章の翻訳 ▶167

XV 章の謎解き ▶172

10倍も広大な惑星って？ 172　名ばかりの地理学者の正体 172
éphémère / エフェメール（1日限りの）？ 174
地球の方向を教えてくれているみたいだけど… 175

XVI 章の翻訳 ▶176

XVI 章の謎解き ▶177

7惑星のカラクリ 177

XVII 章の翻訳 ▶179

XVII 章の謎解き ▶182

地球に降りる？ 182　月の色をした環って？ 183　変な手の恰好をした男？ 184
輝きを放つように見える石って？ 185

XVIII 章の翻訳 ▶186

XIX 章の翻訳 ▶187

XVIII 章の謎解き ▶188

3枚花びらの花ってどれ？ 188　こんなに立派できれいな花が砂漠に？ 188
キャラバン？ 189

XIX 章の謎解き ▶190

鋭くとがった岩山って？ 190　3回正しく繰り返さないエコーって？ 191

XX 章の翻訳 ▶194

XX 章の謎解き ▶196

雪？ 196　マフラーが反対方向に？ 197　濡れた足元？ 198　大きな十字架 199
見覚えのある形？ 199　なぜページまで注釈に？ 200

7

XXI 章の翻訳 ▶200

XXI 章の謎解き ▶209

自分からきつねって名乗るのは誰? 209　緑色の服の巨人の正体 209
リンゴの木? 210　狩人の正体 213　変な猟銃 214
結びつきを持つって? 214

XXII 章の翻訳 ▶216

XXII 章の謎解き ▶218

転轍夫って?（L'aiguilleur?）218　箱の中で寝たり、あくびをする大人って? 218

XXIII 章の翻訳 ▶220

XXIII 章の謎解き ▶220

圧縮された星座 220
墓からの復活 221

XXIV 章の翻訳 ▶222

XXIV 章の謎解き ▶226

8日目? 226　意味不明な言葉 227　パイロットがぼくの側に座った? 227
再び現れたマフラー! 229

XXV 章の翻訳 ▶230

XXV 章の謎解き ▶233

テーブルクロスそっくりな山? 233　砂漠の井戸っぽくない井戸 234　崖?　滝? 237
鳥?　魚? 237　ねじれ男の正体? 239　1周年? 240　今度はパイロットが泣く? 242
偶然ではないんだね 243

XXVI 章の翻訳 ▶243

XXVI 章の謎解き ▶252

古い壁って? 252　目立つ壁の断面 252　6つの断面 254　良い毒? 254

目　次

とぐろの巻き方が妙な蛇　255　呼び名の変更　256

パイロットがやり遂げた仕事って？　257　黒い点々がいっぱい付いてる木って？　258

ほほ笑み、笑って、大笑いって？　260　蛇の咬み傷　260　そーっと抜け出したのは誰？　261

斜面のトリック　262　坂の途中に座ってるやせっぽっちって誰？　262

役にも立たない4本のトゲをもつ花って？　263

XXVII章の翻訳 ▶ 265

XXVII章の謎解き ▶ 268

1942年　268　コメットを探すパイロット　268

追加文の翻訳 ▶ 272

追加文の謎解き ▶ 274

同じ景色　274　眼では見えなくなったぼくの居場所　274

手紙を書こう！　275

サン＝テグジュペリ様　276

●図版、写真について

本書に掲載された写真、画像は特に出典や引用先の記載のない限り、パブリックドメイン（PD）
およびクリエイティブ・コモンズ・ライセンス（CC）の画像を採用した。

また、下記の表記はそれぞれの出典を示す。

Uranometria
▶ヨハン・バイエル（Johann Bayer、1572-1625）の星座絵図『ウラノメトリア』（Uranometria、
1661）に描かれた星座絵。

Uranographia
▶ヨハン・エレルト・ボーデ（Johann Elert Bode、1747-1826）の星座絵図『ウラノグラフィア』
（Uranographia、1801）に描かれた星座絵（p.23 脚注1参照）。

Urania
▶リチャード・ラウズ・ブロクサム（Richard Rouse Bloxam、1767-1840）による星座カード集『ウ
ラニアの鏡』（Urania's Mirror、1824）の星座絵。

Himmels Atlas
▶クリスチャン・ゴットリーブ・M・リーディグ（Christian Gottlieb M.Riedig、1768-1853）によ
る星座絵図「Hinmels Atlas」（1849）の星座絵。

IAU ＆ S・T
▶ IAU and Sky & Telescope magazine による星座および全天恒星図。

Bonjour!

「Bonjour！/ ボンジュール！（こんにちは！）」。

ぼくが小さな王子だよ。日本では「星の王子さま」って呼ばれているけどね。この呼び名は世界中で日本だけなんだ。かっこいいよね。でも「L'essentiel est invisible pour les yeux（肝心なものは目で見えないんだよ、心でしか見えないだよ）」ってぼくの友だちのきつね（右絵、XXI章に登場）がこの本の中で言うように、主人公のぼくは簡単には見えないんだ。

それでも76年に1度くらいは、ぼくはみんなに会いに来てるから、みんなはぼくを見たように思っているだろうね。だけどそれは本当のぼくではないんだ。サンテックス（サン＝テグジュペリの略名）が本を書いた時代には、誰もぼくの本当の姿を知らなかったんだよ。ところが彼にも予想しえない事態が起こって…年月が経ち…

XXI章に登場するきつね

ジオットが撮影したハレー彗星
NSSDC's Photo Gallery（NASA）
PD-US-1978-89

1986年に彗星探査機・ジオットがぼくの近くに飛んできて、すごく小さな天体のぼくの写真を撮るのに成功したんだ。とても小さな天体で「ジャガイモのようだ」なんて発表されてしまったんだよ。ぼくのイメージはダウンしただろうなぁ…

ほら！　左がジオットが撮影したぼくの写真だよ。そうだよ！　ぼくは、かの有名なハレー彗星（コメット・ハレー）なんだよ！

1986年3月8日のハレー彗星
NSSDC's Photo Gallery（NASA）PD-US-1978-89

1 ハレー彗星はイギリスの天文学者エドモンド・ハレーによって周期彗星であると初めて明らかになった彗星。ハレーはこの彗星が惑星から受ける摂動を概算して次は1757年に再び出現すると予言し、この研究を1705年に発表した。ただ、かれは戻ってきたハレー彗星を見ることはできなかった。ハレー彗星の大きさは7×7×15km。

Bonjour!

　間違わないでね。エメラルドグリーンのマントにサーベルを手にしたブロンドヘアーの青年の肖像画はぼくじゃないんだ。かれは1等星を2つと輝くベルトとサーベルを持った全星座の中でいちばん目立ってかっこいいオリオン座だよ[2]（右絵）。

　この肖像画のなかに、ぼくはアクセサリーになって小さく描かれてるんだ…わかるかな？

　サンテックスが謎かけをして本を書いた後、かれが突然いなくなってしまい、誰も本当のぼくを本のなかに探せなくなってしまったんだ。サンテックスがぼくを「小さな王子」と命名したのには大事な根拠があるのに。

　1986年の今回、地球のみんなと最も近くで会えた時のぼくは、地平線上で高度がとても低い位置にあることをサンテックスは示そうとしたんだよ。ぼくの名前の「Le Petit Prince／プティ プランス（小さな王子）」のPetitという言葉には「年が若い」という意味のほかに「高さが低い」「小さい」という意味もあるんだ。地球からはるかに遠い頃のぼくは「大きさが小さい王子」と解釈する。こんな風に、ぼくの本を読むときには、とても繊細な注意が必要なんだよ。

　きれいな文章にするためにつじつまを合わせてしまうと、サンテックスが苦労して暗示したぼくには決して巡り会えないからね。

　フランス語を大事にしただけでなく、言葉のマジシャンでもあった作家サンテックスは、自分が仕掛けたエニグム（謎）を簡単には解明されないように言葉を巧みに操ってい

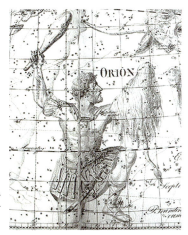

オリオン座
Uranographia

---

[2] オリオン座はトレミーの48星座の1つで、ギリシャ神話における登場人物オリオンを題材とした星座。天の赤道上にあり、牡牛座の東にある。北半球における冬の晴れた夜に、中央3つ星が並んでいるのが目印。オリオン座にはオリオンの肩に赤みがかったベテルギウス、脚に相当する青白いリゲルと、全天21個のなかの1等星を2つを含み、2等星以上を7つも含むなど、明るい星が多く、都会の空でもよく目立つ有名な星座。

11

るんだ。みんなも彼の言葉の罠に引っかからないように、ていねいにぼくについての本『Le Petit Prince（星の王子さま）』を読んでみてよ。

　ぼくがハレー彗星であるという証拠に、ほら、ヒントとして作者はこの本に7回も「6年」を書き込んでいるんだ[3]。ぼくのシナリオでは、7 fois（回）6 ans（年）で、これを「76」年と見なすことがミソだよ！　76年はハレー彗星の公転周期のことだよ。

ハレー彗星の出現年月（近日点）間隔

BC	240年3月	
	163年10月	77年7カ月
	87年8月	75年10カ月
	12年10月	75年2カ月
AD	66年1月	76年3月
	141年3月	75年2カ月
	218年5月	77年2カ月
	295年4月	76年11カ月
	374年2月	78年10カ月
	451年6月	77年4カ月
	530年9月	79年3カ月
	607年3月	76年6カ月
	684年9月	77年6カ月
	760年5月	75年8カ月
	837年2月	76年9カ月
	912年7月	75年5カ月
	989年9月	77年2カ月
	1066年3月	76年6カ月
	1145年4月	79年1カ月
	1222年10月	77年6カ月
	1301年10月	79年0カ月
	1378年11月	77年1カ月
	1456年6月	77年7カ月
	1531年8月	75年2カ月
	1607年10月	76年2カ月
	1682年9月	74年11カ月
	1759年3月	76年6カ月
	1835年11月	76年8カ月
	1910年4月	74年5カ月
	1986年2月	75年10カ月
	2061年7月	75年5カ月

『ハレー彗星 1985-86』（草下英明著、平凡社）より

　ぼくの地球回帰年数は、木星など大きな惑星の影響を受けたりして、時には73年、74年、75年、77年、78年後なんて回帰の年もあったんだけど、サンテックスは1910年に地球に最接近したぼくが、次回は76年後の1986年に回帰すると推察したんだよ。そこで彼は、1986年にどのルートでいつぼくが地球に最接近するのかを、案内役に星座を利用して詳細に予告したんだ。

　1910年に10才の少年だった作者はきっとその年のぼくの尾を見たんだよ[4]。よほど著しい刺激を受けたんだろうなぁ、そして自分も天文学者のように予告して書き残して置きたかったんだよ。というのも、前回の地球訪

---

3 「7×6＝42」なら『星の王子さま』の執筆年、1942年を連想させる。
4 サンテックスの著書、『Courrier Sud（南方郵便機）』の中に少年がハレー彗星を見て衝撃を受けたようなこんな記載がある。「十歳のとき、私たちは屋根裏の木組のなかに隠れ家を見つけた。（中略）屋根の割れ目から青い夜空が洩れてくるのをながめていた。ほんとに小さなその穴。ひとつの星が私たちうえに落ちてくるだけの穴。空全体から私たちのためにすくい取られて。だがそれは凶の星だった。私たちは顔をそむけた。死をもたらす星だったから」
　（サン＝テグジュペリ著作集1『南方郵便機・人間の大地』山崎庸一郎訳、みすず書房、1983年）

Bonjour!

間ではぼくの尾は太陽と地球の間を通過したせいで、かつてないほど大きく長く伸びて地球はその中にすっぽり入り、酸欠になるかもしれないなどと恐れて自殺者が出るほど世界中で大騒ぎだったんだ。それも仕方ないよ、地球にぶつかる恐ろしい天体もあるんだから。でも大丈夫、ぼくは何も悪さをしなかったからね。

知ってるかなぁ…

天文学者の間では、ぼくの太陽接近日を当てるのに懸賞金も出たくらい当時のぼくは人気者だったんだ。天文ファンのサンテクッスさんも本の中でぼくの地球大接近の予測をしたってわけ！　すごいんだよ、それが当たってたんだよ！

ドンピシャの1986年4月11日！

でもエニグムを使った上にカムフラージュが巧妙過ぎたせいか誰も謎かけに気付かなくって、80年経った今でもサンテックスがそっと潜ませたぼくの正体は見つかってないんだ。

作者、サンテックスは郵便飛行士として空を飛び始め、第2次世界大戦では偵察パイロットとして命をかけてフランスのために戦って地中海に散った戦士なんだよ。彼は「実際に飛んで見て回らないと何も書けない」と言っていたノンフィクション作家だったんだけど、連想ゲームや言葉、数字遊びが大好きで、友人たちを負かしては楽しんでいたことはよく知られていたよ。ぼくの軌道と日付も連想ゲームや謎解きゲーム、絵解きでみんなに挑みながら予告してるんだよ！

サン＝テグジュペリの横顔
© Photos 1981, 1994 John Phillips, New York.
『永遠の星の王子さま―サン＝テグジュペリの最後の日々』（ジョン・フィリップス他著、みすず書房）より

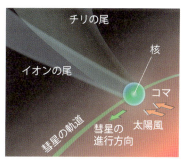

5　彗星の尾は成分と見え方から2種類に分けられる。1つはガスが作る「イオンの尾」で、放出された帯電したイオンのガスイオンが、太陽風に流されて太陽とは反対方向に細長く伸びる。もう1つは「ダスト（塵）の尾」で、放出された塵が太陽の光の圧力を受けて太陽とは反対の方向に伸びる。ダストの尾は軌道面に広がる幅広い尾となり、イオンの尾と特徴が異なる。粒の大きな塵は彗星軌道を彗星同様に周回し続ける。これが毎年の流星群のもとである流星塵となる。

13

単なる予告じゃないんだから、そりゃ、すごいとしか言えないよ。でも、そのせいで素直に読んだのでは、つじつまが合わなくなったりするけどね。

　『Le Petit Prince』を書き上げるにあたって、作者は文章よりも絵に圧倒的な時間を費やしたらしいよ。というのも、執筆当初、絵については前作のイラストを描いたベルナール・ラモット氏に依頼していたのにそれを止めて自分自身で描き始めたから。もちろん秘密保持のためだと思うよ。友人からのプレゼントの絵具のセットを持っていたのに、わざわざ子ども用の小さく細かい絵具セットを自ら購入して47枚のデッサンに精力を注いだらしいしね。

　それに、彼は、自分の描いた絵の色、位置、注釈などを細かく指定して、ほんの少しでも変えないように印刷所に厳重に申し渡した手紙も残っているよ。

　サンテックスが絵の配置に特別な注意を払っていたのは、わざと近隣同士の星座を一緒に描いたり、ページの中での上、中、下段の位置も実際の夜空での星座の位置に匹敵するようにしていたから、勝手に変更されたら困るんだよ。でもこれはフランス語を理解できない読者のために、絵からでも星座がわかるようにした苦労の策なんだよ。サンテックス直筆のデッサンに大事なヒントがあるってこと！

　もちろん見てすぐに分かるようには描いて

サン＝テグジュペリが出版社へ送った手紙
（下段註6参照）

---

6 サン＝テグジュペリが出版社へ送った手紙の内容（『サン＝テグジュペリ　伝説の愛』アラン・ヴィルコンドレ著、岩波書店より）
「友へ
…これらのデッサン画を彼に渡した時、"すべての仕事が実行に移される前に、必ず私が自分自身で次の事柄を決定することを望む"と私は言ったのだが‐：
デッサンの位置
　　他との釣り合いで生じるデッサンの大きさ
c)　カラーで描かれるデッサンの選択
d)　デッサンの注釈となる文
たとえば"私が彼を描いた中でこれが最も美しいデッサンだ…"と書いたら、どのデッサンをそこにもっていくか、それが大きい方がいいか小さい方がいいのか、モノクロかカラーか、本文とくっつけるのか離すのかなど、自分が望む方法を確実に私はわかっているのです。厄介な訂正などで時間を無駄にしないためにもまず最初に本の今後の雛型について完全なる一致をしていることがとても重要だと思う。"彼にこの事をきっちりとわかってもらえたことは一度もなくそれにそれぞれのデッサンの役割をハッキリさせるためにデッサンに番号を付ける機会もまったくない"。」

ないよ。虫めがねが必要な時もある。

　そう、そう、サンテックスは初っ端から騙し絵で自己紹介してるんだけどみんなは気付いたかな？

　内側の表紙の本のタイトルの下に「作者によるデッサン」とわざわざ書かれているんだけど、その言葉のすぐ側に人間っぽい形の星があるよね、これって星になった作者だよ。愉快だね。

フランス語版原書の表紙

　とにかく作者が描いたデッサンは騙し絵になっていて、全部に深い意味があるんだからよく注意して見てよね！

　彼は作家である以前に郵便パイロットだったし、彼が乗り始めたころの飛行機のコックピットには天蓋もなくて、夜は満天の星が目の前に広がって見えたはずで、サンテックスは星に精通していたんだ。

　作者が1986年のぼくの地球最接近日を予告してから、もう82年だよ。そろそろ彼の予告は当たってた！　とみんなに知ってもらいたくて、ぼくが登場したってわけ。

　この本では言葉のひとつひとつがパズルのピースってことなんだよ。星たちが星座のピースであるようにね。

　さあ、サンテックスの壮大な宇宙の謎解きにBon voyage！／ボン ヴォワヤージュ（よい旅を）！　On y va！／オ ニ ヴァ（さぁ行こう）！

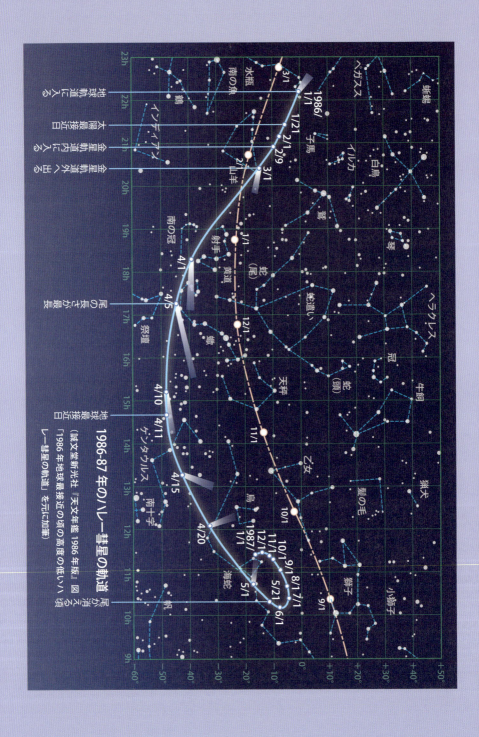

星の王子さま

フランス語原書の翻訳と謎解き

本書はアメリカで出版された
フランス語原書第６版

Du Même Auteur

VOL DE NUIT
TERRE DES HOMMES
PILOTE DE GUERRE

COPYRIGHT, 1943, BY REYNAL & HITCHCOCK, INC.
TOUS DROITS DE REPRODUCTION, DE TRADUCTION ET
D'ADAPTATION RÉSERVÉS POUR TOUS LES PAYS

PRINTED IN THE UNITED STATES OF AMERICA
Sixth Printing

をもとに著者が翻訳し、
それぞれの章について
謎解きの解説を加えたものである。
イラストは原書に合わせて配置した。
翻訳頁の下の囲み数字は、
原書の頁のナンバーを表す。

献辞の翻訳

レオン ヴェルトへ

私はこの本を大人の人に献じたことを子どもたちに謝りたい。それには大事な言いわけがあるのです。この大人の人は世界で一番の友だからです。もう一つ言いわけがあるのです。この大人の人は、子どもの本でもなんでもわかるからです。三つ目の言いわけがあります。この大人の人は食べ物もなく寒いフランスに住んでいるからです。その人には慰めが必要なのです。もしこれらの言いわけでも足りないなら、私は、この大人の人の昔の頃の子どもにこの本をぜひ捧げたいのです。大人の人も、誰もが初めは子どもだったからです（でもそれを覚えている大人の人はほとんどいませんが）。そこで、私は自分の献辞を訂正します。

レオン ヴェルトへ
彼が小さな少年だった時の

5

献辞の謎解き

　この献辞なんだけど、何かしら腑に落ちない内容なんだよ。なぜって、作者はレオン・ヴェルト[1]という大人に献辞を贈ったことを、言い訳を３つも並べて、結局は子ども時代のレオン・ヴェルトに献辞を贈り直したんだよ。

　じゃあ、訂正された言い訳だらけの部分はいったい何になるんだろうね。

　前置きってことかな？　フランス語ではシャポーとも言うよ。

　そもそも言い訳するのは、最初に表した言葉には見えない、陰の内容があるってことだし、作者はこの本には表とは違う裏があるって、すでに前置きでほのめかしているんだよ。

　💡　そっかー、だから、この本の示すテーマの１つは「肝心なことは目には見えないよ、心でしか見えないよ」ってことになるんだ。

　つまり、この本には、献辞の３つの言い訳に匹敵する、３つのストーリーが潜んでいるってことだよ。この本に出てくるたくさんの暗合は３つのストーリーを見つけ出すカギになっているんだ。それも共通のカギになってるんだから、さすがサンテックスだね。

　じゃあさっそく、サンテックスの長年の構想、ぼくの地球回帰への軌道予告のシナリオをひも解いていこう。

　みんな、しっかりとぼくの独り旅に付いてきてよ。

1　レオン・ヴェルト（Léon Werth、1878〜1955）は、フランスのユダヤ人作家、美術評論家、批評家。第一次世界大戦や植民地主義、および第２次世界大戦中のヴィシー政権下のコラボラシオン（対独協力者行為）の政治社会体制を批判し、抵抗しつつ緻密に執筆した。1931年にサン＝テグジュペリと出会い、親交を深めた。

（**最初**の章の**翻訳**）

　私が六才の時、一度、「<u>昔にあった話</u>」と呼ばれていた<u>乙女座の森</u>についての本の中で素晴らしい絵を見ました。それは一匹の野獣をのみ込もうとしていたボアヘビを表していました。これはそのデッサンのコピーです。

　その本には「ボアヘビは獲物を噛まずに、丸のみするのである。するともう動けなくなり、それの消化のために六カ月間寝る」と書いてありました。

　そこで私はジャングルでの冒険についていろいろ考え、そして今度は、色鉛筆一本で最初のデッサンを首尾よく描きあげました。私のデッサン1号。それはこんな風でした。

　私はこの最高傑作を大人たちに見せて、そしてこのデッサンが怖くないかとたずねました。

　「なぜ帽子が怖いのかな？」　彼らは返事をしました。

7

私のデッサンは帽子を表現したものではありませんでした。これは象を消化しているボアヘビを表していたのです。そこで私は、大人たちがわかるように、ボアヘビの内側を描きました。彼らにはいつも説明が必要なのです。私のデッサン２号はこんな風でした。

　すると大人たちは、口を開けたボアヘビや口を閉じたボアヘビのデッサンばかりしていないで、それよりも地理学や、歴史や、計算、そして文法に興味を持つように勧めました。そういうわけで、六才の時に、絵描きという素晴らしい職業を諦めました。デッサン１号も２号もわかってもらえないというので、私は落胆していました。大人たちは自分たちだけではまるで何一つ理解せず、それで彼らにいつもいつも説明することになり、それはこどもたちには大変なことなのです。そこで仕方なく別の職業を選び、飛行機の操縦を習いました。世界中の至る所を少しずつ飛び回りました。そして地理がとても役に立ったのは確かです。一目見るだけで、中国とアリゾナの違いは分かりました。それは夜に迷った時にとても役に立つのです。

　このようにして私は、人生で、たくさんのまじめな人々とたくさん触れあいをもちました。巨人たちと共にたくさんの時間を過ごしました。とても近くで巨人たちを見ました。それで私の考えが良くなることはたいしてありませんでした。

最初の章の謎解き

> 　少しでも物わかりの良さそうな人に出会った時は、いつも身に付けていたデッサン1号でその人を試しました。本当に意思が通じ合う人かどうかを知りたかったのです。でもいつも「それは帽子だよ」という答えが返ってきました。それからはその人にはボアヘビたちのことも、乙女たちの森のことも、星のことも話すのは止めました。私がその人に話を合わせました。その人とはブリッジの話とか、ゴルフの話とか、政治の話とか、そしてネクタイなどについて話をしました。するとその大人は、すごく物分かりのいい人物と知り合えた、ととても喜んでくれました。

9

最初の章の謎解き

ボアヘビの正体

▲ **Voilà la copie du dessin.**
　これがデッサンのコピーだよ。

　冒頭のボアヘビって、誰かのデッサンを模写したものらしいけれど、それにしてもたくさんの歯がついている蛇だ…。

💡　あれ？　このボアヘビの頭って見覚えがあるなぁ…。ボーデの星座絵[1]の海蛇座（ヒドラ座）[2]に似てる！

1　19世紀初めのドイツの天文学者ヨハン・エレルト・ボーデ（1747-1826）は、1801年に星座の恒星とその絵を重ねた星座絵図『ウラノグラフィア（Uranographia）』を発表、出版した。北天から南天までの100以上の星座とその絵が描かれたもので、星座絵図の芸術的頂点を極めた。
2　海蛇座はフランス語では Hydre（ヒドラ）と呼ばれ、春から夏にかけての夜空に見えるとても大きな星座。全天88の星座の中でも、これほど長い星座は他にない。

『ウラノグラフィア』表紙
（e-rara, ETH-Bibliothek より）

23

そっかー、ハレー彗星のぼくはおおよそ76年もかけて太陽を巡る旅をするんだけれど、その出発点は地球から見て海蛇座の方向だから、冒頭のボアヘビってぼくの故郷の海蛇座の模写で、それも星座絵の最高傑作って言われるボーデの絵を模写したんだよ。

ボーデの海蛇座の星座絵（下図の頭部拡大）

　だってね、ボアヘビは6カ月ごとに動いたり眠ったりするって書いてるけど、海蛇座もすごく横長な星座のせいで、6カ月間見えたら、次の6カ月間は見えないんだよ。海蛇座も6カ月は眠ってるんだよ。

　それに、「boa（ボア）」ってそもそも大蛇のことだから、ここに出てくる「serpent boa（ボアヘビ）」って言葉は「大蛇の蛇」になって、おかしなフランス語になってしまう。こんな蛇は実在しないし、海蛇座の蛇っていうのもギリシャ神話でヘラクレスに倒されるたくさんの頭を持つ怪物蛇のヒドラのことで実際には存在しないので、これが共通点だ。

　少年が模写したボアヘビはまだ獲物をのみ込んでいないけれど、のみ込んだあとは海蛇座のように横に長くなるということだろうね。

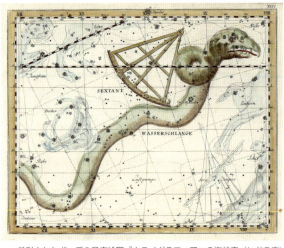

着彩されたボーデの星座絵図『ウラノグラフィア』の海蛇座（ヒドラ座）

🌠 ils ne peuvent plus bouger et ils dorment pendant les six mois
　それからボアヘビはもう動けなくなって、消化のために6カ月間眠る。

野獣の正体？

次はボアヘビがのみ込もうとしている「野獣」の正体明かしだよ。

それにしてもずいぶん長い尾っぽだよね。

💡 あ！ フランスでは「狼の尾」を使ったとてもポピュラーな諺があるから、それを利用したらどうかな？

「Quand on parle du loup, on en voit la queue（狼の話をするとその尾が見える）」という諺は日本では「噂をすれば影」だよ。つまり狼の話をしたから、その尾が見えたってわけだけど、古代ギリシャでは狼座は「野獣（セオリン）」と呼ばれていたから、パイロットが野獣の話をしたので狼の尾が

東京の緯度から見える夏の南の星空。
海蛇座、ケンタウルス座、狼座

ヨハン・バイエルの星座絵図『ウラノメトリア』に描かれたケンタウルス座と狼座
Uranometria

現れたってわけだよ。つまりパイロットが「デッサンのコピーだよ」と言った冒頭の絵は、海蛇座とその隣の狼座の合体した絵なんだ。狼座は海蛇座の尻尾のあたりにあるけれど、ケンタウルス座の槍で突かれて殺される狼を表した星座だから、ボアヘビに食べられそうな野獣としてはうってつけなんだよ。

デッサン No.1 の正体

🌙 la jungle et, à mon tour, j'ai réussi, avec un crayon …
今度は、私がジャングルの冒険のことをいろいろ考えて、色鉛筆一本で、最初のデッサンを描き上げました。私のデッサン No.1、それはこんな風でした。

直前にインパクトが強い「ボア
ヘビ」が何度も出てくるので、蛇っ
ぽいこのデッサンもとうぜん、ボ
アヘビだろうという先入観をもっ
てはいけないよ。どこにもこの
デッサンはボアヘビだと書いてないからね！

　語り手の少年はこれを１色の色鉛筆で描かれたデッサンだと言っただけ。みんなは気付いたかな？
　ジャングルにいる茶１色の動物なら、化け物蛇というよりライオンだと思うけど、どうだい？
　じゃあ、それを証明するのに少年の言葉を箇条書きにしよう。
1.　ジャングルにいる動物。
2.　たった１本の色鉛筆で描ける動物。色は茶色。
3.　怖い動物。
　ほら、ジャングルの王者ライオンが見えてきた。やはり、ここには獅子座（ライオンの星座）が隠れているんだよ。
　だけどここで思い出してよ。少年はジャングルにいる怖い動物を描いたって言うのに、大人たちはこれを「chapeau！（帽子だ！）」と言って、「帽子など怖くない」って言うんだよ。
　帽子？　怖い？　怖くない？　……どういうこと？
　💡あ！　この「chapeau／シャポー」は帽子ではなく「前書き」という意味かもしれないよ。chapeau には帽子の他に新聞の見出しとか前置きなんて意味があるから、大人たちが「シャポー、シャポー」と言って、みんなに前書きを見るようにって教えてるんだよ。
　じゃあ献辞に戻ってみよう。

獅子座と小獅子座
Urania

最初の章の謎解き

💡 そっかー！　献辞の宛名が「LEON／レオン」だ。レオンはラテン語のライオンから来た名前だよ。サンテックスは友人のレオン・ヴェルト氏にこの本で献辞を贈って獅子座を手に入れたんだ。レオンはユダヤ人でドイツ占領下にフランスの山間地に隠れていたから、獅子座（ライオン座）もこの絵に潜んでいるってことなんだ。

そうだよ、少年のデッサン No.1 は帽子ではなく獅子座なんだよ。2つのコブみたいな形は、獅子座の隣に小獅子座があるから。サンテックスが献辞で、子どもの頃だったレオン・ヴェルトに改めて贈るなんて変なことをしたのは、小獅子座を示したかったからだよ。

フランス語版『星の王子さま』の「レオン・ヴェルト氏への献辞」のページ

デッサン No.1 を縦にすると？

おっと、このデッサン No.1 にはもう1つ大事な星座が見えるよ。これを縦にすると…なにか見えてきたかな？

これは獅子座の隣の乙女座だよ。2つの星座が隠されているんだよ。冒頭の絵はボーデの星座絵をコピーしてボアヘビにしているけど、次のデッサン No.1 はそれに比べると単純で、これは少年のデッサンだからちょっと幼稚で、謎が同時に隠されているはずがない、なんて考えたらダメなんだ。それは罠だよ。

しかもこの絵は、妊婦姿の乙女座なんだ。「乙女」で「妊婦」？　ありえないって？　それがね、キリスト教カトリックのイエスを生んだマリア様なら可能なんだよ！

27

それにはまず、ここで凄く重要な２つの言葉を説明しておかないとね！

フランス語の原書の冒頭の言葉「la Forêt Vierge（乙女座の森）」と「Histoires Vécues（大昔にあった話）」は大文字で書かれているんだよ！　普通に翻訳されてしまうと、言葉に隠された意味がわからなくなってしまうんだ。

大文字の「Vierge」は「乙女」ではなくって「乙女座」とか「マリア様」っていう意味なんだよ。

Lorsque j'avais six ans … la F̲orêt V̲ierge … "H̲istoires V̲écues" …
私が六才だったとき、一度、「大昔にあった話」と呼ばれていた乙女座の森についての本の中に…

処女林とか原始林なんて解釈したら、絶対にぼくには辿り着かないよ。ここは「乙女座の森」って解釈しないとね。

それともう１つ「Histoires Vécues（大昔にあった話）」という言葉も大文字なんだよ。

大昔にあった話って何だろう？

ぼくに関係する話だったら、もちろんギリシャ神話だよ。だってさ、北半球の星座っていうのはギリシャ神話と大昔の羊飼いが名付けた星座の合体だからね。そしてマリア様ってなると、もちろんキリスト教の新約聖書だね。だから、この本にはイエス・キリストを思い起こすような言葉が多いんだよ。

おっと、話を妊婦姿のマリア様に戻すと、マリア様は夫婦の契りがなくキリストが授かったと聖書には書いてある。つまり、マリア様だったら処女のまま妊婦の姿も可能なんだよ。ちなみに、キリストの母であるためには、乙女マリア自身も母アンナに宿った時から「罪の汚れのない存在」で、このデッサンはそれを表すかのように目の他には１点のシミもないんだよ。最初に海蛇座が登場するのは、彗星のぼくの故郷、古巣の居場所を教えるためだったけど、次に妊婦のマリア様が登場したのは、もちろん、海蛇座の近くに乙女座があるからだよ。

そしてもう１つ、『小さな王子』は子どもたちのためにクリスマス用に書か

最初の章の謎解き

れた本だからなんだよ。その証拠に、この本は27章からできていて、これって新約聖書の27巻に一致しているよね。

そして、本の最後には追加文があるんだけど、これが新訳聖書の「コリント人への手紙」や最後に載っている「ヨハネの黙示録」に匹敵するような、祈りの手紙の文章なんだよ。だから、この本の最後でサンテックスは「手紙をすぐに下さい」なんて書いているんだ。

この本にキリスト教色を感じた読者もいると思うけど、それもそのはず、昔、天文はキリスト教と堅く結びついていたので、サンテックスは聖書に出てくる行事を利用して彗星のぼくの軌道の案内に利用したんだよ。

クリスマスツリーのてっぺんに飾られてるベツレヘムの星にも、ぼくをイメージしている有名な壁画があるよ（右上）。

フィレンツェの画家ジョット・ディ・ボンドーネ（1267-1337）の「東方三博士の礼拝」。ベツレヘムの星は幼子の上空の彗星としてあらわされている。ジョットは1301年に出現したハレー彗星を見てこれを描いたと言われる。1986年のハレー彗星探査機「ジオット」はこの画家からとられた。

「一度」？

★ **Lorsque j'avais six ans j'ai vu, une fois ...**
　私が六才の時、一度、素晴らしい絵を見ました…

冒頭に出てくる「一度」という言葉なんだけど、1度を強調してるのか、それとも特別な意味はないのか、どうも文章が理解しにくいんだよ。1度だけ、なら分るんだけどなぁ。みんなもていねいに読んでみてね。

💡 あ！ ただ、この「une fois」が、ブリュッセル辺りのベルギー人が習慣でつい言ってしまう「une fois／ユヌ フォワ（1度）[3]」だったら問題は解決だ。というのは、彼らは会話の中に「1度」という言葉を頻繁に入れて話すけれど、

3　ベルギーの北部ではフランス語が公用語。ワロン語（フランス寄り地域、ブリュッセル）を話すベルギー人は文章を強調する時に「une fois［ユヌ フォワ］（1度）」という単語を文中に1度という意味なしに使うことがある。これはドイツ語由来のオランダ語「eens［1度］」という意味の影響。

これには 1 度という意味がまるでないんだよ。だけど、サンテックスがブリュッセルの人みたいに意味を持たない「一度」を入れて話したとして、これにはどんな意図があるのだろう……

💡　そうだ！　130 個ほどもあった星座の数を全部で 88 に区分するのを提案したのは、ブリュッセルのベルギー王立天文台長、デルポルトだった。

つまり、サンテックスはブリュッセルの人々が話す意味を持たない「一度」という言葉を物語の冒頭で使って、この本には 88 星座が潜んでるよと、最初に読者に知らせていたんだ。冒頭のデッサンに、海蛇座、狼座、獅子座、小獅子座、乙女座など 5 つもの星座が見つかるよ。

次々と星座が出てくるけれど、これって『Le Petit Prince』は「サン＝テグジュペリの星座絵本」ってことかな？

Non！　それはないと思うよ！

星座を隠して描いたのは星座を教えるのと同時に、星座を案内役にして彗星（コメット）のぼくの軌道を暗示していると思うんだ。

ホントにそうなの？　なんて声も聞こえるけど、まずは星座を探してみよう！

デッサン No.2 の本性

デッサン No.2 の説明には、「**象を消化しているボアヘビ**」と書いてあるけれど、そのわりに象は完璧な姿をしていると思わないかい？　変だよ！

象座なんてないし、それにこの象は消化されているふうには見えないし、ちょっとばかり大げさじゃないかなぁ……

💡　大げさ？　そうだ！　フランス語では大げさな時、「faire d'une mouche un éléphant（蝿から象を作る）」って言うんだ。日本語では「針小棒大」かな？

4　ウジェーヌ・デルポルト（1882-1955）はベルギーの天文学者。1920 年代に国際天文学連合（IAU）にて星座数を 88 にまとめ、その境界線を定めるのに貢献した。

5　星座図は国際天文学連合（IAU）が 1930 年に公表した 88 の星座。星座境界線、星座名、星座略符合を厳守すれば、星座絵は自由だという決まりがあるので、サン＝テグジュペリも独自の星座絵を描けた。だから、かれはむやみにデッサンの位置を変えないように厳しい手紙を送った。

そして、天文学の分野で「針小棒大」な天体といえば、ぼくたちコメットのことなんだよ。ほんのシミみたいにしか見えない、とても小さな天体が大きな尾を持つようになるからだよ。フランス語で「mouche（ハエ）」と言うと「シミ」という意味もあるので、蝿と象の諺を利用すると、デッサン No.2 は「シミが象みたいに大きくなる」という意味になる。ほらね！　やっぱりぼくのことだ！

たいていのコメットの核は数 100m から 10 kmほどの小さな天体で、それが太陽、地球に近づくにつれてチリやガスを放ち、それが尾になって、とても大きく見えるんだよ。

これでちょっとはぼくを想像できたかな？

あ！　もう1つ。ボアヘビと象の頭が逆方向を向いているのは、ぼくは惑星とは移動方向が反対ってことをサンテックスは伝えたかったのかも。

中国とアリゾナを比較する理由？

🐋 la Chine de l'Arizona. C'est très utile, ...

そして地理学は、確かに、とても役に立ちました。一目で、中国とアリゾナは見分けることができました。夜に道に迷った時に、それはとても役に立つのです。

中国みたいな大きな国全体とアメリカの1つの州を比較するなんて突拍子もない話だけど、だからこそ隠された意味があるはずだ。まずはサンテックスが大好きだった連想ゲームでうまくいくかやってみよう。

まずはアリゾナ。有名なグランドキャニオンもあるけど、天文の世界では世界で最も有名な隕石孔「バリンジャー・クレーター」があるのを知ってるかい？

子ども向けの天文の本にも載っていて、有名な観光名所にもなっているんだ。

アリゾナのクレーターに匹敵する中国のものといったら、みんなは何を連想するのかなぁ？　フランス人なら「チャイナウェアー」と呼ばれる磁

米アリゾナのバリンジャー隕石孔
© D. Roddy, U.S. Geological Survey

器を連想するよ。「Cratère／クレーター」と言うと「口広の土器、盃」という意味もあるから、じゃあ、これでほら！「盃」座が見つかったよ。

　日本ではコップ座だけど、フランス語では「coupe／クップ（盃座）」、海蛇座のすぐ上にあって、コメットのぼくの古巣に近いので、位置関係は文句なし。

　誰だい？　ここにはボアヘビが象を飲み込んだ画しかないよ、なんて騒いでるのは？　大丈夫！　フランス語の coupe には「断面図」という意味もあるんだ。デッサン No.2 のボアヘビは断面図になっているよね。デッサン No.2 はコップ座（盃座）でもあるんだよ。

コップ座（ボーデの星座絵図）
Uranographia

大人の忠告を聞く少年

　ここでもう1つ大事なことを知らせておくよ。パイロットは、ここで「**大人たちの言うことを聞いて、少年は絵描きの道を諦めた**」と書いてるけど、これでこの時の星空の様子、その時期も判断できるようになってるんだよ。

　フランス語で「誰々の言う通りになる」という表現は、「être sous la coupe de qqn（誰々のコップの下にいる）」と言うんだよ。わかったかな？

　この物語は、少年の頭上にコップ座がある頃、つまり冬の早朝の乙女座とその森に見られる、野獣の星座たちを出発点にしているのを示しているんだ。

　コップ座を示すためにわざわざ中国とアリゾナを引き合いに出すなんて、難しいよ、先が思いやられるって？

　でも、これでぼくの居場所も案内してもらえてるし、たくさんの星座を知ることができるんだよ。サンテックスの苦心の作だからがんばってついてきてね。

やっと見つかった「I」章

　フランス語版原書では「I」章という数字が書かれていないんだ。不思議に思っていたら、あった！

　これはボアヘビと野獣のデッサンが「I」の形を作っているんだよ。サンテッ

II章の翻訳

クスはここまで入念に細工をしているんだ。騙し絵だらけだからね、みんな気をつけてよ！

II章の翻訳

　こんな風に私は一人で暮らしました。六年前に、サハラ砂漠で故障をしてしまうまで、心を打ち明けて話せる人もいませんでした。エンジンの中の何かがこわれてしまったのです。整備士も乗客も誰も一緒にいなかったので、たった一人で、困難な修理をやり遂げる覚悟をしました。これは生きるか死ぬかの問題でした。八日間分の飲み水があるかないかくらいでした。

　それで最初の夜は人が住む地から遥か彼方の砂漠で眠りました。難破船から助かって、大洋の真ん中で筏(いかだ)に乗っている人より私はもっともっと孤独でした。そんな時、夜明けに、おかしな小さい声で起こされた時の私の驚きを想像してみてください。その声が言っていたことは、
―お願い。…ボクにひつじを描いて！
―えっ！
―ボクにひつじを描いて…
　まるで雷に打たれたかのように私は飛び起きました。何度も目をこすりました。

よくよく眺めました。そこで、私をじっと見ているようなとても風変わりなチビちゃんを見つけたのです。これが、後になって描き上げたいちばん上出来のかれの肖像画です。ただ私のデッサンは、もちろん、実物よりはるかに見劣りします。でもそれは私のせいではありません。六才の時、大人たちのせいで、画家への道の夢を砕かれて、口を閉じたボアたちと口を開いたボアたちを描くよりほかは、なにも描くことを学ばなかったからです。

　それで驚いたあまり私はまん丸な目でこの出現を見ました。人が住むあらゆる地域から遥かかなたのところに私はいたということを忘れないでください。ところが私のチビちゃんは迷った様子もなく、疲れきった風でもなく、お腹が減って死にそうでもなく、恐怖でおののいている風でもありませんでした。カレは人の住むあらゆる地域から遥かかなたの砂漠の真ん中で途方にくれた子どもにはとても見えませんでした。私はやっと口がきけるようになって、カレに言いました。

―だけど…キミはそこで何をしてるの？

　するとカレはその時、とても静かに、とても大事なことのように、繰り返しました。

―お願いだから…ひつじを描いてちょうだい…

　不思議なこともあまりにもびっくりすると、人はいやとは言えないものです。人の住む場所から遥かかなたのところで、死の危険がある時に、とてもばかげている気もしましたが、私はポケットから一枚の紙と万年筆を取り出しました。でもその時、私はとりわけ地理学、歴史、計算、文法を勉強したのを思い出して、チビちゃんに（少し機嫌を悪くして）絵はうまく描けないと言いました。かれはこう返事しました。

―そんなのなんでもないよ。ひつじを描いて。

　私はひつじを一度も描いたことがなかったので、私にできるわずか二枚のデッサンの中の一枚をカレのために、また描きました。口を閉じたボアのデッサンです。

II章の翻訳

これが、後になって、
私が描き上げたいちばん上出来の肖像画です。

　　　　　　　チビちゃんが返事したことを聞いて私は胆をつぶしました。
　　　　　　　—ちがう！　ちがうよ！　ボアの中の象なんていやだよ。ボアってとても危ないし、それに象はとてもかさばるから。ボクのところはとても小さいんだ。ボクはひつじが必要なんだよ。ひつじを描いてよ。

　それで私は描きました。

　カレは注意深く見て、それから、
—だめだよ！　これはもう重い病気にかかっているから。他のを描いてよ。

　私はまた描きました。

　私の友は寛容に、優しく微笑みました。

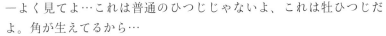

—よく見てよ…これは普通のひつじじゃないよ、これは牡ひつじだよ。角が生えてるから…

　そこで私はまたデッサンをしました。

　でもそれも前のと同じように嫌がられました。

　　　　　　　—今度のはすごく年を取ってるよ。ボクは長く生きるひつじが欲しいんだよ。その時、私はエンジンの分解を急いで始めようとしていたので、我慢しきれなくなりぞんざいにこんなデッサンをしました。

　　　　　　　そしてほうり投げました。

—ほら、これは箱だよ。キミが欲しがってるひつじはこの中だよ。でも、私の若い裁判官の顔が輝いたのを見て私はとても驚きました：
—これ、まさしくこれだよ、ボクが欲しかったのは！　このひつじにはたくさんの草がいるのかなぁ？

―どうして？

―だって、ボクのところ、とても低いから…

―大丈夫、これでいけるよ。とても小さなひつじをあげたから。

　カレはデッサンの方に頭を傾けました。

―そんなに小さくないよ…　おや！　ひつじ寝ちゃったよ…

　このようにして私は小さな王子と知り合ったのです。

13

Ⅱ章の謎解き

７回出てくる６年？

une panne dans le désert du Sahara, il y a six ans.

六年前にサハラ砂漠で事故を起こすまで……

　Ⅰ章で２回も「６年」が現れ、Ⅱ章で３回目の「６年」が出てきた。本全体に出てくる６年の回数を数えたら…７回出てくるんだよ。ここでピーンと来て、コメット・ハレーの地球回帰年数の76年と結びついたらしめたものなんだけどね。そんなの無理だって？

　そうかなぁ…こんなに星だらけの本なのに。

　ここまでに３回「６年」が出てきたけれど、これではこの本がコメット・ハレーをほのめかしているなんてわからないよね。サンテックスが1936年にサハラ砂漠で起こした不時着事故にまつわる話と、そこに出現した小さな王子との思い出話だと思うし、なんたって、彼は数日間、実際にサハラ砂漠でさ迷い歩いた後、ベドウィン（砂漠の遊牧民族）に助けられて命拾いをしたんだから話がマッチしているんだ。

37

だけど、ここでサンテックスがトランプの手品や数字遊び・言葉遊び、連想ゲームがうまくて、仲間を騙すのが得意だったと前にぼくが言ったことを思い出して欲しいんだ。みんなはまんまと 1936 年のサハラ砂漠での遭難の話にうまく誘導されたんだよ。だから、もし「小さな王子ってコメット・ハレーかもなぁ…」なんて感じた読者がいたとしても、1936 年の飛行機事故に注意がいってしまって、ぼくに辿り着く芽を摘み取られてしまったんだよ。

　ぼくの本が執筆された 1942 年には、ぼくはまだ海蛇座の方角の遙か彼方にいたから、話題にもなっていなかったし、まぁ、仕方ないかな。だけど、墜落事故の年の 1936 年とぼくの地球最接近の 1986 年という年には、何か結びつきがあるんだろうなぁ…

飛行機の修理？

　パイロットは飛行機の修理にこだわるんだけど、何もない砂漠に墜落した飛行機の修理なんてできるのかなぁ。

💡そうだ！　「réparation／レパラシオン」には修理という意味の他に「償い」っていう意味もあった！

　じゃあ「困難な修理を 1 人で」と解釈するのではなくって、「困難な償いを 1 人で」と解釈してみよう。

　ほら！　パイロットが言った「生死に関わる」とか「1 週間」という言葉が重大な意味を持つようになった。

🐬 **je me préparai à essayer de réussir, tout seul, une réparation difficile.**
　　私はたった一人で、困難な償いをやり遂げようとする覚悟をしました。

🐬 **C'était pour moi une question de vie ou de mort.**
　　これは生きるか死ぬかの問題でした。

🐬 **J'avais à peine de l'eau à boire pour huit jours.**
　　8 日間の飲み水があるかないかでした。

「困難な償いを1人で1週間」っていうと、みんなには何か思い浮かんだかな？

フランス人は1週間を8日間とも言うし、サンテックスが敬虔なクリスチャンだったことを考えると、これは彼が砂漠に墜落し、さ迷った災難の数日をキリストの受難週に例えたんだと、ぼくには思えるんだ。

そうだよ。この本にキリスト教色を感じ取った読者もいると思うけど、彼が1936年の事故[1]を題材に選んだ理由は、1936年のキリスト教の暦を利用することで、1986年のぼくの位置とその日付をみんなに暗示できると睨んだからなんだよ。

キリスト教の暦はクリスマス（降誕祭）やエピファニー（公現祭）のような固定祝日以外は年によって日付が異なるから、何年でもよいってわけではないんだ。それも年によっては最大では13日ものずれがあるんだよ。

とにかく1936年の聖週間の暦[2]を見よう。

1936年の教会暦

受難の週の前日	4月4日	土曜日	受難の週は前日の日没から始まる
受難の週の始まり	4月5日	日曜日	（枝の主日）
4日目	4月9日	木曜日	（聖木曜日/最後の晩餐）
5日目	4月10日	金曜日	（聖金曜日/十字架刑）
6日目	4月11日	土曜日	（聖土曜日/安息日、聖受難の週の終り）
復活祭　7日目	4月12日	日曜日	（復活祭）

J'étais bien plus isolé qu'un naufragé sur un radeau ...
最初の夜は、大洋の真ん中で難破船から助かって筏に乗っている人よりも私はもっと孤独でした。

1　彼は5度も飛行機事故を起こしていたが、6度目は地中海上で敵機に撃墜された。
2　キリスト教の派によって暦は異なるが、サン＝テグジュペリの宗派のカトリックの暦を利用。

パイロットが砂漠で過ごした孤独な最初の夜なんだけど、それを妙に具体的に説明しているんだよなぁ。筏にだっていろんな人が乗るのもわかるけれど、難破船から助かった人が乗る筏ってなんだろう？

💡 そういえば、今は存在しない船の星座があったよ。ギリシャ時代の昔からアルゴ座と呼ばれた巨大な船の星座が赤緯の低い位置にあったんだ。星座があまりに大きいので、竜骨座、艫座、帆座の3つに分けられたんだよ。こんな難破船みたいにバラバラにされたアルゴ号は筏も同然だね。それに、筏はフランス語で「radeau／ラド」って言うけど、これは竜骨の位置、「ras d'eau/ ラド（水面すれすれ）」と同音なんだよ。

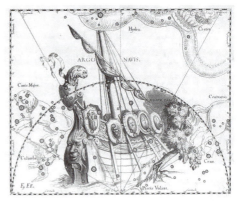

アルゴ座
Uranographia

それにしても、竜骨座の存在は暗示されてるのにその絵を描いてないのはどうしてかなぁ…

💡 そっかー！　4月の夜空なのに竜骨座が説明だけで絵が描かれてないのは、パイロットが眺める夜空に竜骨座は見えなかったということだよ。つまり、サハラ砂漠で竜骨座が地平線ギリギリで見えない緯度くらいの地点に飛行機が墜落したと考えるんだ。これって北緯30度あたりだよ。そして、竜骨座が地平線上にあったということは、この日は春の夕刻だったとも読めるんだよ。

1922年に国際天文学連合が全ての星座を定めた際、アルゴ座の領域は「艫座」「帆座」「竜骨つ座」の3つの領域に分割された。
(CC)Kovayashi
https://upload.wikimedia.org/wikipedia/commons/6/66/Argo_constellation.jpg

---

3　1922年の第1回国際天文連合総会で。

II章の謎解き

北緯30度の緯度とサハラ砂漠

チビちゃんの出現

🐬 Il n'avait en rien l'apparence d'un enfant perdu au milieu du désert ...
　カレには砂漠の真ん中で迷っている子どもの風貌はまるでなく疲れきった風でもなく、お腹が減って死にそうでもなく、恐怖でおののいている風でもありませんでした。

　砂漠で竜骨座を思いながら眠ってしまったパイロットは、夜明けに雷のように大きな音で目が覚めたら、そこには「petit bonhomme/ プチボノム（チビちゃん）」がいたってことだけど、みんなはこのチビちゃんって何者だと思う？
　時にはパイロットの話し相手になって一緒にさ迷い歩いたりして人間のようだけど…騙されないでよ！
　パイロットは、ハッキリ言ってるよね、チビちゃんには「子どもの風貌はない」って！
　だから、大きな星を2つも付けてクリスマスっぽいマントを着ている人物はチビちゃんではないんだよ。
　肩のあたりに2つも大きな星を飾って、それにきれいなベルトそして剣といえば、答えはもう言ったようなもんだよね。この青年は、全天でいちばん見つけやすくてかっこいいオリオン座だよ！

オリオン座

41

それに、チビちゃんは夜明けに大きな音と共に現れたんだから星でもないってことだよ。

　パイロットはチビちゃんの出現に「雷に打たれたようにビックリした」って言ったよね。だけど、フランス人はビックリ仰天したとき、たとえば「星が落ちてきたかと」なんて言うけれど、「雷に打たれたように」とは普通は言わないんだけどなぁ。

　💡そうだ！　これはチビちゃんが出現した時に雷が落ちたくらい大きな音がしてビックリしたってことを知らせてるんだよ。みんなは覚えてるかなぁ…2013年にロシアに大きな隕石が落ちたってニュースがあったよね。そのとき、雷が落ちたような大きな音がしたって大ニュースになったんだけど、すごく大きな隕石が落ちた時はすごく大きな音がするんだよ。

　そうだよ！　チビちゃんって隕石なんだよ！

　それも、ぼくの核から噴き出たチリが燃え尽きずに地上に落下した隕石だからだっていう想定だよ。

2013年にロシアのチェリャビンスク州に落下した流星の痕跡の雲（上、Alex Alishevskikh）とコンドライト隕石の破片（下、トゥールーズ美術館）

　みんな、オリオン座流星群って見たことがあるかい？　その流星ってぼくが放出するチリなんだ。

　これでⅡ章の肖像画のトリックが読めたかな？

　コメット・ハレーのぼくと、その分身みたいな隕石のチビちゃんと、オリオン座の3つの肖像画なんだよ。

　それで、問題のチビちゃんはここだよ！

　カフスの上だよ。

4　チャリビンスク隕石。2013年2月、ロシアのチャリビンスク州からカザフスタンの国境付近に、閃光を放ち煙を曳きながら落下する火球が見られ、地上付近で爆発し複数の破片となって地上に落下した。その際に発生した衝撃波により多数の建物の窓ガラスが割れ、多くの被害者が出た。

5　母天体はハレー彗星でオリオン座の中に放射点がある。約3000年前のハレー彗星の塵による。なお、5月に見られるみずがめ座エータ流星群もハレー彗星を母彗星とする。

II章の謎解き

なんでカフスの上の黒いマークが隕石ってことになるんだ？ それはシミだろうって声が聞こえるけど、間違いないって！

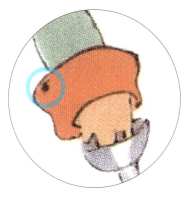

マークが袖の上だったらまずいけど、カフスの上だから証明になってるんだよ。カフスを伸ばしたら、この黒いマークは袖の中に入るよね。フランス語で、「mettre qqch dans sa manche（袖の中に入れる）」って言ったら、「自分のものにする」ってことなんだよ。

実際に、サンテックスはサハラ砂漠で隕石を拾って大事に持って帰り、本当の隕石かどうかを調べてもらってるんだ。

右下の絵の場所はまさに、作者が実際に拾った隕石の話が書かれている『人間の土地』[6]の中に出てくる砂漠の中の台地みたいな場所だよ。砂漠の砂の中で見つけるなんて落下直後でもない限り至難の業だからね。チビちゃんっていうのは、隕石を拾ったパイロットが砂漠でさ迷ってる間の、日中の話し相手なんだよ。そしてチビちゃんだけがパイロットの質問に答えるんだ。

それで、肝心のぼくの肖像画だけど、パイロットは「le meilleur portrait …（後で描いた最高のかれの肖像画）」なんて意味ありげな注釈をつけているのは、もう日が昇ってチビちゃんしか見えず、ぼくの肖像画は後で描くしかなかったからだよ。チビちゃんは黒いから、パイロットが持っていた万年筆で描けたんだよ。

ぼくはというと、日中で、それもぼくの高度は低くて見えていなかったから、後になって、かっこいい全体像を描いてくれたんだ。

6　サンテックスは自著で砂漠の台地で見つけた隕石を描写している。かれが郵便パイロットとしてモロッコに駐在していた時のことだったようだ。
"je ramasse donc ma trouvaille:un caillou dur……"「そこで私は発見物を手に取った。硬く黒く、こぶしほどの大きさで金属のように重く涙の形の石だ」（『人間の土地』より）。

3頭のひつじ？

　チビちゃんはここでパイロットにひつじを描いてと頼んで、でもせっかくパイロットが描いたデッサンを全部嫌がるんだよ。閉じたボアも、象も、それに最初のはすごく病気だから嫌だって言ったけど、チビちゃんはどうやって最初のひつじを病気だって見極めたんだろうね。

　🌠 **Non! Celui —là est déjà très malade.**
　　嫌だよ、これはもうとてもひどい病気だ。

　💡 あれ？　このひつじの目の色だけ他のと違うよ。黒っぽいし、奥に奇妙なマークが見えているけど…とにかく、デッサンを拡大してみよう。

　それにしてもこのひつじはプードルに似てるよね。それもそのはず、サンテックスは友人のプードルを見てこのひつじを描いたらしいよ。

　それより問題は目だよ。病気の時の目だったら赤いんじゃないかなぁ…モノクロだから色は判断できないとして、犬の病気にジステンパー[7]という怖い伝染病があるんだけど、これって結膜炎で目が赤くなったりして子犬なんてかかったらほとんど死ぬせいか、フランスではこの病気を「子犬の病気」とか、「犬の病気」なんて言うんだけど。

　💡 そっかー、これは小犬座だ！　ぼくは海蛇座を出た後はまず小犬座を通過するから、それで子いぬ座がトップバッターになって現れたんだよ。

© 国立天文台

7　ひどい熱のほかに、目の角膜が不透明になるほどの重篤な結膜炎の症状が出る。ジステンパーのフランス名は、"la maladie de Carré" で、発見者の獣医師の名前をとり、アンリ・カレの病気と称されているが、犬特有の病気のため、"犬の病気、子犬の病気" などとも言う。

44

II 章の謎解き

🌙 ce n'est pas un mouton, c'est un bélier.
　これは普通のひつじじゃないよ、これは牡ひつじだよ。

　次は2番目のひつじのデッサンだけど、チビちゃんがはっきりと「これは去勢されていないひつじ（Bélier / ベリエ）だ」と言っているので、これは牡羊座で決まりだ。

🌙 Celui-là est trop vieux …
　これって年を取り過ぎているよ。ボクは長生きするひつじが欲しいんだ。

　最後の3つ目のデッサンだけど、チビちゃんは、それが年を取り過ぎているって嫌がるんだけど、特に年を取ってるようにも見えないけどなぁ。

🌙 Alors, faute de patience, … Et je lançai.
　わがままも限界に来て、…私はざっと書いたこんなデッサンをほり投げました。

　角があるかないかというだけで、前のとそっくりなのにホントにわがままなチビちゃんだ。これじゃあパイロットも怒るわけだ。
💡 そっかー！　これがヒントだ！　フランスではやぎってわがままの代名詞にもなっているので、このデッサンはひつじじゃなくって、わがままなやぎを描いたんだよ。それに、チビちゃんのわがままのせいでパイロットは怒ったけど、フランス語ではかっと怒った時に「prendre la chèvre（山羊をつかむ）」と言うからね。
　あれ？　でも、山羊座は雄で角があるのに、これのデッサンには角がない。

8　この牡羊はギリシャ神話によれば、ボイオーティア王の息子プリクソスと妹ヘレーが、継母イノーの悪巧みによって生贄にされそうになったときに、2人を乗せて逃れさせるためにゼウスが遣わした金の皮を持つ羊という。プリクソスは逃亡先でこの羊を生贄に捧げる。この羊の皮を手に入れるための冒険がアルゴ号（アルゴ座）の神話。

じゃあ、これは山羊座ではないってことかなぁ…雌のやぎの星座なんてあったかなぁ…

見つけた！　御者座(ぎょしゃ)の肩にカペラっていう１等星の「雌ヤギ」が乗ってたよ…。カペラというヤギは御者座となる前から存在するすごく古い星座なんだよ。

だから、チビちゃんはこのひつじをすごく年を取ってるなんて言ったんだよ。

御者座　Urania

パイロットが放り投げた箱

それにしても、なんでチビちゃんはパイロットの３つのひつじのデッサンをすべて嫌がったんだろう。とりあえず、チビちゃんが嫌がった星座が見えない星空とその時期、時間を考えてみよう。みんなも星座早見盤を用意して動かしてみてよ。

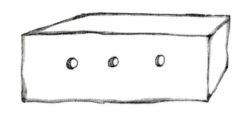

まず小犬座を見えないようにして、次に牡羊座、そして赤緯の高い御者座も同じように見えないようにすると…南の地平線上に現れたのは祭壇座(さいだん)だ…

💡 そっかー、この箱は祭壇座ってことだー。箱がページの下段からはみ出て描かれてるのは箱の星座は赤緯の低い星座だとほのめかすためだよ。

チビちゃんがこの箱を「la nuit, ça lui……（夜には家として役に立つ）」と言ったのは、フランス語で祭壇座を「Autel／オテル」と言い、「hôtel／オテル（ホ

9　カペラとはラテン語で「雌やぎ」を意味する「Capra」から。「caprice/ カプリス（わがまま）」⇒「Capricorne ／カプリコーン（山羊座）」

10　祭壇座はさそり座のすぐ南に接する小星座。夏の宵の南の地平線上に見えるが、本州では南半分が地平線下で見られない。とくに目をひく明るい星はないが、古くギリシャ時代から知られていた。ギリシャの詩人アラトスの星座詩、Phainomena のなかに、犠牲を捧げるものとしてこの星座が歌い込まれている。

テル）」と同じ発音だからだよ。

　さらに「このひつじにはたくさんの草がいるのかなぁ？」なんて言い出したのは、草は低い地上に生えているので、サンテックスは天空の高度（赤緯）の低位置を示す代わりに草を利用して、ぼくの高度をほのめかしたんだよ。

　次に星座早見盤の日付を読んでみてよ。ほら！ちゃんと4月上旬の夜明け頃を指してるよね。どうやら、サンテックスによると、ぼくの尾はキリスト教の受難の週の4月5日には祭壇座あたりの低い空にいて、ひつじの毛みたいに白っぽく見えて横になびいているって予告だね。

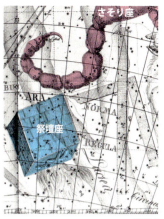

祭壇座
Bode's 1801 Uranographia

　えーっと、祭壇座の位置は《赤経16h35m〜18h12m/赤緯-45°〜-60°》で、コメット・ハレーのぼくが4月5日にいた位置はというと…《赤経17h20m/赤緯-44°12'》だったよ。ほら、ぼくはちょうど祭壇座の上にいたでしょ。

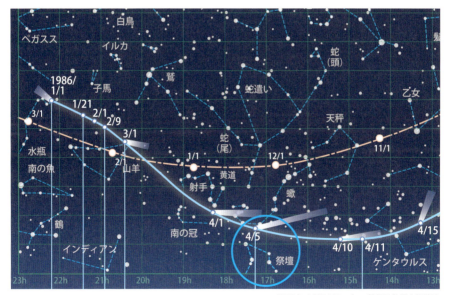

1986年4月5日のハレー彗星の位置と祭壇座

47

３つの円？

４月５日にぼくが祭壇座にいたってことはわかったよね。だけど、何で、このデッサンの箱には窓みたいな円が３つもくっついてるんだろう？　首を傾げてしまうよね。

それはね、1986年４月５日の祭壇座の上あたりに火星、天王星、海王星の３つの惑星が輝くとサンテックスはわかっていたからだよ。ほら、３つの円には影みたいのが付いていて円みも違うのがわかるよね。これって大きさの異なる惑星のつもりなんだよ。

なんで若い裁判官なの？

...bien surpris ... le visage de mon jeune juge:
私は若い裁判官の顔が光っているのを見てとても驚きました。

ここでパイロットがチビちゃんのことを若い裁判官なんて言ったのは、あれもこれもダメと判断するから「juge/ ジャッジ（裁判官）」だということだね。それに「裁判官」と「祭壇」は大昔、つながりがあったからなんだ。
「顔が光っている」のは、チビちゃんは落ちたばかりの隕石で、表面が溶けて光を反射していたってことだよ。つまり、日中だね。

さてっと、ここで新たに見つかった星座は竜骨座、小犬座、牡羊座、御者座（カペラ）、祭壇座だよ。

---

11 1986年４月５日、夜明け後、祭壇座の上あたりにいた惑星の位置：火星／18h17m -23°38、天王星／17h26m -23°18、海王星／18h25m -22°14
12 裁判官が働く裁判所（tribunal）はラテン語の「tribun（護民官）」の派生語で、古来、この護民官が演説などをしていた説教壇が現在の祭壇になったとも言われている。

III章の翻訳

　かれがどこからやって来たかを知るのには長い時間がかかりました。小さな王子は私にいろいろと質問はするのですが、私が尋ねることにはまるで聞こえない風でした。たまたま発音された言葉のおかげで、少しずつ、いろいろなことが分かってきました。それは、かれが初めて私の飛行機に気づいて（私には複雑すぎるデッサンなので、自分の飛行機は描きません）、こんなことを私に尋ねた時です。
―そこにある物だけどそれは何なの？
―これは物ではないよ。これは飛ぶんだよ。飛行機だよ。これは私の飛行機だよ。
　私は自慢げに自分が飛んでいたことをかれに教えました。すると、かれが大声を出しました。
―なんだって！　君は空から落ちたって！
―そうだよ、私はしおらしく言いました。

―あぁ！　それは奇遇だね！…

　この時小さな王子は私をすごくイライラさせるようなとてもきれいな大笑いをしました。私は、自分の運の悪さをみんなにも真剣に受け取って欲しいのです。それからかれは加えました。

―では君も空から来たんだ！　どの惑星からだい？

　そのとたん、私には、かれの不思議な姿の中に明るいものが見えました。そこでつい聞いてみました。

―じゃ、君はどこか他の惑星から来たのかい？

　でもかれは返事をしませんでした。かれは私の飛行機を見ながらゆっくりと頭を振りました。

―そうだね、これに乗っていては、そんなに遠くからは来れないね…

　そう言って、かれは長い夢想の中に入ってしまいました。それから、かれは私のひつじをポケットから出して、自分の宝物に見いってしまいました。

「他の惑星たち」について半分だけ聞かされたせいで私がどれほど好奇心をそそられたかをみんなも想像してみてください。そこでもっと知ろうといろいろやってみました。

―私のチビちゃん、キミはどこから来たんだい？「キミの居場所」ってどこなんだい？　私のひつじをどこに連れて行きたいんだい？

　カレは黙って考えた後、答えました。

―君がくれた箱でいいのは、それが夜に「家の役割」をすることだね。

―そうだよ。もしきみがいい子だったら、昼間に結んでおく紐と、杭もあげるよ。

　この提案は小さな王子の気にさわったようでした。

―つないでおくって？　変な考えだ！

14

III章の翻訳

B612の小惑星の上の小さな王子

―だけどつないでおかなかったら、かれはどこにでも行ってしまって迷ってしまうよ。
　そこで、私の友は前とは異なった大笑いをしました。
―だけどかれがどこに行くっていうんだい？
―どこへでも。前にまっすぐ…
　その時小さな王子はすごいしるしをつけました。
―そんなの平気だよ、ぼくのところはとっても低いんだから！
　それから、たぶん、少し寂しげに、かれは加えました。
―まっすぐ前なんて大して遠くに行けないさ…

III章の謎解き

どんぐり目の大きな口を開けている少年って？

　ここではパイロットが、ぼくがどこから来たのかを知るヒントをくれているんだけど、それって、ぼくが発音する音らしい。

... des mots prononcés par hasard ...
　…たまたま小さな王子が発音した言葉…

　ぼくが発した言葉っていうと、「Qu'est ce que c'est que cette chose-là?／ケスクセ　クセット　ショズラ（そこにある物は何ですか？）」かな？
　普通は簡単に「それは何ですか？（Qu'est ce que c'est?／ケスクセ？）」と聞くのに、ぼくはわざわざ「そこにある物は何ですか？」と言ったんだ。
　これって2度も発音されてる「ク」を知らせる

III章の謎解き

ためだったりして？　とは言っても「que que/ククク」なんて単語はないなぁ…
💡 あ！「coucou/ククク」だったら発音がそっくりだ。

　これって鳩時計とか飛行機という意味なんだけど、作者がここで飛行機のことを話したのは飛行機から鳩への連想が目的かもなぁ。鳩座ってあるからね。飛行機の歴史を調べてみると分かるけど、1番古い飛行機はギリシャ人によるもので、「飛ぶ鳩（colombe volante）」と呼ばれたとか。

　そして鳩座が存在するとなると…

　かれの目は鳩の「豆鉄砲でも食らったような目」みたいにまん丸な目をしてるし、かれの右手なんて鳩の尾そっくりだよ。この少年は鳩座だ。

　だけど、何でこの鳩座はこんなに大きく口を開けているのかなぁ？

💡 あ！　鳩座がくわえていた平和の象徴のオリーブの枝を落としたとか？

鳩座は聖書に出てくるノアの箱舟の鳩で、本来は「オリーブの枝」を口にくわえているはずなんだよ。だとすると、この鳩は日付を教えてくれるためだったりして？

なぜって、オリーブの枝を敷いてイエス・キリストのエルサレム入城を記念した日があって、それは「枝の主日」と呼ばれている受難の週の中の1日目のことなんだ。1936年の暦でその日は4月5日だよ。

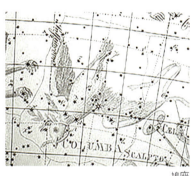

鳩座
Bode's 1801 Uranographia

とても美しい大笑いって？

🌙 le petit prince eut un très joli éclat de rire qui ...
★ そのとき、小さな王子は私をいらだたすくらいすごく美しい大笑いをしました。

---

1 鳩座の由来は、旧約聖書のノアの箱船に乗った鳩であり、ノアが放ったある日、オリーブの枝を口ばしにくわえて帰ってきたことで、鳩がどこか地上に降り立ったと考え、洪水が終わった印と見なしたと旧約聖書に書かれている。
2 受難の週の1日目は、「枝の主日」と呼ばれ、オリーブの小枝やシュロの葉をなどを敷いて、イエス・キリストのエルサレム入城を迎えた日と聖書にある。

それにしても大笑いが美しいなんて言うのはちょっとおかしいよね。

　💡あ！　4月5日なら、ぼくの尾はとても長かったんだ。みんなは大笑いをすると、息や唾がたくさん噴き出るからあまりきれいではないけど、ぼくの場合は、太陽風の強さのせいで、ぼくの核からとてもたくさんのチリやガスが噴き出て、長い尾ができて美しいんだ。けれどここはモノクロで描かれているからわかるように日中の話しで、パイロットはぼくの長い尾を見ることができずに悔しがったというわけ。

　ところで絵の足元の石、どうも意味ありげに目立っているんだよなぁ…

　そもそも砂漠でこんな石ころが転がっているなんて妙だね。

　💡あ！　ひょっとしてこれって隕石で、鳩座の足元にある彫刻具座かも！隕石の中には隕鉄という堅い鉱物が入っていて、そのため大昔は鉄器として使われたんだから、まさしく彫刻道具みたいなものだよ。

「caelum／カラム（彫刻具座）」はラテン語だけど「空」っていう意味もあるから、ヒントとして「自分も空から落ちた」って言ったんだよ。ほら、証明もできた。

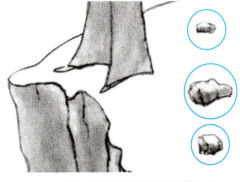

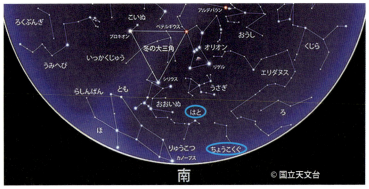

3　4月5日のハレー彗星は、祭壇座のすぐ上に位置し、光度4等、尾はこの頃が最も長くなると予想された。月明かりは月齢26日と邪魔にならないが、天の川に重なり見にくい（前掲書『ハレー彗星1985-86年』による）。

III章の謎解き

角が欠けている蝶ネクタイ

　次は原書の表紙にもなっている重要な B612 の小惑星の絵の解明だよ。土星と他の惑星が 2 つとオリオン座が描かれているから、日付は簡単に特定できるかと思ったのに、ところがそう簡単には教えてくれないね。

　え？　この少年ってオリオン座なの？　ってビックリしてるのは誰かな？

　蝶ネクタイのおかげで、それも角が欠けた蝶ネクタイを付けているからまちがいないよ！

　オリオン座って時間帯によってリボン形で見えて、フランス人はそんなオリオン座を「papillon／パピヨン（蝶タイ）」って呼ぶからね。ところが、この星空は 1936 年にも 1986 年にもあてはまらないんだよ。いったい、いつの夜空なのかなぁ…

　もしもこれが、サンテックスがこの本をアメリカで執筆していた 1942 年の夜の空だったら、肉眼でも見える土星、木星、火星という 3 つの惑星が西の空に確かに見えていたよ。じゃあ、これは 1942 年の空？　それなら、その時のぼくは六分儀座で、まだまだ遠すぎてどんなにがんばっても見えなかったから、ぼくは登場していないだろうね。

　💡えー！　まさか、惑星の真ん中にある小さな花のようなものに付いているのが、まだ六分儀座にいた時のぼく？

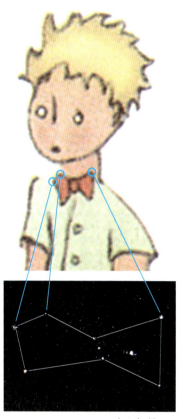

photo by Mouser

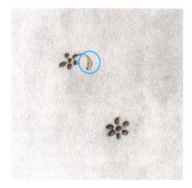

55

あれ？　この絵の右下、隅っこがあるんだけど？
他の絵にはこんな隅はないのに…

ひょっとして、これって想像で描かれた絵だ！だから、パイロットは「imagine z …（「他の惑星たち」について半分だけ聞かされたせいでわたしがどれほど好奇心をそそられたかをみんなも想像してみてください）」なんて言ったんだ。

どうやらこれは1942年春の星空に遙か遠くのぼくを想像して描いた絵なんだよ。

枯れた木みたいなものって？

これって何だろう？
オリオン座が半袖ってことは春を暗示しているのだから、葉がほとんどない木なんて変だよ。これがひつじをつなぐ「杭」ってことなのかもなぁ。

🌱 ... aussi une corde pour l'attacher ... un piquet ...

そうだよ、もしきみがいい子だったら、昼間、私のひつじをつないでおくように紐もあげるよ。それに杭もだよ。

だけど、杭の星座なんてないし…
💡あ！　蟹（Cancer）座かも！
「カンセール」は、ラテン語の「Cancre/カンクル」から来た言葉なんだけど、蟹の他に劣等生という意味もあるから、そこで、フランスでポピュラーな言い回しの「le cancre est au piquet（劣等生［蟹

蟹座
Urania

56

= 劣等生は立たされる＝蟹は杭に)」が利用されているんだよ。学校で悪い子が罰として立たされることなんだけど、ここでは蟹座が杭になって描かれている。

どおりで「Droit devant soi on ne peut pas aller bien loin...（自分の前にはたいして進めない)」なんてぼくが言ったんだよ。確かに蟹じゃ真っすぐ前には進めないから、遠くには行けないはずだよ。

隠れんぼしてるのってだーれだ？

💡 あれ？ これって何だ？ 星が半分？ 冠（かんむり）？
北の冠座だったら、オリオン座の反対側でこんな風に見えるよ！

北の冠座
Urania

これは簡単に見つかるから、みんなも探してみて。「son trésor（宝物)」という言葉で証明になるよ。

ここで見つかった星座といったら、鳩座に彫刻具座、オリオン座に蟹座に北の冠座だよ。

IV章の翻訳

　こうして私はもう一つとても大事なことを知りました。それはかれの本来の惑星はやっと家くらいの高さにあるということです！
　私にはそんなに驚くほどの事ではありませんでした。地球、木星、火星、金星というように名前がついた大きな惑星の外側には、時には望遠鏡で見つけるのさえも難しい、すごく小さな惑星が何百もあるという事を私は知っていました。天文学者は小惑星の一つを発見すると、それに名前として番号をつけるのです。たとえば「小惑星325」といったふうにです。

小さな王子がやって来た惑星はB612の小惑星だと私が信じるのには大事な理由があるのです。この小惑星は、トルコの天文学者によって1909年に望遠鏡で一度見られただけなのです。

その時、かれは天文国際会議で自分の発見を大々的に発表しました。でも洋服のせいで誰も彼を信じませんでした。大人とはこんなものです。

トルコの独裁者が、死刑という脅しで、ヨーロッパ風の衣装を着ることを国民に義務づけたことは、B612の小惑星の名声のためには幸運でした。この天文学者はとてもエレガントな洋服を着て、その発表を1920年にやり直しました。今度はみんなが彼の説を受け入れました。

もし私がB612の小惑星について君たちに詳細を話したり、その番号を打ち明けたりするのは、それは大人たちのせいです。大人たちは数字が大好きです。君たちが新しい友だちについて大人たちに話す時、彼らは一番大事な事については決して質問しません。大人たちは、「友だちの声の響きは？　彼が好きな遊びは？　彼は蝶々を集めているか？」などとは決して言いません。彼らが君たちに尋ねることといえば「彼はいくつ？　彼には何人兄弟がいるの？　彼の体重は？　彼のお父さんの収入はいくら？」などというくらいのことです。

17

こんなことを聞いて、やっと大人たちは新しい友だちのことをわかったつもりになるのです。

　もし君たちが大人たちに「窓にはゼラニウムがあって、屋根の上には白い鳩がとまっているバラ色のレンガ作りの美しい家を見たよ…」と言っても、大人たちにはこの家がどんなものなのか想像がつかないのです。彼らには「10万フランの家を見た」と言わないといけないのです。すると、「なんと美しいのだろう！」と彼らは声高々に言うのです。

　そんなわけだから、小さな王子が人をうっとりさせたとか、笑ったりしたとか、ひつじを欲しがっていたということが、かれが実在した証拠だよと言ったり「人はひつじを欲しいと思ってこそ、その人がこの世に存在する証だよ」などと大人に言ったら、彼らは肩をすくめて、君たちを子ども扱いするでしょう！　でも「小さな王子がやって来た惑星はB 612の小惑星だよ」と言ったら、それで大人たちは納得して、君たちをそっとしておいてくれるでしょう。大人とはそんなものです。彼らを恨んではいけません。子どもたちは、大人たちのことは大目に見てやらないといけないのです。

　でも、もちろん、生きるということの意味をわかっている私たちには、番号なんかどうでもいいのです！　私はこの話をおとぎ話のように始めたかったのです。こんな風に言いたかったのです。
「むかし、むかし、小さな王子は自分よりほんの少し大きい惑星に住んでいて、友を必要としていました…」生涯の友の意味をわかる人々には、この方がもっと本当らしく聞こえただろうに。というのは、私は、この本をいい加減な気持ちで読んでもらいたくないのです。私には、これらの想い出話をするのはとても悲しいことなのです。私の友がかれのひつじと消えてからもう六年になります。もしここに彼のことをこうして書くとしたら、それは彼を忘れないためです。友を忘れるというのは寂しいことです。誰にでも友だちがいたわけではないのです。そして私は数字にしか興味を示さない大人のようになるかもしれません。

IV章の謎解き

　それで、私は絵の具と鉛筆を買ったのです。口を閉じたボアと口を開けているボアの他は試したことがないのに、この年になってデッサンをまた始めるのはとても大変です！　もちろん、できる限り本物に似ている肖像画を描くつもりです。でもうまく描けるかどうかはあまり自信がありません。一つのデッサンがうまくいったら、もう一つのデッサンはもう似ていないのです。高さでも同様に私は少し間違っています。ここでは小さな王子はあまりにも大きいのです。あちらではかれはあまりにも小さいのです。かれの洋服の色についても同様にためらっています。そういうわけで、私は、ああだとか、こうだとか手探りでやっているのです。結局はもっと大事ないくつかの細かい点で間違うでしょう。でもその点は、大目に見てください。私の友だちはまったく説明をしてくれなかったのです。かれはたぶん私を自分と同類だと思っていたのでしょう。でも私は、悲しいかな、箱を透かして中のひつじを見ることはできないのです。私はいくらか大人みたいかもしれません。私も年を取ったのでしょう。

19

IV章の謎解き

家くらいの大きさの惑星とは？

... d'origine était à peine plus grande qu'une maison!
　小さな王子の本来の惑星はやっと家くらいの高さだったのです！

　やっと、パイロットがぼくの惑星の特徴について話し始めた。だけど、ぼくの惑星を家ほどの「grand／グラン（大きさ）」だって解釈したらだめだよ。どんなコメットでもせめて数100メートルの大きさはあって、家ほどのサイズのコメットなんてないからね。ここは、「grand／グラン」を家の「高さ」だっ

61

て解釈することで、ぼくがすごく低い空にいた頃だと読めるようになっているんだ。とにかくその時その場のふさわしい翻訳が大事なんだよ。そして他にもぼくの特徴を次のように話し始めてるけれど、それはぼくの尾は太陽からの距離によって大きさも色も変わって見えるからだよ。

★ **Je me trompe un peu aussi sur la taille. Ici le petit prince est trop grand ...** **高さでも同様に私は少し間違っています。ここで小さな王子はあまりにも大きいのです。あちらではかれはあまりにも小さいのです。かれの洋服の色についても同様にためらっています。**

この頃ぼくは太陽に近いので、ぼくから放出されるガスやダストは大量でぼくの尾がすごく大きくなっているけど、太陽からずっと離れると尾もなくなって観測できなくなるほど小さくなって、ぼくを見極められなくなるんだ。それに、ぼくの尾の色にはイオンテイルとダストテイルの2種類があって、ブルーっぽい時と白っぽい時があるからぼくの尾の色は説明しにくいってことだよ。

架台がない望遠鏡って？

IV章の最初の絵で男が覗いているのは望遠鏡じゃないよ。望遠鏡座は存在するけど、ちゃんと架台が付いているんだ。この絵では星らしきものがレンズを向けた先の枠内に入ってもいないし、男は星を見てるんじゃないと思うよ。それによく見ると最後の筒の部分だけは円ではなくって長楕円形だけど、どういうことだろう？

💡 あ！　これってぼくの軌道だよ！

ぼくの軌道ってこの筒みたいに長楕円形なんだよ。そして他の4つの筒が、パイロットの言う4つの惑星、金星、地球、火星、木星それぞれの円い軌道なんだよ。

それに天文学者の鼻だけど、尖ったのと丸いのとで2つもあるようにも見え

1　13頁の脚注5の解説と図版を参照。

て変だよ。丸いのがきっと太陽だね。そしてもう1つの尖ったのがかれの鼻だよ。つまり、これは望遠鏡座ではなく、ぼくの軌道を教えてくれているデッサンなんだ。モノクロなのはもちろん惑星の軌道などは見えないからだよ。モノクロのデッサンだけど、これは現実には見えていないという大事なメッセージだからね。

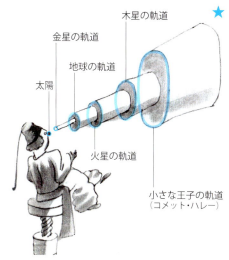

お尻がない天文学者？

あれ？　この天文学者にはお尻がない？　描き忘れた？　まさか！

天文学者がお尻なしでボルトみたいな風変わりな椅子にわざわざくっ付いて描かれているのは、フランス語で、「être vissé sur sa chaise（イスにボルトで留められる）」と言ったら、「長い間そこにいる」という意味だから、それを利用してるからだよ。なぜって、ぼくは長い間、それも76年間の移動の中の74年間は木星の外側にいる天体だからね。

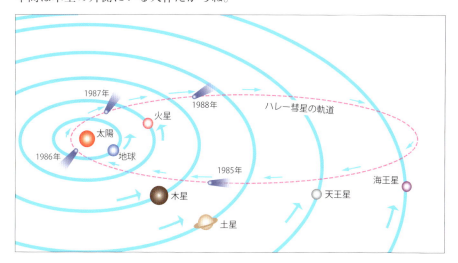

B 612 って？

🌱 … la planète d'où venait le petit prince est l'astéroïde B612. …

小さな王子がやって来た惑星というのは B612 の小惑星だと信じるのには大事な理由があるのです。

　表紙にもなっているこの絵の注釈の「B 612」という数字なんだけど、これって初めて出てきたアラビア数字なんだよ。これまでに出てきた数字は全部フランス語の数字だったから（少年のデッサン No.1 と No.2 を除いて）、まず、これに疑問を感じてくれたらしめたものなんだけど、みんなは気づいたかな？

　日本語だったら、アラビア数字と漢数字とが混ざっているって感じだよ。そもそも、小惑星って名前と番号だけで呼ぶんだから、「B 612」なんて小惑星は存在しないんだ。Bは小惑星の符号には余分なんだよ。それに、「トルコの天文学者が1909 年に望遠鏡で１度だけ見かけたのです」って言ってるけど、これも小惑星ではない！　という証拠だよ。なぜって、小惑星と正式に承認されるためには、新天体と思われる天体が２夜以上にわたってその位置を観測される必要があるからね。パイロットも「小惑星とは、小惑星 325 というように番号だけを付けるのが正しいのです」とハッキリ言ってるよね。丁寧に読まないと騙されるよ。

2　まず、新天体と思われる天体を2夜以上にわたってその位置を観測し、その観測結果が小惑星センターに報告されると、発見順に仮符号が与えられる。小惑星に付けられる仮符号は1991WA とか、1992XE といったように、発見年をあらわす数字と、2文字のローマ字によって構成されている。発見後、継続的に観測が行われ、軌道が決定された小惑星のうち、既発見のものでないことが確認されると、通し番号と名前が付けられる（前著『星の王子さまのエニグム』参照）。

IV章の謎解き

　ちなみに、612 という番号の小惑星は 1906 年に発見されていてヴェロニカ
と呼ばれて実在するけれど、ぼくには関係のない小惑星だよ。
　じゃあ、何のための「B」？　ということになるけれど…
　💡　あ！　天文の世界で「B」は「Boréal／ボレアル（北の）」の略字の B だから、
B612 の小惑星といったら北半球《6h12m》にある小惑星で、この絵はぼく
が《赤経6h12m》の方から来たということだよ。
　え？　それじゃあ、この煙みたいなのがぼくの尾ってこと？
　これはコメットの尾というより、まるで爆発で舞い上がった煙みたいだ。こ
れは他のストーリーのための絵でもあるからね。

1920 ?

🐋 **... en 1920, dans un habit très élégant.**
　★　西洋の服装に変えて 1920 年に…

　みんな、服装なんかでごまかされないように。「B612」の次に出てきたア
ラビア数字の「1920」を《赤緯19°20'》とみなして、すでにわかっている《赤経
6h12m》と結びつけると、ぼくの位置がわかった。あとはぼくがここに来た
日付がわかったらいいんだけど…
　ほーら！　アラビア数字がもう 1 つ出てきた。

1909 ?

🐋 **... Cet astéroïde n'a été aperçu qu'une fois au télescope, en 1909, ...**
　★　B612 の小惑星はトルコの天文学者が 1909 に望遠鏡で一度だけ見かけ
　　ました。

　フランス語で「en 1909（1909 に）」というと、1909 年とも 9 月 19 日とも解
釈できるんだよ。ここはもちろん、9 月 19 日と解釈する。するとほら、北半

65

球 の《赤経6h12m、赤緯19°20'》で、9月19日にぼく、コメット・ハレーはついにアマチュア観測家たちにも望遠鏡で観測され始めるだろうという、サンテックスの予告になるんだよ！

えーっと、9月19日にぼくがいた正確な位置はというと…それはぼくが地球に最接近する前年の1985年で…やったー！ 北半球《赤経6h12m》、そして《赤緯＋19°40'》だ。赤緯にはわずかに差があるけど、赤経はバッチシだよ！

双子？

そっくりな2人が登場したってことは？ そうだよ、サンテックスは、1985年9月、ぼくは双子座[3]とオリオン座の境、それも兄カストルの踵の近くに見つかると予告したんだよ。

サンテックスが双子座をわざわざトルコ人の服装にしてぼくの居場所をほのめかしたのは、この時ぼくは小惑星アキレスを含むトロ

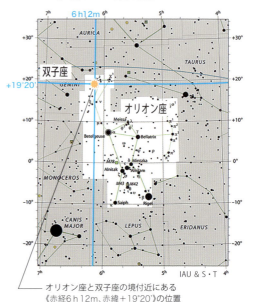

日 付	赤　経 (1950.0)	赤　緯
9月 11日	06h 11m.69	+19°30'.8
12日	06h 11m.92	+19°31'.9
13日	06h 12m.13	+19°33'.1
14日	06h 12m.33	+19°34'.2
15日	06h 12m.50	+19°35'.4
16日	06h 12m.65	+19°36'.6
17日	06h 12m.77	+19°37'.9
18日	06h 12m.88	+19°39'.1
19日	06h 12m.96	+19°40'.5
20日	06h 13m.01	+19°41'.8

1985年9月のハレー彗星の位置（『天文年間1985』誠文堂新光社より）

オリオン座と双子座の境付近にある《赤経6h12m、赤緯＋19°20'》の位置

ポルックス　　　　双子座 Urania

---

3 ギリシャ神話の双子ディオスクーロイが星座になったといわれる。この双子はゼウスの息子で、それぞれの名は弟がポルックス、兄はカストールだった。ポルックスは神であり不死だったが、カストールは人間で死ぬ運命にあった。

66

IV章の謎解き

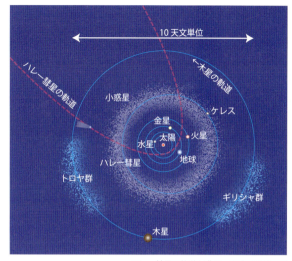

ヤ群と呼ばれる小惑星群の辺りにいたからなんだ。トロイアの戦争の

ハレー彗星の軌道と惑星、小惑星群の関係

ヒーローのアキレスからかれの弱点の「アキレスの踵」を連想できたら、ぼくが見つかるというメッセージなんだ（上図参照）。ちょっと難しいかな？

異なった掲示板の脚

掲示板に足し算、引き算、sin、cos、tan、Σなど何かしら難しい数式と天体の軌道のような図式が描かれているけれど、これはどこにも導いてくれないからね。ここで時間を費やさないように。

それよりも、2つの掲示板の脚に注意して欲しいんだけどなぁ。似てるけどちょっと違うのに気付いたかな？

 あ！ 左のは折りたたみができそう

---

4 トロヤ群とは、木星とほぼ等しい公転周期をもち、つねに太陽・木星と正三角形を形成する位置にある小惑星群。その小惑星にはトロイア戦争の勇士、アキレスたちの名がつけられている。

な掲示板だけど、もう１つのは一体になっている！

　これって星座だよ。こんな掲示板をフランス語では「chevalet／シュヴァレ」と言うんだ。掲示板座なんてないけど、画架座があって、フランス語では…えーっと、「le Chevalet du Peintre（画家の画架座）」だ。みんな気付いたかな？　画架は絵を置く架台で普通は折りたたみだよね。だから左の掲示板が画架座になるんだよ。そして、画

画架座
Bode's 1801 Uranographia

架座《赤経4h32m〜6h51m/赤緯-43°〜64°》は双子座から南に下がった地平線上に見える星座だから、ハレー彗星は今後、南に下ると案内してるんだよ。

　次は一体型の掲示板の番だよ。フランス語の「chevalet/シュヴァレ」には、子馬という意味もあったから、ほら！　これは子馬座。子馬じゃ折りたたみはできないからね。

　ついでに言うと、「chevalet」は「cheval／シュヴァル（馬）」から来ている単語だよ。

　でも、トルコの近代の時代にアタテュルクという独裁者が現れて、近代化のため洋服も欧州化を義務づけて、それに反する者は実際に死刑にされたらしく、この話はまるで嘘ではないので、つい歴史を考えて騙されてしまうよ。ホントにサンテックス・トリックは一筋縄ではいかないね。双子座から隣のオリオン座に移動したぼくは、子馬座の方向の西に向かうという合図だよ。

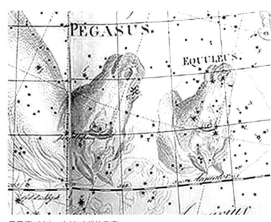
子馬座（右）。左はペガサス座
Uranographia

V章の翻訳

　この西洋の天文学者は赤い蝶タイをしてるから、オリオン座と見なしてよさそうだね。
　その証明に、パイロットが新しい友について話す時は、「声の響きは？」「好きな遊びは？」とか「蝶々を集めているか？」などと尋ねるのが大事だなんて言ったんだよ。これはオリオン座のことで、フランス語では「Orion（オリオン座）」を鼻音でオリオン（orjõ）と発音するから、「響き」が大事だってことなんだよ。
　それにオリオン座の好きな遊びは隠れん坊だよ。オリオン座は蠍座が見え出すと隠れ、蠍座が隠れると見えてくるからだよ。蝶々については、この形を見れば説明するまでもないよね。

V章の翻訳

　毎日、この惑星について、出発について、旅についての何かが私には分かってきました。それも、反射という偶然なことで段々と分かってきたのです。このようにして、三度目の昼に、バオバブの劇的な話を知りました。
　今度もまたひつじのおかげでした、というのも、小さな王子が大事な疑いをもって突然私に質問したからです。
ーひつじが低い木を食べるって本当だよね？
ーああ。本当だよ。
ーうわぁ！　うれしいなぁ！
　ひつじが低い木を食べるのがなぜかれにとってそんなに大事なことなのか私にはわかりませんでした。

19

でも小さな王子は言い足しました。
―ということは、ひつじはバオバブも食べるの？
　バオバブは小さな木ではなく教会のように大きい木で、たとえかれが象の群れを引き連れてもたった一本のバオバブさえも倒せないということを私は小さな王子に気付かせました。
　象の群れという考えは小さな王子を笑わせました。
―象を上下に積み重ねなくてはいけないなんて…
　でもかれは賢いことに気づきました。
―バオバブだって、高くなる前は小さく始まるんだよ。
―それは確かだよ！　でもどうしてきみはひつじに小さなバオバブを食べてもらいたいんだい？
「もう！　よく見てよ！」と、まるで周知のことのように私に答えました。それでこの問題を理解するのにたった一人で賢明な努力をしなければなりませんでした。実際に、小さな王子の惑星には他の惑星たちと同様にいい草と悪い草がありました。その結果、いい草からはいい種が、そして悪い草からは悪い種ができます。でもその種は目に見えません。種は土の隠れたところで眠っていて、その中の一つが気ままに顔を出すのです。

Ⅴ章の翻訳

　その種は背伸びをして、最初は内気な風に、美しい害のない小枝を太陽に向けて伸ばすのです。もしそれが赤かぶの新しい枝だったりバラの枝だったら、そのまま伸ばしておきます。でももしそれが悪い植物で、その違いが分ったら、すぐにその植物は取り除かなくてはいけないのです。ところが、小さな王子の惑星には恐ろしい種がありました…それはバオバブの種でした。その惑星の土地は荒らされていました。ところがこのバオバブをもっと後で取り除こうとすると、もうどうしても追い払えなくなるのです。惑星中一面にはびこるのです。その根で惑星を貫き通します。もし惑星があまりにも小さすぎて、その上バオバブが多すぎると、その惑星は破裂してしまいます。

21

「問題は規則正しくすることだよ。朝の身づくろいが終わったら、惑星の手入れを丁寧にしなくてはいけないんだ。バオバブが若い時はバラの木とそっくりだから、見分けがつくようになったら直ぐに規則通りにバオバブを引き抜くように努めなくてはいけないいんだよ。これはとても退屈な仕事だけどとても簡単だよ」と後になって小さな王子は言いました。

そしてある日、私が住んでいるところの子どもたちがこのことをしっかり頭に入れておくために立派な絵を描き上げるのに専念するようにと、かれは勧めました。「もし彼らがいつか旅をするなら、それは役に立つよ」かれは言いました。「その仕事は後に回しても、時には何のさしつかえもないからね。でもバオバブのこととなると、それはいつも大惨事となるんだよ。ぼくはある怠けものが住んでいる惑星を見たよ。かれは三本の低い木を無視していたから…」

そして、小さな王子の指示どおりに私はこの惑星を描きました。道徳家のまねなどするつもりはありません。でもバオバブの危険はほとんど知られていず、そして小惑星の中で迷った者が出くわす危険はかなりなもので、今回だけは引っ込んでいません。私は言おう。「子どもたちよ！　バオバブには気を付けるように！」。この絵をずいぶん苦労して描いたのは、私同様、長い間知らずに危険と隣り合わせだったことを友だちに予告するためです。私からの教訓はそれだけのことはあります。君たちはたぶん疑問に思うでしょう、なぜこの本の中に、バオバブのデッサンのように壮大なデッサンが他にはないのだろうかと？　その答えはとても単純です。試してはみたのですが、できなかったのです。このバオバブたちを描いた時は急がないと、という気持ちにかられて、私に力が湧いたのです。

V章の謎解き

低い木を食べるひつじって？

C'est bien vrai, n'est-ce pas, que les moutons mangent les arbustes?
ひつじが低い木を食べるというのは本当なの？

またひつじが出てきた。II章で出てきたたくさんの草を必要としたひつじは、低い星座の間を移動していたぼくをほのめかすためだったけど、今度のは「低木を食べる」ひつじだと言う。じゃあ、今度のひつじは地平線上よりもう少し赤緯の高い天体を暗示しているにちがいない。

だけど、パイロットはバオバブの高度を示すのに、ここでひつじに変わって象を引き合いに出してきた。この象たちはどんな天体だろう。

それにしてもバランスの悪い絵だよ。象たちに球乗りをさせた上に、さらにバランスの悪い数字の象を描いてこの絵をわざとバランスを悪くしたに違いないね。それにしても何でこんなにバランスの悪い絵を…

バランスの悪い象たち

あ、そっかー！　バランスだー！　日本語では天秤(てんびん)座だよ。

みんなもわかった？　この絵はバランスの悪い天秤座を表現した絵なんだよ。

パイロットが「不公平だ！」と不満をもらしたのがその証拠だよ。天秤座なら確かに草みたいに低くもなくバオバブのように

てんびん座とさそり座
フランツ・ニクラウス・ケーニッヒの星図より
(Franz Niklaus König: Himmelsatlas, 1826)

---

1 ギリシャ神話に出てくる天秤は、正義を説く女神のアストラエアの所有物であり、過去の平和だった黄金の時代と、人間に強弱ができてきた銀の時代と、嘘と策略と暴力がはびこり自分の正義が顧みられなくなったと悟り、女神が天に帰ってしまった銅の時代を表したのが天秤座だとしている。

V章の謎解き

高くもなく黄道上の星座だよ。

💡 じゃあ、この象たちって黄道上を移動している惑星ってことじゃないか！

象たちに付いている白っぽいのって、これは反射だよ！

だから、「au hasard des réflexions（反射のせいでたまたま）」なんてパイロットが言ったんだ。「réflexions/レフレキション」には熟考とか反射という意味があるけれど、天体のストーリーでは、もちろん、反射と解釈しないとね！惑星なら黄道上の天秤座の周りに集まっていても不思議ではないし、上下になることもあるよ。

お尻を向けている 2 頭が内惑星の水星と金星で、それに続くのが地球と火星だね。尾と鼻で結びついている 4 頭の象が地球型惑星ってことだろうね。

みんな、惑星の数が 1 つ多いなんて言わないように！ 2006 年までは冥王星も惑星と見なされてたから 9 頭でも問題ないんだよ。

じゃあ、惑星たちの中心にあるのはもちろん太陽のはずだけど、ちょっと変だよね、太陽が見える明るい時に星だなんて…それも、星も太陽も両方とも何とも言えない薄暗い色になっていて、さらに太陽の一部が三日月の形で輝いている…どういうこと？

💡 ひょっとして、これって日食？

どおりで、ここには「食べる」という言葉が頻繁に出て来たわけだよ。天文の世界で、「食べる」っていうと、星食、日食、月食などと言うように、天体を隠すことで起きる現象だからね。

これは部分日食にちがいないよ。部分日食なら完全には暗くはならないし、もちろん星だって 1 等星以上でないと見えないんだよ。

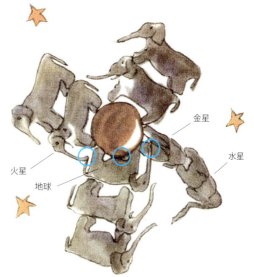

---
2 4月9日には、天秤座の近くにいくつもの惑星が集まった。

そういえばこの頃、1986 年の 4 月 9 日の午後に、オーストリアなどで部分日食があったんだ。それで日食に不可欠な月（lune/ リュンヌ）をほのめかすのに、サンテックスは月とその定冠詞で「l'une/ リュンヌ」なんてダジャレでみんなに示したんだけど…これはフランス人じゃないとちょっと難しいよ。

🐦 ... qu'il prenne fantaisie à l'une d'elles de se réveiller ...
⭐ 惑星たちの中には気まぐれ³なのがあって… その中の一つが気ままに顔…

　それでぼくの居場所なんだけど、どこにも見つからないなぁ…

💡　あれ？　1 頭の象のお腹だけど…ここだよ！　この頃のぼくは全速力で地球に接近⁴していたから、サンテックスは地球に例えた象のお腹にぼくを描いたんだ。「le ventre à terre（地にお腹をつけて＝地球にお腹をつけて）」と言うと、全速力でという意味になるから、やっぱりこの象が地球だ！

　ということは、かれは 4 月 9 日頃にぼくが地球に最接近するだろうって予測したんだよ。正確には 9、10、11、12、13 日の真ん中の 11 日かな。そしてこの頃のぼくは、狼座にいて、ぼくの尾は天秤座へとなびいていたってこと（228 頁「1986 年 3月下旬から 4 月 11 日までのハレー彗星の位置」の図を参照）。

日　付	赤　経 (1950.0)	赤　緯	地心距離 (AU)
4月　1日	18h21m.216	−38°46'.42	0.53
2日	18h08m.434	−40°09'.82	0.51
3日	17h54m.041	−41°33'.29	0.49
4日	17h37m.859	−42°54'.83	0.48
5日	17h19m.738	−44°11'.82	0.46
6日	16h59m.592	−45°21'.01	0.45
7日	16h37m.445	−46°18'.61	0.44
8日	16h13m.480	−47°00'.62	0.43
9日	15h48m.072	−47°23'.32	0.42
10日	15h21m.785	−47°23'.82	0.42
11日	14h55m.313	−47°00'.73	0.42
12日	14h29m.382	−46°14'.43	0.42
13日	14h04m.638	−45°07'.06	0.42
14日	13h41m.560	−43°42'.13	0.43

地球最接近日

1986 年 4 月のハレー彗星の位置（『天文年鑑 1986』誠文堂新光社より）

3 changer comme la lune＝ 月のように気まぐれ。ポピュラーな慣用句だよ。月はきまぐれ屋の代名詞みたいなもの。
4 4月8日、9日：光度4.0等、尾長30°、地平高度7°。ハレー彗星はぐんぐん西へ、1日で3度あまりも移動する。4月11日：この日、地球は太陽の向こう側を半周してきたハレー彗星と2度目の接近をする。両者の間隔は6300万キロで中接近とまでも言えない。

V章の謎解き

こんな持ち方では土なんて掘れないのでは？

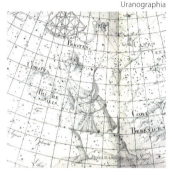

牛飼い座
Uranographia

　惑星の方が下に描かれていることから考えて、この巨人は赤緯が高い星座と考えてよさそうだよ。では、赤緯が高くて農耕に関係ある星座というと、まず思いつくのは牛飼座だ。ただ、牛飼座の由来は農耕の神のボーテスだったり、アトラスだったり、熊の番人の牛飼いだったりと、ルーツが曖昧なんだよ。どうやって証明したらいいのかなぁ。

　それにしても、こんなショベルの持ち方では根が掘り起こせるとは思えないんだけど。みんなもやってみてよ。何のつもりだろう…

💡　あ、そっかー！　こんな持ち方では根を掘り起こせない、由来を知り得ることはできない、これが牛飼座の特徴なんだよ。牛飼座は赤緯は高いけれど、天秤座の隣の星座だから。

　巨人の服の袖が長めなのは、春の星座の牛飼座をほのめかすためで、次のバオバブの間にいる巨人は夏の星座を暗示して袖なしのつなぎ服を着ているよ。

美しいブロンドの髪

　みんな、牛飼座の髪の毛だけど、よく見てよ！　ブロンドのかつらでも付けてるように見えないかい？

　この美しいブロンドの髪は牛飼座の隣の、髪毛座にちがいないよ。本文に「toilette/ トワレット（**身なり、化粧**）」

5　髪毛座とは伝説だけではなく、実在したエジプトの王妃の髪の毛の物語とされていて、紀元前3世紀頃、エジプトの王、プトレマイオス3世の妃、ベレニケが、戦いに出た王の無事を祈って自分のきれいなブロンド髪を神殿に捧げたのが由来とされる。

77

という単語が出てくるのは、髪は身だしなみにとって大事だからだよ。

次は、牛飼座の右隣に描かれている黄色い丸い惑星だけど、4月9日にぼくの尾の近くで土星《16h31m/-19°》が輝いていたんだよ。ぼくの位置は《16h13m/-47°》辺りだったから。土星（Saturne/サテュンヌ）は農耕の神のサトゥルヌスが由来だし、「sol（土）」という言葉からも連想できるよね。

バオバブの頑丈そうで奇妙な根

次は、サンテックスが100枚以上もやり直し、最も時間をかけた絵と言われるバオバブの絵の分析だ。頑強な根で結びついているバオバブだけれど、それにしてもずいぶんグロテスクな根でしっかり結びついてるなぁ。

💡 あれ！ これって包帯で結びついてないか？

そうだ、包帯って言ったらフランス語では「bande（バンド）」で、バンドには他にも「グループ、仲間」なんて意味もあるから、これは隣同士の星座で、それもグループを作っている星座たちってことだよ。そして、男が着ている服の格好からして真夏の星座だね。

「Les baobabs, avant de grandir, ça commence par...（バオバブだって大きくなる前は小さく始まる）」ということは、バオバブは地平線から昇ってくる星座だってこと。つまり、バオバブは北天の星座でもなく、すごく低い星座でもないってことなんだよ。そこでこの条件に当てはまるグループとなると、夏の夜の空に「大三角形」を作る3つの星をもつ星座、1等星デネブをもつ白鳥座、1等星アルタイルをもつ鷲座、1等星のベガをもつ琴座になるよね。

© 国立天文台

ところで、3本のバオバブはそれぞれ、どの星座になるのだろう。3本ともそっくりなので、隣

V章の謎解き

の近くの星座から判断するなんて方法はどうかな？

バオバブに立つ小さな赤い服の男って？

みんな、赤い袖なしのつなぎを着ている男の正体だけど、わかったかな？

💡 ヒントはかれのH形のつなぎだよ。Hは「Hercule＝ヘラクレス[6]」のイニシャルのHだから、これはヘラクレス座ってことだよ。「Il est quelquefois … à plus tard son travail（かれの仕事は、時には遅らしても何の支障もない）」

©国立天文台

なんて変な言葉がその証拠で、これはギリシャ神話で有名なヘラクレスの12のあり得ない難業[7]をほのめかしたんだと思うよ。ヘラクレスの難業だったら遅れても問題なし、というわけ。そして男の正体がヘラクレス座とわかったおかげで、右上のバオバブがヘラクレス座の隣の琴座って判断できる。

白い根が1本だけ！

あれ？　ぐるぐる巻きになって結びついている何本もの根の中に1本だけ包帯をしていない白い根があるけれど、これってどういうことだろう？

サンテックスが包帯を描き忘れた？

まさか！　かれはあえてこの根に包帯を巻かなかったとしたら…。

でも、なぜだ？

6　ヘラクレスはギリシャ神話では馬人の呪いのかかった血染めの衣をまとって苦しんで死んだことでも知られている。
7　ヘラクレスの12の難業とは、獅子座になったヌメアのライオンをやっつける、蟹も潰す、こん棒や弓矢で化け物の動物をやっつける等々。我が子を炎に投げ込んで殺してしまったせいで、ヘラクレスは罪を償うために12の難業を果たすはめになった。

© 国立天文台

💡 あ、そっかー！ この白い根は白鳥座の隣にある蜥蜴座だからだ！

フランス語の諺で「faire le lézard（蜥蜴になる）」と言うと、日向ぼっこをするという意味なんだよ。わかったかな？

この根は、日なたぼっこが大好きな蜥蜴座だから包帯を巻いてないんだよ。蜥蜴は動かないで日向ぼっこをしてることも多いせいか、本文中に出てくる「paresseux（怠け者）」は蜥蜴の代名詞なんだよ。

🐟 **J'ai connu une planète, habitée par un paresseux.**
★　**私は怠け者が住んでいた惑星を知ったけど、…。**

これで左上のバオバブが白鳥座（Cygne/ シーニュ）ってわかったよね。文中の「reconnaître（識別する）」を名詞で言うと、「signe / シーニュ（識別、印）」となって白鳥と同じ発音だよ。

🐟 **il faut arracher la plante aussitôt, dès qu'on a su la reconnaître.**
★　**でも悪い植物となると、それを識別できたら直ぐに取り除かないと。**

みんなにはちょっと難しいけど、ヒントは絵にも文中にもあるのが、この本の約束ごとだよ。フランス語がわからない読者には、騙し絵だけがヒントになるけど、ガンバレ！

枝のぼやけたバオバブって？

これで下を向いたバオバブは鷲座になるはずなんだけど、どうやって証明したらいいのかなぁ…

下のバオバブと他との違いは、唯一、枝の外側にぼけたところがあるってくらいかな。他に特別な特徴は見つからない。仕方ない、これも周りの星座から攻めよう。

鷲座の隣には矢座といるか座があるから…

💡 お！「矢」を使って絵にマッチした諺が１つ思い浮かんだよ。

それは「Ne pas savoir de quel bois faire flèche（矢を作るのにどの木を使っていいかわからない）」、つまり「どうしたらいいのかわからない」だよ。

サンテックスは下向きのバオバブの枝々をぼやけさせて、折れた矢を持った弓の名手のヘラクレスが、代わりの矢を作るのにどの枝を使ったらよいか分からない、とほのめかしてるんだよ。

これで３本のバオバブの星座が特定できたよね。そしてパイロットは、一刻の猶予もなくなって、大急ぎで力強いバオバブを描き上げたらしいけど、そのおかげでこの時が夜明け直前だってわかったよ。それも、１ページを使って大きく描いているのは南の空、真上に「夏の大三角」が見えているってことだよ。

🌙 **Quand j'ai dessiné les baobabs ...**
★ 私がこのバオバブを描いた時は、一刻の猶予もない気持ちに駆り立てられ力が湧いたのです。

残念ながら、ぼくはもう天秤座辺りにいたからマフラーはないんだよ。だけど、大収穫！　ここでは計９つも星座が見つかったよー！

Ⅵ章の翻訳

　おぉ！　小さな王子よ、私は、少しづつ、次のことから、暗い低いところにいるきみの生活を知りました。きみが昼と夜を区別するためには長い間、緩やかな日没しかなかったんだね。この新しくできた細かいことについて私が知ったのは、四度目の朝で、きみがこう言った時でした。
―ぼくは日没が大好きなんだ。日没を見に行こうよ…
―でも待たないとね…
―待つって、何を？
―太陽が沈むのを待つんだよ。
　きみは最初とても驚いた様子で、それから自分のことを笑ったよ。そして私にこう言ったね。
―ぼくはいつも自分のところにいると思ってるんだよ！

24

VI章の謎解き

実際にそういうことなのです。誰でもが知ってると思うけど、アメリカ合衆国で正午の時に、フランスでは日没の時間になるのです。日没を見るためには一分でフランスに行けたら充分なのですが。残念なことにフランスは余りにも遠すぎます。

でもきみの小さな惑星なら、椅子をほんの少し動かすだけでよかったんだ。それできみはいつでも望む時にたそがれを見ていたんだね…

—いつだったか、ぼくは四十四回太陽が沈むのを見たよ！

それから少し時間が経って、きみは加えたね。

—知ってるよね…　人ってすごく寂しい時って日没が好きだってこと…

—四十四回の日だけど、じゃあ、きみはとても寂しかったのかい？

でも小さな王子は返事をしませんでした。

25

VI章の謎解き

「四十四」？

Le jour des quarante-quatre fois tu étais donc tellement triste ?
四十四回の日だけど、じゃあ、きみはとても寂しかったのかい？

これってぼくに関係ある数字なのかな？　ずいぶん寂しそうだけど…

「四十四」っていったら、ぼくの名付け親のサンテックスが撃墜されて亡くなった年だ！　ぼくの地球最接近予告本の中にまさか、自分の運命も予告した？　まるで『トム・ソーヤ』の著者のマーク・トウェインみたいだ。彼は「自分はハレー彗星とともに地球にやって来たので、ハレー彗星とともに去って行く」と吹聴していて、実際に1910年4月21日、ハレー彗星の地球最接近日の

83

翌日に亡くなったんだよ。それでぼくの追跡ストーリーに話しを戻すと、「44」って数字は古代ギリシャの詩人アトラス（BC315-240）が「フェノメナ（現象）」という詩の中で44の星座を詠っていたと思うけど…

それがぼくとどんな関係があるんだい？　って顔してるけど、それが大ありなんだよ。

アラトスの「Phaenomena」

「占星学者、アレクサンドリアのクラウディオス・プトレマイオス」と題された16世紀の想像画

これって44星座しか設定されていなかった紀元前の大昔から、ぼくは太陽に向かって孤独の旅をしていたってサンテックスは言ってるんだよ。占星術家のプトレマイオス[1]によって48星座ができたのは多分AD2世紀頃で、それ以前は南半球では星座がなくって、挨拶する相手もいなくて、旅をしていてもぼくは寂しかったんだ。

逆さにすると時計座に似てる？

誰か気付いたかなぁ…

南天の空に時計座という星座があって、この絵に似てるんだよ（右頁絵）。

時計座ってフランス人の天文学者ラカイユが由緒ある北半球の星座に対して新しく設定した南天の星座なんだ。北半球から見ると振子がこのように上になって逆さに見えるし、どうみてもこれは時計座だね。

日没の太陽のように見えているのが振り子で、実の付いた長い草のようなものが3本見えてるけど、途中が曲がっている1本が騙しの草で、残りの2本が分銅だよ。分銅だと重りのせいで途中が曲がっているはずがないよ。そしてご丁寧なことに、1本の花には時計盤をほのめかすかのように花びらが12枚ついてるんだけど、他にはこんな花はないし、これはサンテックスからのちょっ

1　大昔メソポタミアの羊飼いの星座と古代ギリシャの神話が合体した星座の数、48星座をプトレマイオスの48星座と言う。

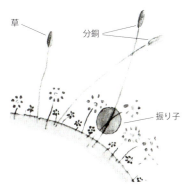

Atlas Coelestis（1729）

としたおまけのヒントだね。

椅子

次は、椅子に座った後ろ姿の人物だけど、星座で椅子といえば、まずカシオペア座[2]の椅子が思い浮かぶよね。カシオペア座は天の大時計と言われるように、

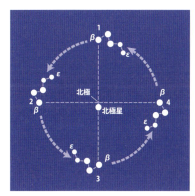

時計としてのカシオペア座「W星」

カシオペア座
Urania

2　カシオペア座は天の大時計と言われるように時刻が読める。大昔、昼は太陽で、夜はこの星座の動きでも時間の経過を知ることができた。北極星とMやWの形をなすカシオペア座のβとを結ぶ線はほぼ本初子午線に重なり、その結果βと北極星を結ぶ線は針として役立つ。

VI章の謎解き

85

大昔からそのWの形の向きで大まかな時間を読むのに役立っていたんだから。それに比べて時計座は時刻を知るのには何の役にも立たないけれど、時に関係する星座ということで2つを一緒に描いたのかなあ…

💡 あ！ そっかー、星座の時計のカシオペア座と時計座を利用したら、サンテックスが言うように「1分でフランスに行ける」ってことになるからだよ。

🌙 **En effet. ... le soleil, tout le monde le sait, se couche sur la France. ...**
実際、アメリカで正午の時、皆が知っているように、フランスでは日没です。日没を見ようと思ったら、一分でフランスに行けさえしたらいいのです。

これは地球が公転している結果、星座による時刻（恒星時）は時計による時刻（平均太陽時）よりも1日に約4分づつ進むことを利用したひっかけ問題の謎解きだよ（右図参照）。

1日で4分ということは6時間で1分進むことになる。ほら、ニューヨークとパリなら6時間の時差だから、星の時計を利用したら、「1分あればフランスの日没に間に合う」ということになるんだよ。これはトンチだけど、サンテックスが言いたかったのは、この時のぼくは超ハイスピードで移動してるってことだよ！[3]

🌙 **sur ta petite planète,il te suffisait...**
でもきみの小さい惑星からなら、椅子をほんの少し動かすだけで十分だ。

---

3 ハレー彗星の速度。近日点付近：時速約198000（km）、遠日点付近：時速約3300（km）。彗星は長楕円軌道のため、公転速度は軌道の位置によってとても大きく変わる。近日点では早くなるし、遠日点ではたいへん遅くなる。

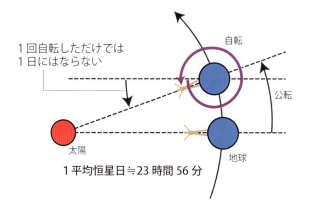

出典：国立天文台「太陽日と恒星日」

VII章の翻訳

　五日目、やはりひつじのおかげで、小さな王子の生活の秘密が明らかになりました。長い間、沈黙の中で考えられていた問題から生じる結果のように突然に、前ぶれもなく、かれは聞いてきました。
―ひつじは、もし背の低い木を食べるんだったら、花も同じように食べるの？
―トゲのある花でも？
―そう、トゲのある花もだよ。
―じゃあ、トゲは、何の役に立つの？
　私には分かりませんでした。その時、とても硬く締めたエンジンのボルトを緩めるのに懸命でした。というのは、私にはこの故障がとても大変そうに思えてきて心配していたのと、飲み水が底をつき、最悪の事態を恐れていたからです。
―トゲは何の役に立つの？

小さな王子は一度何か質問すると、絶対に諦めませんでした。私は
ボルトの事でいらいらしていたので、いい加減な返事をしました。
―トゲなんて、そんなの何の役にも立たないよ。それは花の単なる
いじわるだよ！
―おぉ！
　でも沈黙の後、恨みがましく、かれはこう言い放ちました。
―ぼくは君を信じないよ！　花は弱いものなんだ。花は無邪気なん
だから。自分たちのやり方で精一杯自分を守っているんだよ。トゲ
があるから自分たちはすごいって思ってるんだ…
　私は何も答えませんでした。この瞬間、こんなことを考えていま
した。
―もし、ボルトがまだ外れなかったら、かなづちでぶっ飛ばそう、と。
でも再び、小さな王子は私の考えを邪魔しました。
―でも、君は、君は思っているんだ、花っていうのは…
―ちがう！　ちがうって！　何にも思ってないよ！　いい加減に答えて
しまったんだよ。私はね、私は重大なことをしているからだよ！
　かれは呆れて私を見ました。
―重大なことだって！
　かなづちを手に、機械油で真っ黒になった指をして、とても醜く
見える物体の上にかがみこんでいた私をかれは見ていました。
―君って大人みたいな話し方をするね！
　私は少し恥ずかしくなりました。でも容赦なく、かれはこう加え
ました。
―君はすべて混同してるよ…君はすべてをごちゃ混ぜにしてるよ！
　かれは本当にすごく怒っていました。かれは黄金色の髪を風にふ
りかざしていました。

―ぼくは深紅色の男が住んでいる惑星を知っているよ。かれは一度も花の香りを嗅いだことがないんだ。かれは一度も星を見たことがないんだ。かれは一度も人を好きになったことがないんだ。かれは足し算以外のことは何もしたことがないんだ。そして一日中、君のように繰り返しているんだ。「俺は重大な男だ！ 俺は重大な男だ！」って。そうやってごう慢さをふくらますんだ。そんなの人間じゃない、そんなのキノコだ！
―何だって？
―キノコだよ！
　小さな王子は今では怒りでとても真っ青になっていました。

―何百万年も昔から、それでも花たちはトゲを作っている。何百万年も昔から、ひつじたちは花を食べている。それなのに、何の役にも立たないトゲを作るのに、なぜ、花はこんなに苦労するのかを分かろうとするのは重大じゃないってこと？　ひつじと花の戦争は大事なことじゃないの？　それはもう重大ではないんだね、そしてその戦いは太って赤いムッシュの足し算より大事でないってことなの？　もし、ぼくの惑星以外にはなくって、宇宙で唯一つのユニークな花があるのをぼくが知っていて、でも、小さなひつじがある朝、自分のしていることもよく理解せず、こんな風に、一撃で、その花を消してしまっても、それは大事じゃないっていうの！

かれは赤くなって、さらに続けました。
―もし誰かが、何百万も何百万もある星の中で、たった一つしかない花を好きだったら、その人は星空を見るだけで幸せなんだ。「自分の花はあそこのどこかにある…」とその人は思ってるんだよ。でもひつじがその花を食べてしまったら、その人にとって突然、星が全部消えてしまうようなものなんだよ！　それでも大事じゃないって言うの！

　かれはもう何も言えませんでした。わっと泣き出しました。夜になっていました。私は握っていた工具を放り出しました。かなづち、ボルト、喉の渇き、死、すべてがもうどうでもよかったのです。ある星の上に、惑星の上に、私の惑星、地球の上に、慰めを必要としている小さな王子がいたのです！　私はかれを腕の中に抱きました。かれを揺すりました。私はこう言っていました。「きみの大好きな花は心配ないよ…私がひつじに口輪を描こう…きみの花のために鎧を描こう…私が…」私はもう何を言っていいか分かりませんでした。自分がとてもへまだと思いました。どうしたらかれに追いつくのか、どこでかれと再会できるのかも分かりませんでした…本当に神秘的です、涙の国って！

28

Ⅶ章の謎解き

何でも食べるひつじ？

... Les moutons mangent ...
ひつじは出会ったものは何でも食べるよ。

　またひつじの登場だけど、ひつじが何でもかんでも食べるはずがないし、どうやら今度のひつじも生きたひつじではないみたいだよ。じゃあ、何でもかん

でも食べるひつじって何だろう。

💡 ひつじのように白くってもくもくしたものっていったら、あっ！ 空に浮かぶ雲じゃないかな。ひつじはひつじでもひつじ雲だよ。

雲なら、飛行機でも星でも何でも飲み込むよね。ひつじ雲というと、古くから「ひつじ雲がでると雨」と言われるくらいで、天気の崩れる前兆を示す雲だから、ここに登場する深紅色をした男は、きっと、ひつじ雲が発達し、夕焼けで深紅色になった台風の前に現れる入道雲（積乱雲）[1]だよ。

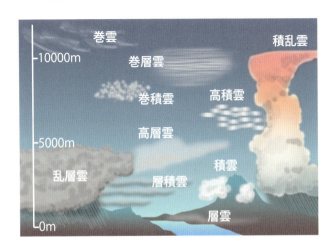

🌠 Je connais une planète où il y a un monsieur cramoisi.
かれは足し算以外のことは何もしたことがないんだ。

積乱雲だったら、足し算をするようにもくもくと急に大きくなって天気が崩れて、それで花をしぼませるし、星も見えなくするし、人を怖がらすから、ほら、やっぱり今度のひつじは台風を連想させるための雲だよ。

台風？　台風というと、ラテン語の怪物ティフォンが語源なんだよ。

そして、ティフォンに襲われて逃げた魚が魚座になったヴィーナス（アフ[2]

1　高積雲の俗名で、この雲の下に積雲や積乱雲が現れると、いわゆる台風などに発達する可能性がある。
2　美の女神ヴィーナスとキューピッド母子が川の岸辺で楽しんでいた時に、恐ろしい声を上げて怪物、ティフォンが現れたため、母子は魚の姿に変身し、川に飛び込み逃げ出したが、その後アテナ女神がリボンで結んだその姿を「魚座」にしたと言われている。

17世紀のヨーロッパ人がイメージしたティフォン
Wenceslaus Hollar,Wenceslas Hollar Digital Collection（PD）

魚座
Urania

ロディテ）だ。じゃあ、きっとここには魚座が隠れてるにちがいない。みんなも探してみて！　どこだ、どこだ…

💡　あ！　ここだ。大きな花の根元の2枚の葉だよ！

　魚座のトレードマークって尾の辺りでしっかりと結ばれた2匹の魚だからね。

　それはそうと怪物のティフォンは星座じゃないけど、サンテックスのことだからきっとどこかに登場させていると思う

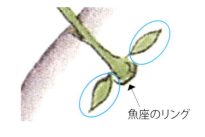
魚座のリング

んだよね。…どこかなぁ…　魚座の近くのどこかで積乱雲ぽいものって言ったら？

　まさか！　これが台風のティフォンだって！

💡　惑星の前にあるってことは星ではないって証拠。だけど雲だったら惑星の前にあって当然だからね。これは、雲は雲でも稲妻のせいで赤く光っている恐ろしい積乱雲のティフォンだよ。

　ぼくが言った唯一の花っていうのはこの大きな惑星のことで、その手前にあるのが大昔から花の敵となっている台風の雲ということだよ。

　それにしてもずいぶん大きくきれいな惑星だけれど、これは月ではないよ。直ぐ上に同じくらいの大きな星があるからこれって惑星だって推測できるよね。5日目の4月9日、宵の明星は魚座のすぐ上で輝いていたと思うよ。そし

Ⅶ章の謎解き

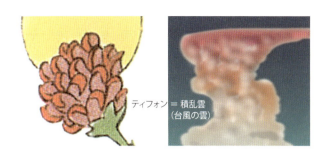

ティフォン＝積乱雲
（台風の雲）

て、隣に描かれた大きな星が星の中で1番明るいシリウス[3]で、この本の中でもダントツに大きい星として描かれてるんだよ。

だけど、それだけでこの星がシリウスって言い切れるかって？

💡 まちがいなし！　というのは、大きな星のすぐ近くに何度も何度も「sérieux/ セリウ（真面目な、重大な）」という単語が出てきてるからわかるんだよ。フランス語の「sérieux/ セリウ」を英語で書くと「serious/ シリアス」だけど、「ou」を「ウ」と発音するフランス人には、「serious」は「シリウス」となるんだ。だから、ここでは、シリウスが見えてるよ、と教えてくれてるんだ。

それを裏付けるのは、ぼくはパイロットに「Tu confonds tout ... tu mélanges tout（君はすべて[tout]を取り違えてるし、君はすべて[tout]をごちゃ混ぜにしているよ）」なんて厳しく言って、「ou」に注意を払うように仕向けたんだよ。

サンテックスはアメリカに亡命していたっていうのに英語を話すのをあまり好まなかったらしいから、かれもきっと「serious」をシリウスと発音していたん

シリウス

宵の明星

ティフォン

カノープス
（1等星）

3　多くの星の名前はアラビア語に由来するが、シリウス（sirius）は「seirios / セイリオス（焼き焦がす）」というギリシャ語に由来していて、英語（serious、シリアス、重大な）にも引き継がれている。

93

だろうね。

　もくもくしたひつじの毛からの連想で、星座でもないティフォンの雲まで見つかった。大収穫だ。だけど、ぼくの姿が見えないんだよね。

　ひょっとして、ぼくもティフォンに食べられてたとか？

💡　まさか、ジョークだよ。この日のぼくは東の空に見えたから、宵の明星とは一緒の空には見えなかったんだ。

🌠 **Je ne savais comment l'atteindre, où le rejoindre ...**

　　どうしたらかれに追いつくのか、どこでかれと再会できるのかも分かりませんでした…本当に神秘的です、涙の国って！

　これって雲や雨の空を描いてるんだよ。サンテックスはこの時のぼくの赤緯がすごく低く、地球に近づいていると予告する方法として地球の天候を表現したんだよ。

Ⅷ章の翻訳

　　私はすぐにこの花のことをさらによく知ることになりました。小さな王子の惑星の上には、一重の花びらで飾られたとても素朴な花たちがいつもありました、そしてそれらは場所も取らず、誰の邪魔にもなりませんでした。ある朝、草の間に現れ、夜にはもう消えていました。ところがこの花は、どこからか種のように飛んできて、

28

ある日、芽を出したのです、そして小さな王子は他の小枝とは似ていないこの小枝をとても近くで見張っていました。これは新種のバオバブかもしれなかったのです。でもこの低木はすぐに成長を止めて、そして花を咲かせる準備を始めました。大きなつぼみをつけるのを見てきた小さな王子はそこから驚くような出現を感じ取っていたのですが、でもこの花は緑の部屋の陰にいて、美しくなるための準備を止めることはありませんでした。かのじょは入念に色を選びました。かのじょはゆっくりと着飾り、その花びらを一枚ずつ調整しました。かのじょはひなげしのようにクシャクシャの姿で出てきたくなかったのです。かのじょは美しく光り輝いた時にしか現れたくなかったのです。えぇ！ そうですとも。かのじょはとてもおしゃれでした！ そのため、その不思議な身づくろいは何日も何日も続きました。そうしている中のある朝、それもちょうど、日の出と同じ時刻に、かのじょは姿を見せました。

そして、すごく正確な仕事をしてきたかのじょは、あくびをしながら言いました。
―あら！ まだぱっちり目が開いてないわ…ごめんなさい…まだ髪も結えていなくて…
　小さな王子は、感動を抑えきれませんでした。
―あなたは何てきれいなんでしょう！
―そうですよね、その花は静かに答えました。
　それにわたしは太陽と同時に生まれたのよ…
　かのじょはあまり謙虚ではないけど、でもすごく感動させる！ 小さな王子は正確に推理しました。
―朝食の時間だと思いますが…わたしのことを考えてくださいね、花は少ししてから
言い足しました。
　それから新鮮な水が入ったじょうろを取りに行った小さな王子は、凄

くこんがらがってしまって、花に水をかけてあげました。

　このように、かのじょは少し陰が多いことの虚しさのせいで、かれをとても苦しめました。たとえば、いつだったか、四つのトゲについて話しながら、かのじょは小さな王子に言いました。
―爪をたてたトラが来ても平気だわ！

―ぼくの惑星の上にはトラはいないよ、それにトラは草なんて食べないよ、小さな王子は反論しました。
―わたしは草ではありませんわ、花は静かに答えました。
―ごめんなさい…
―わたしはトラなんて何も怖くないんですけど、でも気流が大嫌いですの。衝立をお持ちではないですか？
―気流が嫌だなんて…植物にしては、ついてないなぁ、小さな王子は気づきました。この花はずいぶん複雑だなぁ…

―夜にはわたしを地球の下の方に置いてくださいね。あなたの所はとても寒くって。ここは居心地が悪いわ。わたしがいた所は…でもかのじょは途中で止めました。

　かのじょは種の形でやって来たのです。かのじょが他の世界を知り得ることなんてまったくありえないのです。こんなすぐにもばれそうな嘘をつきかけたのが恥ず

30

かしくなって、小さな王子のせいにしようと、かのじょは二、三回咳をしました。
―この衝立てって？ …
―取りに行こうとしたのにあなたが話しかけるから！ すると、それでもかれに後悔させようと、かのじょは無理やりに咳をしました。

　このようなことで、真剣な愛にもかかわらず、小さな王子はかのじょの心を疑うようになりました。たいした意味もない言葉をまともに受け止めて、かれはとても不幸になっていました。
「かのじょの言うことなんて聞くべきではなかったんだよ、絶対に花たちの言うことを聞いたらだめだよ」かれはある日打ち明けました。「花は眺めてそして香りをかぐものだよ。ぼくの花はぼくの惑星をいい香りにしていたけど、ぼくはその楽しみ方を知らなかったんだ。爪の話だって、ぼくをすごく苛立たせたし、感動するはずだったのに…」
　それから私にこうも告白しました。
「あの時はなにもわからなかったんだよ！ 言葉ではなくて態度でかのじょを判断すべきだった。かのじょはぼくをいい香りでつつみ、照らしていてくれた。決して逃げ出してはいけなかったんだ！ 哀れなずるさの裏にある優しさを読み取るべきだったのに。花たちってほんとうに矛盾してるよ！ でもぼくは若すぎてかのじょの愛しかたを知らなかった」

Ⅷ章の謎解き

夜には消える花？

🌿 **Il y avait toujours eu, sur la planète du petit prince, ...**

いつもとても地味で、一重の花びらで、場所も取らず誰の邪魔にもならない花がありました。朝には草の中に現れそして夜には消えていました。

　目立たなくって場所をとらず、邪魔にならなくって早朝に草の間に見えて、夜には見えなくなる花ってな〜んだ？

　これは等級が低い星で、さらに地平線上にやっと顔を出したものの、高く昇る間もなく夜が明けて見えなくなってしまう星たちのことだよ。

どこかからいつのまにか飛んで来る花？

🌿 **Mais celle-là avait germé un jour, d'une graine apportée d'on ne sait où, ...**

ところがこの花だけは、どこからか種のように飛んできて、ある日、芽を出したのです…。

　じゃあ、ある日、どこからか、いつの間にか飛んできた種の花ってな〜んだ？

💡 わかったかな？　あの花に決まってるんだけどなぁ…

　ヒントは、

①芽を出す⇒まん丸く見え始めないってこと（満ち欠け）。

②この低木は…⇒高度が高くない天体だよ。

③ある朝、太陽と共に⇒これで誰にでも明けの明星だとわかったよね。

　この花は西の空に宵の明星として見えていた後、明けの明星として現れるまでの様子を描写したものなんだよ。うまく描写してるからどんな星だろうなんて考えちゃうよね。

　ぼくがこの花を「cette brindille（他のとは似ていない小枝）」と言ったの

VIII章の謎解き

は、枝のように細い内合前の金星の姿のことだよ。さらに「belle, à l'abri de sa chambre verte（花は緑の部屋のかげで、いつまでも美しくなる準備にきりがありませんでした）」というのは、山や木々などの緑の陰にも隠れるほど低い金星の特徴を表しているんだよ。それにしても、サンテックスは金星を巧みに花として描写していてぼくも感心してしまったよ。

そしてついに、ほら！ 明けの明星が！

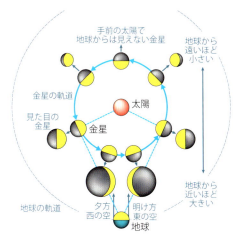

明けの明星と宵の明星の違い。太陽、金星、地球の位置と、金星の地球からの見え方。

🌙 ... en même temps que le soleil ...
ある朝、それもちょうど朝日と同じ時刻に花は姿を見せました。

だけど、明けの明星ってことは少し時が遡るんだよ。なぜって、1986年4月に、ぼくが地球に最接近した時の金星は宵の明星だったからね。その前の明けの明星が出現した日というと…1985年の4月2日以降で、その時の金星の位置は魚座で、この時、ぼくはオリオン座にいて、明けの明星の素晴らしさを見ようと苦労したのを覚えてるよ。

じゃあ、この絵の人物はオリオン座で、ぼくもここのどこかにいるのかなぁ。だけど、この頃のぼくにはまだ尾も無かったから…。

1　1985年4月2日〜1986年2月は明けの明星として魚座に出現。

ふっくらした唇

それにしても目立つ唇だと思わないかい？

みんなも比べてみてよ。他の絵の唇とはまるで違うよ。

💡 あれ？　唇のすぐ側に何かくっついてるみたいだけど。

まさか！　これがあの頃のぼくってこと？

これはミスプリントだって？　誰か言ってる気がするけど…

でもね、ぼくは金星に魅了されたんだけど、明けの明星だったから眩しくて観察ができなくて、それで一言一句聞き漏らさないように一生懸命にかのじょの言葉に注意を払ったんだよ。そんなぼくの様子をフランス語で「se suspendre aux lèvres de qqn（誰かの唇にぶら下がる⇒人の話に聞き惚れる）」と言うんだ。

ほら！　やっぱりこれってぼくなんだよ！

ここに感嘆符・ビックリマーク「！」付きで「推測しました」って書いてるよね、これが、朝日のせいでぼくには眩しくて金星が見えなかったという証拠なんだよ。

「！」が付いている言葉にはいつも注意を払わないと。

🌙 **Le petit prince devina bien ... !**

★ **かのじょはあまり謙虚じゃないけど、でもとても人を感動させる、小さな王子は正しく推測しました！**

黒く塗りつぶされた目

そして、ぼくがこの人物をオリオン座だと断定するのは、この黒い目のおかげなんだよ。他の目は全部透視されたような目をしてるのにこの目だけ黒いの

はわざとで、オリオンの目が見えなくなるという、よく知られたギリシャ神話を連想させるためだよ。

ということで、1985年、明けの明星が魚座で見え始めた4月に、ぼくはオリオン座にいて、近くでは明けの明星が輝いているだろうというかれの予告だよ。

つぼみの正体

お！ さすがサンテックスだ。騙し絵もうまい！

みんな、注意して見てよ。このつぼみだけど、これってかわいい小動物の星座なんだ。見破った人っているかな？

長い耳が2つに鼻、それに目。これって横向きで丸まっている兎座だよ。大きなつぼみのせいで立派な出現をあてにして、ぼくはついつい長い間待ったというのに、金星は朝日と一緒に出現したので見えずじまいだったんだ。これじゃあ期待外れで、ぼくは金星にすっぽかされたみたいだけど、これで、金星がうさぎのポーズを取ったってことになって、ほら！ 兎座が見つかった！

フランス語で、すっぽかすことを「poser un lapin（兎のポーズを取る）」って言うんだからね。兎座はオリオン座の直ぐ下に見つかるよ。

兎座
Urania

オリオン座と兎座
フランツ・ニクラウス・ケーニッヒの星図より
(Franz Niklaus König: Himmelsatlas, 1826)

長いまつげが！

まだ輝きが少ない金星

おぉ！　かれの右目にまつ毛がついてるよー！

みんなもルーペで見てよ。

サンテックスは絵の人物を美少年に見せるために、きっとまつげを付けたんだよ。なぜって、かれは美少年だったせいで誘拐された水瓶座のガニメデスで、じょうろで花に水を注いでいるんだ。ここでも作者がわざわざ子ども用の絵の道具を買ったわけがわかるよね。いろいろと細かい作業をして絵にヒントを潜ましたんだよ。

水瓶座
Uranometria

輝きの欠けた惑星って？

あ！　マフラーだ。

ということは、時間が経過したってことだ。

だから、花が突拍子もなく、「C'est l'heure ...（朝食の時間ですよ、わたしのことを考えて下さってもいいと思いますが…）」なんて言ったんだ。この言葉は花が宵の明星に変わったという合図なんだよ。

ぼくたち天体は夜になってから姿を見せ、みんなに輝きを届けるって活動を始めるから、天体の朝食はみんなには夕刻ってことだよ！　この絵の時刻はもう夕刻ってことだよ！

2　水瓶座は、黄道12星座の1つ。この星座には2等星以上の明るい星はない。ギリシャ神話では、ゼウスはガニメデスの美しさを愛し、ガニメデスをさらい、オリュムポスの神々の給仕とした。この仕事のためにガニメデスには永遠の若さと不死が与えられた。ギリシャ神話では、「南の魚座」も怪物のティフォンに襲われて川に飛び込んだヴィナスだ。南の魚座は水瓶座の下にあり、いつも水瓶座の水を飲んでいる秋の星座だ。

そして、金星の光線が半分しか描かれていないのは、明けの明星から宵の明星に移ったばかりの金星[3]がまだほとんど見えてないからだよ。これも 1986 年 1 月 19 日の外合後、間もない時という、大事なヒントになっているんだ。

💡 あれ？ ぼくの尾と金星の光線が交わってる！

ははーん、これってぼくが水瓶座にいたときに、それも金星の外合の頃にぼくは金星に近づくだろうという予告だね。ぼくが金星の軌道の内側に入った日は確か、1月 21 日だったからとても近い！

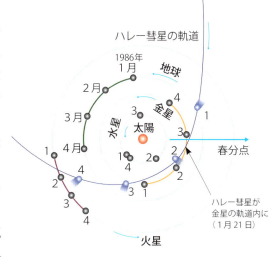

ハレー彗星の軌道と惑星の位置
（1986 年 1～4 月）

水瓶座から水をもらう花って？

🌙 **Et le petit prince, tout confus, ... avait servi la fleur.**
それから新鮮な水が入ったじょうろを取りに行った小さな王子は、凄くこんがらがってしまって、花に水をかけてあげました。

水をもらう花というと、水瓶座から水を注がれている南の魚座って気づいてくれたかな？

南の魚座には魚の口を意味するフォーマルハウトという 1 等星があるので、サンテックスはこの星座をきれいな花に仕上げ

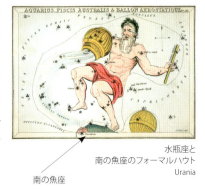

水瓶座と
南の魚座のフォーマルハウト
Urania

---
3 金星の軌道半長径は地球の1に対し約0.72。

103

たんだよ。

　花の根を拡大して見てよ。ヒントにしてはちょっとお粗末だけど魚の尾っぽみたいになってるのがわかるよね。それに、南の魚座も金星と同じくヴィーナスと呼ばれているうえに、2つが近かったから、ぼくはこんがらかってしまったんだよ。でも、サンテックスが言いたかったのは、ぼくが金星の軌道内に入る頃には、ぼくは水瓶座にいて、まだ明るさの足りない金星が近くにいたってことだよ。

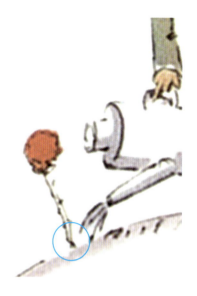

爪は怖くないけど、気流は嫌な花って？

Je ne crains rien des tigres, mais j'ai horreur des courants d'air.
トラなんてなにも怖くないけど気流は嫌なんです。

　今度の花にはトゲがまったくついてなくて、糸でできたような花なんだけど、1等星があって糸に関係がある星座というと…
　あ！　琴座だったら弦を使った竪琴の星座で、ベガという1等星もある！
　それに、この花が、「爪は平気で、でも空気の流れは嫌です！」なんて言ったのは、竪琴は爪も使って弾いたりする楽器だから、爪は平気ってことだよ。確かに、爪を怖がらない理由は的を射た気がするけど、じゃあ、気流が嫌だって理由は？
　気流、空気の流れ…空気の…
　あ！　竪琴って弦楽器だから、花は空気の流れの吹奏楽器は嫌だって言ってるんだよ！

VIII章の謎解き

そして「Je ne suis pas une herbe（わたしは草ではないわ）」と言ってるのも、琴座は赤緯の高い星座だからだよ。これで、この可憐そうな花は琴座に決まり！

奇妙な髪型と顔の人物って？

この人物がひざまずいているのが気になるなぁ。他にはこんな絵はないし、きっと意味があるはずだ。

💡 あ！ そういえば、ヘラクレス座は膝をついた男の星座だ。

ヘラクレス座は琴座の隣の星座だから、バッチシだし、風よけみたいなのが近くの楯座ってことだね。でも、この頃のぼくはヘラクレス座のように高いところを飛んでいなかったけど…

💡 そっかー、サンテックスはぼくの尾はヘラクレス座辺りまで届くと推察したみたいだ。

実際はぼくの尾はまだ太陽に近くてすごく長いのは分かっても、誰にもどこまで届いたかわかっていないんだ。でも、これっていつのことなんだろう。

💡 ひょっとして？ この卵みたいな顔が合図だったりして？

2月っていうとカーニバル[4]の時期で、こんな風に変な顔や身なりをした人間のことを「C'est un vrai carnaval（本物のカーニバルだ）」と言うから、これって変装だよ。この変な卵顔は、卵で作ったクレープを食べるカーニバルの最後の日のマルディ・グラ（謝

南の冠座

4　カトリック・キリスト教圏で行われた祝祭で「謝肉祭」と言われる期間。四旬節（復活祭前の40日で，肉断ちと懺悔の期間）に先立つ数日の日、月、火曜日の3日間があてられることが多い。カーニバルの最終日をフランス語でマルディ・グラ（太った火曜日）という。毎年日付は変わるが、カーニバル最後の懺悔をする火曜日は、水曜日から始まる節制期間に備えて、かつては卵、肉などを使った食事を摂ったとされる。ところが今ではマルディ・グラにクレープを食べる習慣が残るのみとなった。

105

肉祭の最後の火曜日)、2月25日を暗示してるにちがいないよ。そして、赤緯の高い琴座がこんな下の隅に描かれているのは、もちろん、早朝の東の空に昇ってきた琴座だからだよ。だけど西空の宵の明星の近くにいたばくが、ここで東の空に見えだしたのはどうしてだろう…

一方のパンツにだけ折り返しが？

💡 そっかー！　金星の外合の後でぼくは太陽に近づき、その後、Uターンし、ぼくの尾はこの頃から早朝の東の空に見え始めるとサンテックスは予測したんだよ。その証拠に、かれはガニメデスの一方の裾だけを折り返したんだ。

パンツの裾のこんな折り返し（ダブル）をフランス語では「revers／ルヴェール（折り返し）」って言うから、ここがぼくのUターン時、太陽最接近日って暗示だよ。

鋭い爪をもった花

この花って鳥の爪みたいなのでいっぱいだ。それに獣も一緒なので、ここはまだカーニヴァルの最中だと察しがついたけど、何という星座だろう。

この花の根だけど、強そうな足に見えるなぁ。

💡 あ！　これって鷲座だよ。なぜって「花が咳をした」ことから、鷲を想像できるからだよ！

🔻 **Humiliée de s'être laissée surprendre à ...**
こんなにもわかりやすい嘘をつこうとしたことを侮辱され、小さな王子のせいにしようと花は二、三回咳をしました。

Ⅷ章の謎解き

花は2、3回咳をすることで話題を変えて、自分のプライドを守るという手段を取ったけど、こんな風に防御の方法を心得ていることを、フランス語で「avoir bec et ongles（嘴と爪を持つ）」と言うから、鋭い嘴と鋭い爪を持つ鷲に気づけたら文句なしだよ。

鷲座にはアルタイルという1等星があるので、これが花になっているんだよ。もう1つ、こんなヒントもくれてるよ。

🐬 ... sous forme de graine. ...
＊　花は種の姿で来たのです。花は他の世界は知ることはできなかったのです。

「種の形で来た」とは地平線から昇ってくる星座を暗示していて、さらに、鷲はほとんどが留鳥なので「他の世界を知らない」ってなるんだよ。

鷲座
Uranometria

107

マニキュアされたような爪

ところで、この猛獣って？

鷲座の隣に猛獣の星座なんてないよ。

💡 あれ？　この猛獣の左前足の爪ってマニキュアされてるみたいだけど…

「猛獣の爪にマニキュア」なんて諺はないし、そんなにうまくはいかないね。

でも、これは爪を目立たせるための小細工だったとしたら…

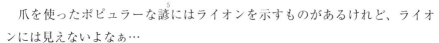

爪を使ったポピュラーな諺にはライオンを示すものがあるけれど、ライオンには見えないよなぁ…

獅子座のライオンは雄だし、それに獅子座と鷲座は少し離れていて、ライオンではサンテックスの理屈に適っていない。

💡 あれ？　この野獣の口元ってぐちゃぐちゃ？　というか、縫い合わされているみたいだけど…

そっかー！　縫い合わさってるんだよ！

じゃあ、「coudre la peau du renard à celle du lion（ライオンの皮に狐の皮を縫い合わせる⇒奸策を用いる）」というポピュラーな諺を利用したらどうだろう。強い鷲座を相手にする時には狐のずる賢さ（奸策）を利用するんだよ。

これは獅子座ではなくて、狐座なんだよ。狐をほのめかすのに、狐の代名詞ともいえる「pauvres ruses（乏しいずる賢さ）」なんて言葉を使っているのがその証拠だよ。

狐座なんてない！　なんて言わないでよ。狐座はないけど小狐座なら鷲座の

5　「A l' ongle, on connaît le lion（爪を見ただけで、ライオンとわかる）」という諺で、人の真価はその一部の特徴を見ただけで知れるという意味。ギリシャの大彫刻家フィディアスが爪を見ただけで未だ見ぬライオンの大きさや形態を想像したという逸話からでた諺で、1つの特徴だけを見て、才能や人格の優れていることがわかるという意味に使われている。特に大芸術家の特徴ある作風について言う。

6　これはスパルタの勇将サンドロスの言葉で、かれは力と破廉恥を政略の2本柱とし、「こどもはお手玉で大人は偽善で騙す」ということを主義とした。アテネとペロポネス戦役の時、卑劣な手で人を騙し非難されると、ヘラクレスが退治したネメアのライオンを諷して、この言葉を吐いたという。

VIII章の謎解き

すぐ隣にあるし、昇り初めは低いので小狐座ってわけだよ。

結局この星空には、酒汲みのガニメデスが登場して、音楽の琴座もあって、そして鳥獣類の星座が出てきて、飲んで食べてのまさしくカーニヴァルをイメージしたんだね。つまり、日付を暗示するためのカーニヴァルだよ。

子狐座
Urania

優しそうな花

今度の花は優しそうだなぁ、優しい星座なんてあるのだろうか？

💡 あれ？ みんなも90度回してみてよ。花の根が白鳥の頭に似てきたと思うけど。4番目の花は白鳥座の尾にある1等星デネブだよ。

そして、急にぼくが自分のことを若すぎた、なんて言ったのは若い、すなわち「嘴が黄色い」白鳥を思いつくように、だよ。

🐦 ... j'étais trop jeune pour savoir l'aimer.
花を愛するのにぼくは若すぎたんだ。

1等星デネブ

白鳥座とデネブ
Himmels Atlas

109

仮面を被ったような顔の男

この顔も変だし、首元を見ると何かを被っているようにも見えるのはまだカーニヴァルが続いていて仮装をしているからだよ。それにしても、この男は何をしようとしているのだろう？

透明な袋のような覆いを逆さにしているみたいだけど？

💡 そっかー、何も残ってないということは、隠し事は無しってわけかー。

これこそ、告解の日ということだ。

日本語では「腹の内を見せる」とも言うけど、フランス語は「vider son sac（袋を空っぽにする）」と言うと、告白するという意味になるよ。

後悔の言葉

🪶 ... me confia-t-il un jour, il ne faut jamais écouter les fleurs.
ぼくは花の言う事なんて聞くんじゃなかった、とわたしに打ち明けました…

今まで花に手厳しかったぼくがそれを後悔し告白したのも、実は、今日がカーニヴァルの最後の日の懺悔と告解の火曜日（マルディ・グラ）[7]だと知らせるためだったんだよ。

だけど、告白する男に喩えることのできる星座などあったかなあ…

7　106頁の脚注4を参照。

VIII章の謎解き

💡 あ！　白鳥座の隣のケフェウス座（セフェ座）だったらバッチリだ。王様のケフェウス座はフランス語では「Céphée（セフェ）」だからね。これは「C'est fait/ セフェ（なされた）」とほぼ同じ発音になって、袋の中はもう空になっているように、ぼくの告白はもうなされたってわけだよ。マルディ・グラも終わりのようだね。

© 国立天文台

ここにぼくの尾がないけど、この頃のぼくはもっと低い空の山羊座辺りを低空飛行していたから、北のケフェウス座と一緒には描かれていないんだよ。ただ、サンテックスはやっぱり子どもたちに全星座を示したかったんだよ。だから、ぼくがいない空の星座も出てくるんだよ。

ここでは、兎座、オリオン座、水瓶座、南の魚座、琴座、山羊座、鷲座、小狐座、白鳥座そしてケフェウス座の計10もの星座が手に入ったよ。大収穫！

ケフェウス座
Urania

8　ケフェウス座（Cepheus）は、北天の星座で、トレミーの48星座の1つ。ケフェウスはギリシャ神話のエチオピア王で、カシオペアの夫、アンドロメダの父。妻のカシオペアの高言が祟って、娘のアンドロメダを生贄に出す羽目になるが、ペルセウスに助けられたとされる。

111

IX章の翻訳

　かれは脱出するのに、野鳥の渡りを利用したと思います。出発の朝、かれは自分の惑星を順序正しく整えました。丁寧に活動中の火山を掃除しました。かれは二つの活火山を持っていました。そしてそれは見た通り、朝の朝食を暖めるのにとても便利でした。かれは休火山も一つ持っていました。でもかれはこう言っていました。「ひょっとしたらひょっとするかも！」。それで休火山も同じく掃除をしました。もしそれらがきちんとすすはらいされていたら、火山は、噴火することなく、静かにそして規則正しく燃えるのです。火山の噴火は煙突の火のようなものです。当然のことですが、地球上で火山の掃除をするのに私たちはあまりにも小さ過ぎるのです。そのせいで私たちにいろいろな面倒を起こすのです。

　バオバブの芽を最後まで取り除くと、小さな王子は少し寂しそうでした。かれはここに再び戻ってくる義務はないと思っていました。その朝は、いつものすべての困難な仕事が極端に楽に思えました。それから、かれは、花に最後の水をあげ、それからガラスの器で花をおおう準備をすると、涙がこぼれそうでした。

ーさようなら、お別れだね、花に言いました。

　でもかのじょは返事をしませんでした。

ーさようなら、お別れだよ、かれは繰り返しました。

　花は咳をしました。でもそれは風邪のせいではありませんでした。

ーわたしがばかでした、かのじょは最後になって言いました。わたしを許して。幸せになれるように任務をはたして下さい。責める言葉がないことにかれはびっくりしました。かれは天球をかついでまったく思惑通りにいかずにそこに立ちつくしていました。

IX章の翻訳

かれは丁寧に活火山を掃除しました

―そうですとも、あなたを愛してるわ、花が言いました。わたしの
せいなのよ、あなたは何も知らなかったの。それは大事なことでは
ないわ。わたし同様に、あなたも愚かでしたね。幸せになるように
がんばってね…このガラスの器はそのままにしておいて。わたしは
いらないわ。
―だけど風が…
―わたしはそんなに風邪を引いてはいないわ…夜の冷たい空気は気
持ちがよくって。わたしは花ですよ。
―だけど虫が…
―蝶々と知り合いになりたかったら、毛虫のような嫌なやつの二匹
や三匹我慢しないと。それって本当にきれいなんですってね。さも
なかったら誰がわたしに会いに来てくれるのでしょう？　あなたは
どこか遠くに行ってしまうし、あなたといったらね。大きな動物だっ
たら、わたしはまったく怖くないわ。わたしには爪がありますもの。
　そしてかのじょは素直に四つのとげを見せました。それから言い
足しました。
―いつまでもウロウロしないで、いらいらするわ。出発すると決め
たのでしょ。出て行って。
　というのも、かのじょは泣くのを見られたくなかったのです。
　とても見栄っ張りな花でした…

34

IX章の謎解き

脱出？

　脱出なんてちょっとオーバーな表現だけど、この辺りの飛行はぼくには命がけだから、サンテックスは脱出なんて言葉を使ったんだよ。同じコメットの仲間でもこの辺りをうまく乗り越えられずに消滅したり、どこか宇宙の果てに消えてしまうことが多いんだよ。

　みんな！　このヒントでぼくがどこから脱出したかわかったよね！

　そう、金星の軌道の内側からの脱出だよ。そこに入るともう太陽風の熱が強烈で、ぼくの氷で囲われた核からダストが放出されて小さくなっていくし、危険極まりないんだ。

　それで、この脱出がいつだったかと言うと…

　💡 そうだ！「pour son évasion, d'une migration d'oiseaux sauvages（野鳥の渡りを利用した）」というパイロットの言葉で、ぼくの脱出の日付を読んでみよう。

　野鳥の渡りっていうのは不思議なくらい決まった時期にきちんとやって来るので、「arriver comme mars en carême（四旬節は遅くとも3月にはやって来る＝決まった時期にきちんとやってくる）」という諺に当てはまるんだよ。

　ちょっと難しい連想ゲームだけど、コメット・ハレーは野鳥の渡りを利用して3月に金星の軌道の内側から脱出するって、サンテックスは予告したんだ。実際、3月1日だったよ。

　もう1つ、この諺を利用すると、こ

金星の軌道の外に出るハレー彗星

1　復活祭前を準備する期間の40日。四旬節の初日は「灰の水曜日」と呼ばれ、ミサ（礼拝）で司式者が各信者の額にしゅろの枝などを燃やした灰の十字を塗り付ける。1936年の「灰の水曜日」は2月25日にあたる。

の時に輝いている惑星も見つかるようになってるよ。というのは、「Mars／マルス」には3月という意味と火星って意味もあるからだよ。そこで「arriver comme Mars en carême（四旬節には火星が来る）」となって、四旬節の頃に、15年ぶりに地球に接近した火星も一緒に描いたんだよ。

額の印

💡 あれ？ かれの額に気になる印があるけど、これってカーニバルの後の「灰の水曜日」を暗示してるんじゃないかな。灰の掃除、掃除って強調するから気付いたんだけど、これは眉毛じゃなくって、灰で描いた十字だよ。まぁ、ばれるように描くはずはないよね。
それで「灰の水曜日」にあたる2月26日のぼくの尾がどこだったかというと…

こんな手つきで灰の掃除なんてできっこない

　それにしても、この巨人の洋服とベルトと靴までが怪しいまでにうまくコーディネートされているんだけど、どうも怪しいなぁ…コーディネート…
💡 あ！「コーディネートする」と言うと、フランス語では絵のように色を調和させる以外に、共同作業をするという意味があるから、この絵の男はヘラクレスと、かれに力を貸すアトラスとの合体だよ。
　角ばった右肩は宇宙を背負うアトラスがヘラクレスに肩を貸した様子が想像できるからね。フランス語でも、助けてもらって何かをする時に、「prêter l'épaule à qqn（肩を貸してもらう）」と言うよ。
　ところで、こんな腕の格好でほうきを持っても掃除しにくいし、ヘラクレスは何をしているんだろう。これって、ギリシャ神話に出てくるヘラクレスの

2　1986年3月の火星は《16h56m/-22°10'》の位置あって、これはちょうどヘラクレス座の下の方にあたる。

IX章の謎解き

12の難業の1つで、ヘラクレスがアトラスの力を借りてドラゴンから黄金の幸せのリンゴを奪う話なんじゃないかな？　どうやらぼくの尾は2月26日にはヘラクレス座辺りまで伸びているだろうと、サンテックスは予測したみたいだ。確かにこの頃のぼくは太陽に近かったので、ぼくの尾は長かったはずだけど、決して見えないからね。ぼくは山羊座にいたけれど、ぼくの尾はヘラクレス座まで伸びたかどうか…

ファルネーゼ・グローブを肩に乗せたアトラスの彫刻
(CC) Naples Archaeological Museum

柵の中に黄金色のマークが…

あれ？　火山の左の麓に黄金色のシミみたいなマークがあるよ？

こんなのぼくの本に最初からあったかなぁ…変だよ、初版から長い間、このマークはなかったんだ。なんと、途中で出現したんだ。

💡 驚くべき謎！　このマークは先ほど紹介したヘラクレスの黄金のリンゴのつもりだよ。リンゴは竜が守っていたのにヘラクレスに奪われたんだ。この絵は奪われたリンゴが戻ってきた時の絵を表しているんだ。初版には存在せず、50年以上も経って突然、リンゴが現れたのはもちろん、重大な隠し事があるからだよ。これもまたサンテックスが周到に仕掛けたミステリーの1つだとぼくは考えているんだ。

となると、この絵に竜座も登場していることになるよね。どおりで、火山の周りに柵があるわけだ。竜座って小熊座を囲む形の星座だし、竜にはフランス語で「監視人」という意味もあるので、この柵は竜座をイメージしたんだよ。

3　ギリシャ神話では、神々の王である大神ゼウスは女神ヘラとの婚礼の際、大地の女神・ガイアから、お祝いに黄金の林檎の実が成る木を贈られた。ヘラは罰を受けているヘラクレスに、この黄金のリンゴを守っている竜から奪ってくるようにという任務を与える。金のリンゴの番人の巨竜ドラゴンはヘラクレスとアトラスにまんまとリンゴを取られる。

4　この不可能とも思える謎については、前著『リトル・プリンス・ブック　星の王子さまのエニグマ』(講談社) p.76「黄金のシミ」の謎解きを参照。

花が「Tâche d'être heureux.（幸せのために任務を果たすように）」と言ったのも、ヘラクレスには幸せをもたらす黄金のリンゴを奪うという難業があったからだよ。

休火山の正体

🌙 ... deux volcans en activité ... aussi un volcan éteint.
小さな王子は2つの活火山と休火山を1つ持っていました。

竜座と小熊座
Urania

竜座に囲まれたのが小熊座だから、柵に囲まれた火山はもちろん、小熊座ってことだよ。パイロットが休火山を「On ne sait jamais !（ひょっとしたらひょっとすかも！）」なんて言ったけど、これが小熊座をほのめかしてるんだよ。日本語では「とらぬ狸の皮算用」なんて言うんじゃないかな。フランスでは熊を使って、「Il ne faut pas vendre la peau de l'ours avant de l'avoir tué.（殺す前に熊の皮を売るなんて言わないように）」って言うんだよ。そして熊の毛皮「oursin／ウルサン」には、「ourson（子熊）」って意味もあるから、ほら、小熊座が証明できた。

煙突と言ったら？

🌙 Les éruptions volcaniques sont ...
火山の爆発は煙突の火のようなものだ。

北天の小熊座が現れたところに煙突とくると、これって隣の麒麟(きりん)座に違いないね。だけど、どれが麒麟座？
💡 そうだ！「girafe／キリン」というと、動物の他に、マイクを付ける長い棒形の台の意味もある。この長い棒の先にマイクでも付いていて、今は休火山だけど、活火山に

©国立天文台

IX章の謎解き

なるかどうかの音を探っているのかも。

　そういえばキリンにこんな諺があったよ。「Peigner la girafe（キリンの毛を梳かす）」と言うと、「何もしない」という意味だよ。なぜって、キリンは背が高すぎてキリンの毛になんて届くはずがなくって、ブラシをかけようとする者は無駄なことばかりして、結局は何にもしていなかったことになるんだ。

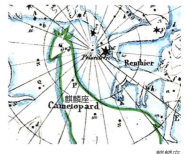

麒麟座
Himmels Atlas

　だからパイロットが「sur notre terre…（地球では火山はあまりにも大きすぎてわれわれは掃除のしようがない）」なんて言ってるんだ。

　それにしてもフランスには、動物を使った諺がなんて多いんだろう！

　でもこれで子どもたちは諺も星座も同時に学べて一石二鳥だね。日本のみんなにはちょっときびしいかもしれないけど。

キャップを被った火山の正体

　この三角キャップは説明するまでもなく三角座で、煙がくすぶっている火山がその隣のペルセウス座だよ。ペルセウス座は「Persée／ペルセ」と言い、これは「percé／ペルセ（孔の開いた）」と同じ発音だからね。それにしてもこのくすぶっている火山はどうみても怪しい。他のストーリーが潜んでいるのかも…[5]

真っ赤なマグマが見える活火山の正体

　真っ赤なマグマの上にソースパンが？
　　ソースパンの星座といったら、誰でもが知っている大熊座の北斗七星だよ！

5　前著『「星の王子さま」のエニグム』を参照。

119

パイロットは「この火山は"朝の"朝食を温めるのにとても便利だ」などと、余分なことを言ってるのに気付いたかな？

朝食と言ったら、朝の食事に決まっているように、ソースパン（柄杓）と言えば北斗七星、これは誰でも知っている絵柄だね。

真っ赤なマグマの見える活火山の正体は大熊座だよ。

残るは、真っ赤な花だけど、これも星座なんだろうか？

大熊座
Uranometria

黒い点々を集める花って？

La fleur toussa. Mais ce n'était pas à cause de son rhume.
花は咳をしました。でもそれは風邪のせいではありませんでした。

花が咳き込んでいたのは風邪のせいではないらしいけど…？

じゃあ、ガラスの器のせいで息苦しくなって咳をしたってことかな？
ガラスの覆いのついた星座を探そう…

あった！　水平線上に、それも大熊座と同じ夜空に、このガラスの覆いにそっくりなポンプ座があるよ。ポンプ座って、フランスの天文学者ラカイユが物理の実験で真空を作る道具の真空ポンプ「pompe à vide: ［pneumatique］（空っぽのポンプ）」を星座に設定したんだよ。これじゃぁ、呼吸が苦しくて花が咳きこむのも無理ないね。

そして、花が「J'ai été sotte（わたしがばかでした）」と言ったのももっともだね。「空っぽ」って、真空ポンプもまさに空っぽで、考えなしだったからね。

これで花の覆いがポンプ座ってわかったけ

ポンプ座
Uranographia

120

IX章の謎解き

ど、問題は花だよ。

それにしても、このチリのような黒い点々って何だろうね。ポンプ座の隣にある星座と言ったら…

 そうだ！　羅針盤座だ！

羅針盤っていうのは磁石で動くから…

花の周りにたくさんの黒い点々が描かれてるんだよ。これって、磁石が集める砂鉄だよ。

そして、この花は「rose des vents（ウインド・ローズ）」でもあるからね。

Replica of a wind rose from the chart of Jorge de Aguiar, 1492

どおりで、「Mais le vent…（でも風が…）」なんて花が言うわけだ。ウインド・ローズって、元来は風の吹く方向を知らせるためのもので、図盤がバラのようにとても美しく飾られたことから、フランスでは「rose des vents（風のバラ）」なんてきれいな名前がついたらしいよ。

それともう1つ、「風邪のせいではありませんでした」という言葉も羅針盤座を気付かせるヒントになるよ。

フランス語で風邪を引いたことを、「je suis enrhumé／アンリュメ」と言うけど、鼻風邪のせいか「je suis enrhumbé／アンリュベ（わたしは羅針図だ）」とフランス人には聞こえるらしくて、風邪をひいたときに冗談で「羅針図だ」なんて言うんだよ。「rhume（風邪）」と「rhumb（羅針32方位）」をかけた言葉遊びで、フランス人にはとてもポピュラーなジョークなんだ。これって、人をからかうのが大好きだったサンテックスのことがうかがえるダジャレだよ。

 あ！　まだヒントがあったよ。

作者がバラを見栄っ張り、高慢な花と示したのは、フランス語で「faire de la poussière（チリを集める⇒見栄っ張りな）」と「orgueilleuse（高慢）」をかけたからだ。それに加えて、きれいな模様の入った羅針図だから、このバラに

は他の花とは違ってたくさんの模様が入っているってわけ。

ホントに凝りにこった絵解きだけど、それはかれがフランス語版より先に、アメリカでたくさんの英語版の『The Little Prince（リトルプリンス）』を出版することになったせいかもしれないよ。[6]トラップだらけのかれのフランス語の言葉が英語で翻訳できたはずがないからね。当然、日本語でも不可能だよ。アメリカ人にも自分が秘めたメッセージを見つけてもらうには、絵からのヒントだけでも謎解きができるような、強いインパクトを与える絵が必要だったんだ。だからぼくの本の絵は、なんとも言えない特別な存在感を読者に与えているんだよ。

さてっと、ここでもたくさんの星座が出現したなぁ…ヘラクレス座に小熊座に竜座、麒麟座に三角座、それと大熊座とポンプ座に羅針盤座の計8星座だよ。

羅針盤座
Uranographia

---

[6] サンテックスは同書の出版契約をアメリカとフランスの2つの出版社と同時に結んだ。このことから2つの出版社は長い間、裁判で争うことになり、1999年にやっと和解して、現在の版に統一された。

X章の翻訳

かれは、325、326、327、328、329そして330などの小惑星群の中にいました。そこでかれはここに居場所を探すためと、知りたい事があってこれらを訪問し始めました。

最初のところには王様が一人住んでいました。紫紅の白テンの毛皮をまとって、とても質素で、そしてでも威厳のある玉座に座っていました。

―おお！　ほーら家臣だ、王様は小さな王子に気がついて叫びました。

　小さな王子は変だなぁと思いました。

―王様はぼくにまだ一度も会ったことがないのに、どうやってぼくだとわかるのだろう！

　王様たちには、世の中はとても単純にできているということをかれは知らなかったのです。人はみんな家臣であるということを。

―近くに来なさい、もっとよく見えるように、と王様は言って、やっと誰かの王様になれてとっても得意げでした。

　小さな王子は座ろうとかれの目を探しました。でもこの惑星は白テンの毛皮ですっかり塞がっていました。そのためかれは立ったままでいました、そして、疲れていたのであくびをしました。

―王様の目の前ではあくびをするのはエチケットに反する、君主は言いました。それを禁ずる。

―我慢できません、まったく意味がわからず小さな王子は答えました。ぼくは長い旅をしてそれで寝ていないのです…

―それではあくびをするように命ずる、王様は言いました。あくびをする者にはもう何年も会っていない。あくびはわしには興味深いことだ。さあ！　もっとあくびをするように。これは命令だ。

―そんなの困ります…もうできません…小さな王子はとても真っ赤になりました。

―ふふん！　ふふん！　王様は答えました。それではわしは…わしは時にはあくびをして、時には…ように命令する。

　かれはもぐもぐ言ってわかりにくく、そして怒っているようすでした。なぜなら王様が特に執着したのはその権威が尊重されることだったからでした。命令に背くようなことを許しませんでした。それは絶対君主でした。ところがかれはとても人がよく、もっともな命令を下していました。

35

　もしわしが命令したとして、かれは流暢に言いました、もしわしが将軍に海の鳥に変わるように無理なことを命令したとして、でも将軍が従わないとしても、それは将軍が悪いのではない。それはわしのせいであろう。
―座ってもよろしいですか？　小さな王子はこわごわ尋ねました。
―座るように命ずる、と王様は答えて白テンのマントのすそを厳かに引き寄せました。

でも小さな王子は驚きました。この惑星はすごく小さかったので
す。王様は何をうまく君臨できるというのだろう？
―陛下、かれは言いました…陛下に質問することをお許しください
…
―わしに質問するように命ずる、王様は急いで言いました。
―陛下…陛下はどこを統治しているのですか？
―すべてだ、すごくあっさりと、王様は答えました。
―すべてを？
―控えめな仕種で王様は自分の惑星そして他の惑星も星も指しま
した。
―あれすべてを？　小さな王子は言いました。
―とりわけそれだ…王様は言いました。
　なぜかというと、それは絶対君主どころか宇宙の君主だったから
なのです。
―それで星たちはあなたに従うのですか？
―もちろんだ、王様は言いました。星たちは即座に従う。不規律は
許さないのだ。
　そのような権力に小さな王子は驚かされてしまいました。かれは
もし自分にこんな力があったら、同じ日のうちに、決して椅子を動
かすことなく、四十四どころか、七十二さえも、さらには百もそし
て二百もの日没を見れただろうに！
　それからおいてきた小さな惑星のことを思い出してかれは少し寂
しくなって、思い切って王様に恩恵を乞いました
―日没を見たいのですが…お願いします…太陽に沈むように命令し
て下さい。
―もしわしが将軍に、花から花へ蝶々がするように飛ぶようにとか、
あるいは悲劇を書くようにとか、あるいはまた海の鳥に変わるよう
に命令としたとして、でももし将軍がこのできないことを引き受けて
実行しなかったら、悪いのは将軍なのかな、それともわしかな？

―それは王様でしょう、小さな王子はきっぱりと言いました。

―その通りだ。人それぞれできることをそれぞれに要求しなくては
いけないのだ、王様は再び言いました。権威とはまず道理に基づく
ものだ。もしおまえが国民に海に身投げするように命じたら、彼ら
は革命を起こすだろう。命令が理にかなってこそ、わしは服従を強
要できるのだ。

―それでぼくの日没は？　一度質問すると決して忘れない小さな王
子は思い出しました。

―おまえの日没のことは、大丈夫だ。わしが強く言おう。だがわし
が統治する知識からみて、条件が整うのを待つとしよう。

―それはいつですか？　小さな王子は訊問しました。

―えへん！　えへん！　と王様は答えて、まず最初に分厚い暦を調
べてから、えへん！　えへん！　これは、おおよそだぞ…おおよそ
だからな…

　今晩のおおよそ7時40であろう！　ちゃんとわしが言う通りにな
るぞ。

　小さな王子はあくびをしました。かれは、自分の日没がうまくい
かないのを知って残念がりました。そしてもうすでに少し退屈もし
ていました。

―もうここでは何もすることがありません、また出発します！　か
れは王様に言いました。

―行くな、家臣が一人できてとても得意になっていた王様は答えま
した。行ってはならん、大臣にしてやるから！

―何大臣ですか？

―司法の…だ！

―でも裁くべき人なんて誰もいませんよ！

―わからんぞ、王様は言いました。わしはまだ王国を一巡りしてい
ないのだ。

わしはとても年を取っているし、馬車を置く場所もないし、そして歩くのは疲れる。

―あぁ！ ぼくはもう見ましたよ、身をかがめて惑星の反対側をもう一度ちらっと見て言いました。向こう側にも誰もいませんよ…

―それではおまえは自分を裁くがいい、王様は答えました。それは最も難しいことだぞ。他人を裁くより自分自身を裁くほうがずっと難しいのだ。もし自分自身を正しく裁けたら、おまえは本物の賢者というものだ。

―ぼく、ぼくは、自分自身を裁くのはどこにいてもできるのです、小さな王子は言いました。ここに住む必要はないのです。

―ふん！ ふん！ 確か、わしの惑星にはどこかに年を取ったネズミが一匹いると思う、王様は言いました。夜中にネズミの音がする。おまえはこの年を取ったネズミを裁くといいだろう。時には死刑を宣告したらよかろう。これでこのネズミの命はおまえの裁き次第ということだ。だがそのネズミがいなくならないようにその度に恩赦するのがいいだろう。一匹しかいないのだからな。

―ぼくは、ぼくは、死刑を宣告するのはいやです、小さな王子は答えました、それにぼくはもう行こうかと思います。

―だめだ、と王様は言いました。

小さな王子は準備を終えていたのですが、年を取った君主を苦しませたくはなかったのです。

―もし陛下は正しく時間が守られることがお望みでしたら、陛下はぼくに道理にかなった命令を下すことでしょう。

陛下はぼくに、たとえば、一分内に出発するように命令なさるでしょう。条件は整っているとぼくには思えます…

王様は何も答えなかったので、小さな王子はまずためらいましたが、そのあと、ため息をつきながら、旅立ちました…

39

―わしの大使にしよう、その時、王様は大急ぎで叫びました。

かれは権威のある立派なようすでした。

巨人っていうのはかなり変わっているなぁ、小さな王子は旅をしながら独り言を言いました。

40

X章の謎解き

325、326、327、328、329、330って？

⟡ **... dans la région des astéroïdes 325, 326, 327, 328, 329 et ...**

かれは 325、326、327、328、329、330 の小惑星帯にいました。

金星の軌道の内側にいたぼくが木星と火星の間の小惑星帯で見つかったということは時間が遡ったみたいだけど、サンテックスはここでのぼくについていったい何を知らせたかったのかなぁ。

それに「325、326、327、328、329、330」なんてたくさんの数字が出てきたけれど、「B612」と同じくアラビア数字ということは、これもきっと天文の何かを暗示している数字だろう。

そこで、「325」を《赤経3h25m》と見なすと、《赤経3h25m、3h26m…》とは牡羊座と牡牛座のちょうど境界線あたりになる。

Ⅳ章では、ぼくはまだトロヤ群の小惑星帯付近にいて、双子座でアマチュア観測家に観測されるだろうとサンテックスが予告したのを、みんなは覚えてるかな？（Ⅳ章の謎解き、「ハレー彗星の軌道と惑星、小惑星群の関係」の図を参照）。じゃあ、ここはアマチュア観測家たちが、尾ができ始めたぼくを追っ

1　太陽からの距離が約2〜4天文単位の範囲に集まっているので、そこを小惑星帯（メインベルト）という。天文単位（記号：au）とは、地球と太陽との平均距離を1とするもの。1au ＝149,597,870,700mと定められている。

かけ回し始めた頃で、9月19日よりは後ってことになるよね。
 あ！　これってできたてホヤホヤのぼくのコマかも！

<u>Coma と comma（ ,）って似てる</u>

　–Ah ! Voilà un <u>sujet</u> , s'écria le roi quand ...
　―おぉ！　家臣だ , （タイトルだ , ）王様が叫びました…

「家臣」にくっ付いているコンマ（ , ）はフランス語では「comma / コンマ」と言うけれど、ぼくのコメットの核を取り巻く白っぽいガス状の部分も「コマ[2]（coma / コマ）」って言うんだよ。ほら！　この2つは格好も発音も似ているんだ。
　ここは、ぼくのコマから尾[3]ができ始めた頃ってことだよ！
　王様は過去に何度もコメット・ハレーを見たことがあるはずだし、コンマにそっくりなぼくがやって来たから、王様が「タイトルだ , 」って叫んで、ぼくの姿を絵文字にして一緒に描いたんだよ。「家臣」と「タイトル」は同じスペルなので、王様は「小さな王子だ , 」と叫んだに違いないよ。
　何を言ってるんだ？　ってみんなは呆れているかな？
　だけどサンテックスのことをよく知ったら、こんなヒントにも驚かなくなると思うけどなぁ。かれがくれるヒントってホントにユニークだから。もう少し先に進んだら、きっと明らかになると思うよ。

2　コマは、放出されたガスや塵が彗星本体のまわりを球状に覆った大気のこと。
3　尾は、太陽からの放射圧と太陽風によって太陽と反対の方向にできるもので、2種類ある。

赤い眼と白い眼の王様

🌠 ... fit le petit prince tout rougissant. ...
小さな王子は真っ赤になりました。…王様は少しもぐもぐ分からないことを言って、怒った様子でした。

💡 あれ？ 王様の右目って赤くないかい？
赤いマントでうまくカムフラージュされてるけど、牡牛座の右目の赤い1等星アルデバランを証明しているみたいに赤いよ。王様はいつも口をもぐもぐさせている上に、ぼくが赤くなったのを見て怒ったんだよ。こんなのは牡牛座に決まってるよ。ちなみに、ぼくが赤くなったのは夕方の西空に見えていたからなんだけどね。

そして、この時のぼくはというと、牡牛座の赤い目のアルデバランの近くにいたはずなんだけどなぁ…

あ、見つけた！ 王様の左目の白っぽいのがぼくの回りにできたコマだよ。

そして、ぼくはこの頃に高いところを飛んでいたのを覚えているけど、サンテックスはぼくが「立っていた」という説明でそれもちゃんと予告してるんだよ。

牡牛座
Urania

© 国立天文台

🌠 ... chercha des yeux où s'asseoir, ... Il resta donc debout, et, comme ...
座ろうとして王様の目を探したけど、結局場所がなくて、立っていました。

X章の謎解き

王様の惑星って？

目のおかげで王様の正体はわかったけれど、かれの惑星って何だったかなぁ…王様の惑星があまりにも小さくてびっくりしたのを覚えてるよ。

Mais le petit prince s'étonnait. La planète était minuscule.

小さな王子は王様の惑星があまりにも小さいことに驚きました。

1番小さな惑星というと、当時だったら冥王星だったけど、冥王星が星に比べてこんなに大きくきれいに見えるはずもないし、じゃあ、月？

そういえば、王様は変なことを言ったなぁ。

王様は「Si je ...（もしわしが将軍に海の鳥に変わるように命令したとして…）」などと無理な要求をしたけど、フランス語ではこんな無理な要求をする時、「demander la lune（月を要求する）」って言うんだよ。

やっぱり、王様がいる惑星って月みたいだ。月だったら極小な天体だし、バッチシだ！

でも、椅子でちょっと欠けているし、マントの裾でも隠れているので満月ではないみたいだけど、いつ頃の月なのだろう…

ぼくの日没を約束したのに…

そう、そう、ここでぼくは、「自分の日没」が欲しいってしつこく王様にお願いしたんだ。そうしたら、王様は将軍にまた前と同じようにあり得ない命令をしたんだ。ところが今度は、よりによって、将軍はそのあり得ない命令を了承してしまったんだよ。

131

🌙 **Si j'ordonnais, ... ce ne serait pas la faute du général.**
もし王が将軍に花から花へと蝶々のように飛べとか海の鳥に変われとか命令して将軍が一度了承した命令を実行しなかったら、どちらが悪いのだ？

　こんな風にできないことを了承したときにフランスでは、「promettre la lune（月を約束する）」って言うんだけど、王様がここでまた無理な命令を出すのは、ぼくの日没に月が関係あるのかなぁ。これも月を利用して解決しようってことかな？

　それにしても、ぼくみたいに小さな天体が自分の日没を見ることができるなんて、どうみても不可能な話だと思うけど。とにかく、ぼくは小さすぎて…　じゃあ？　他の天体を利用したらどうだろう。月？　だから王様は「月を約束した」んだ！

　それだ、満月が必要だったんだよ。満月だったら地球と並ぶから、ぼくの「衝」[4]ってことになるけど！　ひょっとして、サンテックスはぼくの日没に引っかけて、本当はぼくの衝の日を予告しようとしたんだ！

　じゃあ、その時って？

　王様は分厚い暦を見て「おおよそ、おおよそ、今晩の、おおよそ、7時40」と言ったけど、これは月齢[5]だよ！　19時40分なら月齢ではもう満月を過ぎていて下弦の月なので、ぼくは「見逃した」と言ったんだよ。

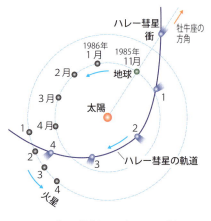

ハレー彗星の軌道と1985年11月の「衝」

🌙 **... Il regrettait son coucher de soleil manqué ...**
自分の日没を見逃して悔しがりました。

4　外惑星などの天体が地球を挟んで太陽と正反対の側に来る状態。地球にもっとも接近する時期であり、その天体は真夜中ごろに南中するので1晩中見えることから、観望の好機といえる。
5　月齢は月の満ち欠けの状態を知るための数字。新月を0とし、15前後は満月とする。正確な時を示すために今も使用。

1985年10月の満月は29日だったから、次の満月まで待てずにぼくは出発したけど、ぼくの衝が起きたのは11月18日だったから、サンテックスの予告日はいささか「おおよそ」だったね。現に王様は二度も「おおよそ」と言ってるよ。笑えるね。

もう1つ一緒に見えている惑星って？

あれ？　王様の下の方に惑星が見えているけど、これって？

そうだった。ぼくが牡牛座と牡羊座の境界を通過した時、木星が山羊座あたりですごく輝いていたのを覚えてるよ。サンテックスはきっと木星も参加させて、ぼくの衝の日付をなるべく裏付けしようとしたんだね。確かめよう。木星が月より小さいのは変だ、なんて言わないでよ。地球から見てるんだから。

🌙 ... le roi, qui ramena ... un pan de son manteau ...
　　王様はマントの裾を誇らしげに引き寄せました。

「pan/パン」っていったら「洋服の裾」だけど、同時に山羊座の神パン「Pan/パン」でもあるんだよ。王様は、山羊座で輝いていた木星を引き寄せたってことだよ。

🌙 Le roi d'un geste discret désigna sa planète, ...
　　王様は目立たなく自分の惑星を指しました…
　　―あれすべてを？　と小さな王子は言いました。
　　―とりわけそれだ…と王様は言いました。

6　1985年11月18日の月は牡牛座にあり、ハレー彗星も牡牛座にあった。尾は3度くらい、光度は8.8等だった（『ハレー彗星1985-86』による）。

ここでも、王様がはっきりと「とりわけそれだ」って言ってるけど、これは牡牛座の王様はジュピターだからだよ。ギリシャ神話の主神ゼウス（ジュピター）が女神のエロペを誘惑しようと牡牛座に化けたんだから、王様が木星（ジュピター）をとりわけ統治しているのは当然のこと。それで、小さく見える惑星は木星なのがわかるんだよ。

XI章の翻訳

　もう一つの惑星には見栄っ張りが住んでいました。
　―おぉ！　おぉ！　ほら来た、感嘆者だ！　小さな王子に気づくなり、見栄っ張りは遠くから叫びました。というのは、見栄っ張りたちにとっては、他の人はみんな感嘆者なのです。
　―こんにちは、小さな王子は言いました。変わった帽子を持ってますね。
　―これは挨拶をするためさ、見栄っ張りが答えました。人が喝采してくれる時に挨拶するためだよ。でも残念なことに、誰一人この辺を通らないのさ。
　―あぁ、そうなの？　と言ったものの小さな王子はその意味が分かりませんでした。
　―一方の手でもう一方の手を叩いてごらん、見栄っ張りが勧めました。

40

XI章の翻訳

　小さな王子は一方の手でもう一方の手を叩きました。
　見栄っ張りは帽子を少し持ち上げて、軽く挨拶をしました。
　これって、王様への訪問よりももっとおもしろいや。小さな王子は独り言を言いました。そしてかれは再び一方の手でもう一方の手を叩きました。
　見栄っ張りもまた帽子を少し上げて挨拶をし始めました。
　　やり始めてから五分後には、小さな王子は単調な遊びが嫌になりました。
　　―それで、帽子が落ちるのには、何をしたらい
　　　　いの？　かれは尋ねました。

41

でも見栄っ張りにはそれは聞こえませんでした。見栄っ張りたちには誉め言葉しか聞こえないのです。

　きみは本当にわたしに感嘆しているのかな？　見栄っ張りは小さな王子に尋ねました。

―「感嘆する」ってどういう意味なの？

―「感嘆する」とは、わたしがこの惑星でいちばん男前で、いちばんかっこいい洋服を着ていて、いちばん金持ちで、そしていちばん賢い男だということを認めることだよ。

―でもあなたの惑星ではあなた一人だけですよ！

―喜ばしてくださいよ。なんでもいいからわたしに感嘆しなさい！

―ぼく、感嘆するよ。小さな王子は、ちょっと肩をすぼめながら、言いました、でも、感嘆されるって、なにがそんなにおもしろいのだろう？

　それから小さな王子は立ち去りました。

　巨人たちって確かに変わっているなぁ、かれは独り言を言いながら旅を続けました。

42

XI章の謎解き

感嘆符「！」の正体

🐬 Ah! Ah! Voilà la visite d'un admirateur！ s'écria de loin ...
　おぉ！　おぉ！　ほら来た感嘆者が！　見栄っ張りが遠くで叫びました。

　王様には「タイトルだ，」と叫ばれたぼくだけど、ここでは「感嘆者！」と叫ばれて、ぼくの尾もだいぶ伸びたみたいだ。みんなも王様が「，」と言ったわけがわかったよね。ここでは「！」がぼくの姿だよ。

　じゃあ、ぼくの尾はどんな騙し絵になって右の絵に隠れているんだろうね。ちょっと変わった帽子だけど、帽子の真ん中に線が入っているのは折りたたみ式の帽子ってことかなぁ？

💡　あ！　これってオペラハットだ！

　オペラハットをフランス語では「chapeau à claque／シャポー　ア　クラック（叩く帽子）」って言うけど、それは邪魔にならない

ように手で叩いて（クラックして）ペチャンコになるからこんな名前付いたんだ。手を叩くように何度も催促すると思ったら、これはオペラハットを連想させるヒントだったんだよ。それで、ぼくの尾はどこだ、どこだ？

　あった！　見栄っ張りのオペラハットにくっついた細くて白っぽいのがぼくの尾のオペラハットだよ。

　まさか、これが？　ってみんな疑ってるね。

　ぼくは見栄っ張りを喜ばすために何度もなんども手を叩いて、もううんざりしたけど、フランス語ではうんざりした時、「Il en a sa claque（自分のオペラハットを持つ）」とも言うから、ここではぼくも自分なりのオペラハット、つ

1　opera hat（オペラハット）は鑑賞の際に邪魔にならないように叩いてつぶせるタイプの帽子。

まりぼくにもオペラハットのように長い尾ができたってことになるんだよ。ぼくの尾がオペラハットに似ているとは思えないけどなぁ。

つまり、これは、ぼくの尾は見栄っ張りの上の方に見えるだろうという作者からのメッセージだよ。じゃあ、今度は見栄っ張りの正体を明かさないと。

何度も喝采を要求する見栄っ張り

だけど、見栄っ張りをイメージできる星座なんてあったかなぁ。それもしつこく、一方の手でもう一方を叩くようにと何度も繰り返したんだよなぁ。何をほのめかしてるのかなぁ…？

★ **Frappe tes mains l'une contre l'autre , …**
　一方の手でもう一方を叩くんだよ、…

💡 あ、これってパンのことかも！

食べるパンじゃないよ。孔雀の「paon／パン」だよ。両手で手を叩くと、パンって音がするよね。孔雀って「パン」って発音するんだよ。孔雀座がどこかに隠れてるんだよ。

この不細工な足、これかな？

孔雀の足ってそんなに不細工でもないのに、「Il est comme le paon qui crie en voyant ses pieds（自分の足を見て叫ぶ孔雀のようだ）」なんて諺があって、これは「自分の欠点を指摘されて腹を立てる見栄っ張りのこと」だから、わざと不細工な足にして、孔雀への連想を誘ったのかも。

それだから、見栄っ張りがぼくを「遠く

2　孔雀は羽根をひろげて得意満面だが、眼を下げて足を見るとその醜さに怒りの叫びをあげるという。動物学者は孔雀の足は決して奇形でも醜くもないと言うが、この諺は古くから用いられた。

から叫びました（s'écria de loin le vaniteux…）」なんて言ったんだよ。孔雀座はぼくのルート上からは少し離れた星座だからね。

ぼくのルートから少し外れた星座までほのめかしているってことは、やっぱり、サンテックスは88星座全部を子どもたちに学ばせるために騙し絵として潜り込ませたみたいだね。

ところで孔雀座だけど、これって人物像じゃないから、これも他の星座との合体かな？

あ、孔雀座の隣にインディアン座がある！

だけど、どうやったらこの男が見栄っ張りのインディアンになるんだろう？

💡 そっかー、孔雀を使ったとてもポピュラーな諺「se parer des plumes du paon.（孔雀の羽で身を飾る⇒他人の光栄で見栄を張る）」を利用したらいいんだ！

これで、この見栄っ張りは孔雀の羽をまとったかっこいいインディアン座ってなるんだ。昔のインディアンは頭や腰に勇猛な鷲の羽根を着けて力の強さを示していたけど、この見栄っ張りは美しい孔雀の羽を利用したみたいだ。ほら、ハットにきれいな孔雀の羽が付いてるよ。

それにしてもかれの顔ってまん丸なうえに、取っ手みたいな耳がついてるんだけど、これってどんな意味があるのかなぁ…まだ他にも合体してる星座があるのかも？

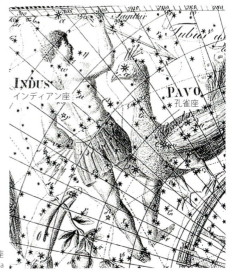

インディアン座と孔雀座
Uranographia

まん丸な顔をして取っ手みたいな耳？

　丸い顔をして取っ手みたいな変な格好の耳をしているのには、理由があるんだよ。見栄っ張りは自分が聞きたくないことは耳が聞こえない振りをしてるってサインだよ。フランス語ではこんなご都合主義のことを「être sourd comme un pot（水瓶のように聞こえない振りをする）」って言うから、この絵には水瓶座も合体している？

　そういえば、見栄っ張りみたいに肘を少し曲げ、手をポケットに入れて威張った格好をフランス語では、「Il fait le pot à deux anses（2つの取っ手のある瓶の格好をしている）」とも言うから、きっとこの丸い顔はぼくはまだ水瓶座にいるってことだよ。

見栄っ張りがいる惑星って？

　それで見栄っ張りの惑星だけど、王様が住んでいた月とペアの惑星っていったらもちろん地球だよ。

> ◢ **La SECONDE planète était habitée par un vaniteux :**
> 　次の惑星には見栄っ張りが住んでいました。

　ほら、地球だって証拠に見栄っ張りの足元には陸？　それとも、鳥かな？
　あ！　羽を広げた鶴だったりして、鶴ならインディアン座の隣の星座だよ。
　💡　わかったー！　見栄っ張りが「Personne ne passe par ici（ここには

140

XI章の謎解き

誰も通らないよ）」なんて言ったのは、鶴がいるよって教えるためだよ。フランスでは来ない誰かを待つことを「faire le pied de grue（鶴の足をする）」って言うからね。鶴座を地表みたいに見せたようだけど、おもしろい騙し絵だ！

どうやら、ぼくもいよいよ地球に近づいたみたいだけど、サンテックスはこの日を予告してるのかなぁ…

水瓶の顔をした見栄っ張りのすぐ側でこうこうと輝いているのは満月だから、きっと11月27日の満月の日に地球に近づくだろうって予告だよ。

すごいよ！ 当たってるよ。11月27日の満月の日にぼくは地球と1回目の最接近をしたんだ。

それにしても、次々と都合良く諺が出てくるけど、全部すごくポピュラーなんだ。これって、フランスの子どもたちがエニグムを解明しながら星座だけじゃなくって、たくさんの諺も学ぶようになってるんだ。勉強になるね！

サンテックスって本当にすごいよ、天才だ！

あれ？ それにしても変だなぁ…

ぼくが見栄っ張りに「どうやったら、帽子が落ちるの」って尋ね

鶴座
Uranometria

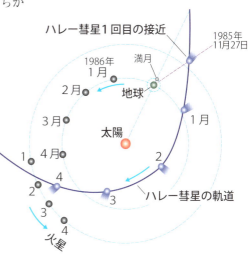

141

た会話なんだけど、なぜか酒飲みの惑星の絵の中に当てはめられてるんだよ。

　まぁ、次の酒飲みが説明してくれるんだろうね。

XII章の翻訳

　続く**惑星**には酒飲みが住んでいました。ここの訪問はとても短いものでしたが、それは小さな王子をとても暗い中に押し込めました。
―そこで何をしているの？　空ビンといっぱい入ったビンを前に集めて黙って座り込んでいる酒飲みに向かって、かれは言いました。
―飲んでいるんだよ、酒飲みはふさぎ込んだ様子で答えました。
―どうして飲むの？　小さな王子は尋ねました。
―忘れるためさ、酒飲みは答えました。
―何を忘れるためなの？　かれをもう哀れんでいた小さな王子は詰問しました。
―自分が恥ずかしくて、忘れるためさ、酒飲みはうなだれて打ち明けました。
―何が恥ずかしいの？　小さな王子はかれを助けたい気持ちになって理由を問いただしました。
―飲むのが恥ずかしいんだよ！　と締めくくって、ずーと黙ってし

42

> まいました。
> 　それで小さな王子は当惑して立ち去りました。
> ─巨人ってどう考えても、とてもとても変わってるなぁ、かれは旅をしながら独り事を言っていました。

XⅡ章の謎解き

酒飲みの惑星って？

　どうやったら帽子が落ちるのかを見栄っ張りに聞いたけど、かれは聞く耳を持たなかったね。よくよく考えたら簡単なことで、手を帽子から離せば済んだことだったんだよ。

　ニュートンの法則だよ！　だけどサンテックスはこれで何を言いたいのかなぁ…

　💡 サンテックスはここには重力があるのを知らせようとしたんじゃないかな。つまり、ここは地球の大気圏？

　まさか！　ぼくは地球のみんなを怯えさせるほど近くまで行ってないよ。ぼくはここで、いよいよ地球の軌道に突入したって知らせてるんだよ。

　だから、酒飲みの惑星の中で「**どうしたら帽子が落ちるか？**」と見栄っ張りに聞いたんだよ。「Cette visite …（**この訪問はとても短かった**）」と言ってるけど、それはぼくが地球の軌道を通過しただけだからだよ。わかったよね、酒飲のみが座っている円形の惑星っていうのは、惑星なんかじゃなくて、実は地球の軌道なんだよ。箱に入った瓶がこんな風に中心に向かって立っているのも重力を暗示しているんだ。

ところで、サンテックスはぼくが地球の軌道に突入した日も予告しているのだろうか？

堂々巡り？

Je bois, … —Pourquoi bois-tu ? … —Honte de quoi ? … —Honte …
何をしてるの？　－わたしは飲んでいるのだ。－なぜ飲むの？　－忘れるためだ。－何を忘れるため？　－恥ずかしいことを忘れるためだ。－何が恥ずかしいの？　－飲むのがだ！　酒飲みは締めくくりました…

ここでぼくは酒飲みと堂々巡りの問答をしたんだけど、フランス語で「堂々巡りをする」ことを「tomber dans un cercle（円の中に落ちる）」と言うんだ。これで酒飲みとの問答で示されたのは、ぼくが地球の（ほぼ）円軌道内に入ったということがわかるけど、この堂々巡りの会話は最初に戻って終わりになっているんだ。わざわざ「acheva（締めくくりました）」なんてまで言ってね。これってどういうことだろう？

そっかー！　酒飲みと堂々巡りをしている間に、年末を迎えて元旦に戻ったということ、つまり、1 月 1 日にぼくは地球の軌道に飛び込むっていうサンテックスの予告では？

えぇっと…そうだった、確かにぼくは 1986 年 1 月 1 日に地球の軌道に突入したよ（「XI 章の謎解き」p.141 の図を参照）。

今度は行事を利用して正確な数字を言い当てたサンテックスだけど、どうやって？　いつの間に調べ上げたのだろうという疑問が湧くばかりだ。

テーブルに倒れたビン

それで肝心のぼくの尾だけど、どこかに描かれているのだろうか？

1　1986年1月1日に、偶然にもハレー彗星の日心距離がちょうど1天文単位となり、地球軌道の内側に入る。地球との距離は昨年11月27日の第1回目の地球接近以来、次第に遠ざかっているが、彗星自体の見た目の等級は明るくなっていく。

XⅡ章の謎解き

💡 これ？ 瓶の中にはまり込んだみたいに白っぽく描かれてるのがぼくの尾？ あ！ だからパイロットは「il a plongé …（小さな王子は飛び込みました）」なんて言ったのかー。

これはぼくが水瓶座の、それも瓶があるあたりに飛び込んだってシーンだよ。

あれ？ だけど、水瓶座なのに酒瓶に飛び込むっていうのは合っていないよね。困ったなぁ…ちょっと待ってよ。きっとトリックがあるはずだ。考えるから…

💡 えぇーっと…じゃあ、この瓶に入っているのが、アルコールはアルコールでもワインではなくって、ウォッカとかブランデーなどの蒸留したアルコールが入っていたらオーケーということだよ。なぜかっていうと、フランス語ではブランデーを「eau de vie／オ・ド・ヴィ[2]（命の水）」と言うから。ほら！ この瓶には「命の水」が入っていたとも言えるんじゃないかな。

これなら、水瓶座の瓶でもオーケーだし、酒飲みの瓶でもオーケーだよ。

酒飲みの星座って？

たくさんの瓶は水瓶座を描いたものだとみんなにもわかったと思うけど、じゃあ、この酒飲みは何者なんだろう。

水瓶座の近くの星座というと…南の魚座、彫刻室座、山羊座などがあるけど、どれかなぁ？

酒飲みの耳に魚が1匹くっ付いているけど、これは酒飲みがぼくからの詰問を嫌って魚で耳を塞いだんだと思うよ。つまりこの魚は水瓶座の隣の、

---

2 オ・ド・ヴィは、白ブドウのワインを蒸留して樽に入れ、熟成して製造したアルコールだが、フランスでは「eau de vie（命の水）」と呼ばれる。フランス語で「vin brûlé／ヴァン・ブリュレ（焼いたワインの意）」と呼ばれていたものが、オランダを経由してイギリスに持ち込まれる際、オランダ語に直訳して「brandewijn／ブランデワイン」と呼ばれた。これが英語「brandywine／ブランディワイン」に変わり、いつしか「wine」が取れ「brandy／ブランディ」となって広まったものである。また、ロシア語のズイズネーニャ・ワダ（命の水）のワダの部分が16世紀頃からウオッカと呼ばれるようになった。

145

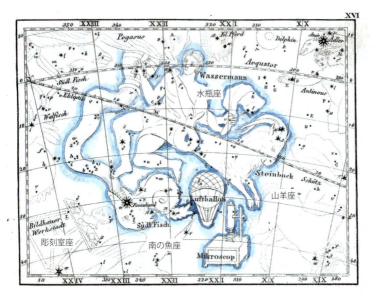

水瓶座と南の魚座。
左下に彫刻室座
Himmels-Atlas

南の魚座なんだよ。この酒飲みのように一言も喋らなくなることを「Il est muet comme un poisson（魚のように黙りこくる）」と言うからね。

じゃあ、酒飲みに当てはまる星座というと？　彫刻室座…

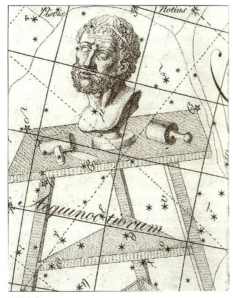

彫刻室座
Uranographia

💡　あ！　だから、酒飲みは死んだような目をしているんだ。これは彫刻室座にある木製の胸像だよ。みんなも彫刻室座の星座絵を見たらきっとわかるよ。

彫刻室座っていうのは、18世紀に喜望峰で南天の星を観測していたフランス人天文学者ラカイユが「彫刻家の仕事場（アトリエ）座」という名前をつけ、台の上に胸像と、その周辺に散らばったのみと槌を描いたものなんだ。でも、お酒を飲み過ぎて二日酔いになった時の状態を

146

フランスでは「avoir la gueule de bois（木でできた顔を持つ＝二日酔い）」って言うんだから、ほら！結びついた。

酒飲みの右手は肘が長すぎてコップが持てないようにもなってるし、もう1つ、酒飲みが座っているような小さな木製の腰掛けをフランス語で

© 国立天文台

「selle／セル」と言うけれど「彫刻台」という意味もあるんだ。これで小さな腰掛けに座っている酒飲みは、彫刻室座の胸像だとわかったよね。

これでもか、ってくらいサンテックスは次々とヒントをくれるね。みんなもいっしょにヒントを探して、サンテックスの予告の結果を見届けてみようよ。

XIII章の翻訳

　四番目の惑星はビジネスマンの惑星でした。この男はあまりにも忙しく小さな王子が着いても顔をあげることもしませんでした。
ーこんにちは、この者が言いました。タバコの火が消えてますよ。
ー三と二で五になって。五と七で十二。十二と三で十五。こんにちは。十五と七で二十二。二十二と六で二十八。タバコに火をつけなおす暇もない。二十六と五で三十一。ふー！　これでやっと五億一百六十二万二千七百三十一になる。
ー何が五億なの？
ーえ？　まだそこにいたのか？　五億一百万の…もうわからなくなった…仕事が山ほどあって！　勤勉なんだよ、わたしは。わたしには無駄話をしてる暇なんてないんだ！　二と五は七で…
ー何が五億一百万なの、小さな王子は繰り返しました、かれは一度した質問は決して諦めることありませんでした。

43

　ビジネスマンは顔を上げました
ーわたしは五十四年以来この惑星のここに住んでいるが、邪魔されたのはたった三回だけだったなぁ。最初の時は、二十二年前のことで、どこかわけのわからないところから落ちてきたスカラベのせいだった。恐ろしいほどものすごい音を立てたから、それで足し算で四つの間違いをしてしまった。次は十一年前のことになるが、リュウマチの危機だ。運動不足だし。散歩する暇もないんだよ。このわたしは勤勉だからね。三度目が…ほらこれだ！　だから五億一百万…と言っていたんだよ…
ー何百万の何だって？
　このままでは静かにしておいてくれる見込みはないとビジネスマンもわかりました。

―時には空に見える無数の小さいものだよ。
―蠅？
―違うよ、小さくて輝くものだよ。
―みつばち？
―違う。何もしないでいる者に夢を見せてあげる金色の小さいものだよ。だが、わたしは勤勉だからね、わたしは！　ぼんやり夢をみている暇なんかわたしにはないんだよ。
―あぁ！　星？
―それだよ。星だ。
―それでこの五億の星をどうするの？
―五億一百六十二万二千七百三十一だ。わたしは勤勉で、几帳面なんだから。
―それで、この星たちをどうするの？
―これをどうするかって？
―そう。
―別に何も。所有してるだけだよ。
―星たちはあなたの物なの？
―そうだとも。
―でもぼくが前に会った王様は…
―王様たちは所有はしてないさ。かれらは「統治している」だけだ。まったく違う。
―星たちを所有して何かの役に立つの？
―金持ちになれるんだよ。
―金持ちになって何の役に立つの？
―もし誰かが他の星を見つけたら、それを買うのにだな。

この者は、ぼくの知ってる酒飲みと少し似た理屈を言う、小さな王子は思いました。

　それでも、かれはまた質問をしました

―どうやって星たちを所有できるの？

―星は誰の物かね？　ビジネスマンはブツブツと言い返しました。

―知らないけど。誰のものでもないでしょ。

―それならわたしの物だ、なぜならそのことを考えたのはわたしが最初だからな。

―それだけで十分なの？

―もちろんさ。きみが誰の物でもないダイヤモンドを見つけた時には、それはきみの物だ。きみが誰の物でもない島を見つけたら、それはきみの物さ。あるアイデアを最初にきみが思いついたら、きみはそれの特許を取ればいい。それはきみの物になるんだよ。だからわたしはだね、わたしは星たちを所有しているんだよ、なぜって誰もわたしより先にそれらを所有しようと考えつかなかったからさ。

―それはそうだけど、小さな王子は言いました。それでそれをどうするの？

―管理するのさ。それらを数え、そしてさらに数えなおすんだよ、ビジネスマンは言いました。それは難しいよ。でもわたしは勤勉な男だからね！

　小さな王子はこれでは満足しませんでした。

―ぼくが、もしぼくがマフラーを持っていたら、ぼくの首に巻いて、持って行けるんだ。ぼくが、もしぼくが花を持っていたら、その花を摘んで、持って行けるんだ。でもあなたは星を摘みとることはできないでしょ！

―そうだよ、でも銀行に預けることができるからね！

―それってどういうこと？

―星の数を小さな紙に書くということだよ。それから引き出しにこの紙を入れて鍵をかけて閉まっておくんだよ。

―それだけ？

―それだけで十分だよ！

　これは面白い、小さな王子は思いました。これはとても詩的だ。でもあまり真面目じゃないけど。

　小さな王子は真面目ということについて、大人たちとはとても異なったユニークな考えを持っていました。

―ぼくは花を一輪もっていて毎日水をやっているよ、かれはさらに言いました。ぼくは火山を三つもっていて毎週掃除をしているよ。なぜって休火山も同じように掃除をしているからだけど。ひょっとするかもしれないからね。ぼくが所有して、火山に役立っているし、そしてぼくの花にも役立っているんだ。でもあなたは星たちの役には立っていない…

　ビジネスマンは口を開けたものの、どんな言葉も見つかりませんでした。そこで小さな王子も立ち去りました。

　巨人たちってやっぱり本当に変わってるなぁ、旅をしながらかれは独り言を言っていました。

47

XIII章の謎解き

ビジネスマンの惑星って？

La QUARIEME planète était celle du businessman ...

　四番目の惑星はビジネスマンのものでした。

　うん？　4番目の惑星はビジネスマンが住んでいた惑星ではなくて、かれの惑星だという。どういうこと？

151

ビジネスマンはぼくが到着したのに数字を数えるのに没頭していて、顔を上げることもしなかったんだよ。まずは、ビジネスマンの正体を暴かないとらちが明かない。

　💡じゃあ、このビジネスマンは牡牛座かな？

　フランスではすごく働く人を雄牛に例えるからね[1]。だけど、ぼくはX章で小惑星帯を通過した時に牡牛座と牡羊座の方角にいたのに、ここでもまた牡牛座なんだろうか、うーん…

　それにしてもビジネスマンの鼻筋って目立ってるなぁ。まるで占星術の牡牛座のマークだ。これが牡牛座のマークだけど、似てると思わないかい？

　サンテックスも時には占星術で占いをしていたらしいから、ここは占星術からのエニグマだったとしたら？　ビジネスマンが牡牛座だったら、占星術では金星が支配星になるなぁ[2]…

牡牛座のマーク

　じゃあ、ビジネスマンの惑星って金星ってことかな？　だけど、金星っぽいものは見当たらないなぁ…

　💡あ！　タバコの火だ！

　タバコの火なら、金星の満ち欠けのように円くなったり、消えたみたいになる！

サン＝テグジュペリの星占いのメモ
（『サン＝テグジュペリ　伝説の愛』アラン・ヴィルコンドレ著、岩波書店より）

　わかった！　ぼくがわざわざ「**タバコの火が消えてるよ**」と言ったのは、金星が外合になって地球からは見えないというヒントだ[3]。1986年の金星の外合は1月19日で、その位置は《20h07m/-21°》。

　この頃のぼくは金星の近くにいたから[4]…ぼくもみんなには見えなくて…

1　「C'est un boeuf au travail（これは作業用の牛である⇒勤勉家である）」と言う。
2　太陽・月・水星・金星・火星・木星・土星・天王星・海王星・冥王星という10個の天体が黄道上の12星座の支配星であり、牡牛座の支配星は金星である。
3　惑星と太陽が同じ方向に来る状態で、金星などの内惑星では、太陽より遠くを通る外合と、近くを通る内合とがある。
4　1月20日のハレー彗星は午後6時頃、地平線上わずか10度くらいの高さ。光度は4.8等と少しは明るくはなるが、太陽に近づき大きさは30°くらい。尾は地球の視線方向に伸び、もう地球からは見えなくなる。（『ハレー彗星1985-86』より）

じゃあ、ぼくはここには登場していない？

それにしても、脚もなく箱みたいな机だ。側面も描かれていてちょっとばかし奇妙な机だけど、何かが隠れてるのかな？

💡 あ！　ひょっとしてこれがぼくの尾？　ここだよー！　箱の脇の見分けがつきにくいけど、この白っぽいのがぼくの尾だよ！

この箱って、水瓶座の水瓶「caisse à eau／水の箱」のつもりなんだよ。この頃、ぼくは水瓶座の端っこにいたからこんな箱みたいなものの脇に登場してるんだ。

どうやら金星が外合になった時はぼくの尾はまだ見えていたんだよ。もう7度くらいまでも伸びていたから大きく描いてくれたけど、あーあ、自分を確認するのにも一苦労だ。

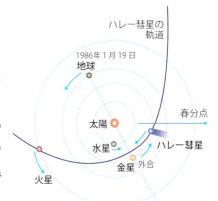

1986年1月19日の地球、金星、ハレー彗星の位置関係

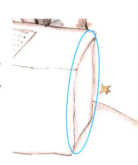

54年以来？

★ Depuis cinquante-quatre ans que j'habite cette planète-ci, ...
　かれは 54 年以来この惑星のここに住んで…

妙に具体的な年数が出てきた。それも「54年以来」だってさ。以来ってことはいまだに続いてるってことだけど…

54年？　54年？　…？　いつの54年なんだろう。

💡 あ！　ひょっとして、宇宙で有名な事件が起こった1054年のことじゃないか？　有名なカニ星雲の誕生の年だよ。カ

シャルル・メシエ
Ansiaux (1729-1786)

5　カニ星雲（M1）はおうし座の角にあった星が1054年に大爆発を起こした残骸の星雲で、現在も膨張を続けている。星ハンターとして名高いフランスのメシエによって「メシエ1」として、メシエの星雲と星団のカタログの中の第1番目にのせられている。日本では藤原定家が自身の日記『明月記』に記録を書いている。

ニ星雲ならいまだにその爆発の残骸が大きくなり続けているし、それにこの星雲は牡牛座の「角」辺りにあるんだから、バッチシだ。ぼくはそれよりはるか以前から旅をしていたからその大爆発を知ってるんだけど、この大爆発でできた星雲がカニの甲羅に似てるからそんな名前が付いたんだ。

ビジネスマンの頭に何か破裂してるようなものがくっついているけど、これが超新星が爆発したカニ星雲のつもりだね。カニ星雲もぼーっと白っ

カニ星雲
NASA, ESA, J. Hester and A. Loll
（Arizona State University）

ぽいから昔は彗星と間違われたりしたんだよ。「凄い音がした」なんてビジネスマンが言ったのも、カニ星雲が出現したときの大爆発のことだよ。この後どこまで大きくなるんだろうね。

ところで、このビジネスマンの顔だけれど、雄牛というよりブルドッグに似ている気がするんだけど…それも首のあたりのたるみなんてブルドッグそっくりなんだけどなぁ。

Le businessman leva la tête
ビジネスマンは頭を上げました

💡 そっかー！ だからビジネスマンがここで頭を上げたんだ。牡牛は頭を下げて突っ込むので、ここからのビジネスマンは近くの大犬座だよ。何度も「Je suis sérieux, moi！（わたしは勤勉なんだよ、わたしは！）」と「sérieux／セリウ」を繰り返し強調しているのは、発音が似ている大犬座の一等星シリウスに気づかせるためだよ。

おっと、ビジネスマンの指だけど、わざわざ紙の裏まで見せているみたいだ。これって何を言いたいのかなぁ。これも牡牛座の近くの星座を暗示してるのかな？
💡 これって、紙の裏が透かして見えているとほのめかしてるんじゃないかな？
じゃあ、ここには山猫座も隠れてるってことだよ！

紙の裏まで見抜くような鋭い目を「les yeux de lynx（山猫の目）」をしてる

なんて言うからね。現に「明るい星がないせいでこの星座を見るためには、山猫のような鋭い目が必要だ」と天文学者が言ったらしいよ。[6]

それにしても目立った指だ…わざわざ三角を作っているみたいに見えるけど。

💡 あ！ この指って大犬座の隣の、架空の動物の一角獣座では？ 誰も見たことのない動物だから、指で一角を作ってもオーケーなんだよ。その証明にぼくは３つの火山のために毎週掃除をしてるけど、４週目は誰も見たことのない一角獣の世話に空けているってこと。

この章では牡牛座に大犬座、山猫座が見つかって、そのうえ、誰も見たことのない一角獣座も見つかった。ブラボー！

山猫座　Urania

一角獣座　Urania

6　1687年に大熊座と御者座の間の大きな隙間を埋めるように山猫座を設定した、ポーランドの天文学者ヘヴェリウスの言葉。

XIV章の翻訳

　五番目の惑星はとても奇妙でした。それはどんなものよりも小さいものでした。そこには街灯と点灯夫一人がやっと居ることができる広さしかありませんでした。空のどこかで、家もなく住民もいない惑星で、１本の街灯と点灯夫一人が何の役にたっているのかを小さな王子は理解できませんでした。それでもかれは独り言を言いました。

47

—たぶん思うにこの男は非常識かもしれない。でもかれは王様や、見栄っ張りや、ビジネスマンや酒飲みほど、道理に反していない。少なくともかれの仕事には一つの方向性があるのです。かれが明りを灯す時、それは星をさらにもう一つ、あるいは花を一つ生み出すかのようです。かれが明りを消す時は、その花かその星を消すのです。これはとてもきれいな仕事なんだ。これが本当に役に立っているのは、きれいだからなんだ。

　小さな王子はこの惑星に近づくと、点灯夫に敬意を込めて挨拶しました。

—こんにちは。いま街灯を消したばかりだけど、なぜですか？

—これは命令なんだよ、点灯夫は答えました。こんにちは。

—その命令って？

—街灯を消すことだよ。こんばんは。

　それからかれはまた街灯をつけました。

—でもまた街灯をつけたばかりだけどなぜですか？

—命令なんだよ、点灯夫が答えました。

—わけがわからないんだけど、小さな王子が言いました。

—理由なんて何もないさ、点灯夫が言いました。命令は命令なんだから。おはよう。それからかれは夜明けに街灯を消しました。次にかれは赤い格子のハンカチで額を拭きました。

—ここでの仕事は辛いよ。昔は理にかなっていたけどね。朝に消し、夜につける。残りの昼間は休めたし、残りの夜は眠れたのだけど…

—じゃあ、この時代になって、決まり事が変わったの？

—決まり事は変わらなかったけどね、点灯夫は言いました。劇的な出来事とはまさにそれなんだよ！　惑星は年々速く回ったのに、決まり事は変わってないんだよ！

—それで？　小さな王子は言いました。

XIV章の翻訳

―わたしは大変な仕事をしているんだよ

―それで今は、この惑星は一分ずつという単位で一周するようになって、一秒の休みもないんだ。一分に一度、灯りをつけたり消したりするんだからね。

―それはおかしいね！　あなたの所では昼間が一分だなんて！

―まったくおもしろくないさ、点灯夫は言いました。もう一カ月もわたし達は一緒に話をしているんだよ。

――カ月？

―そうだよ。三十分。三十日！　こんばんは。

　そしてかれは自分の街灯の明りをつけました。

　小さな王子はかれを見つめました、そして命令にとても忠実なこの点火夫が好きになりました。かつて日の入りを求めて自分で椅子を動かしていたことを思い出しました。かれは友を助けたくなりました：

―あのね…ぼく、あなたが望む時に休む方法を知ってるよ。

―いつでもそう願っているんだよ、点灯夫が言いました。

　というのは、人は同時に忠実でもサボったりしてもいられるからです。

　小さな王子は続けました。

―あなたの惑星はとても小さく、それなら三大股で一周してしまうよね。太陽といつもいるためには、かなりゆっくり歩くしかないよ。休みたいと思ったら、…歩き、そうしたら好きなだけ長く昼間が続きますよ。

―それでは前に進まないよ、点灯夫が言いまた。わたしがこの世で一番好きなことは眠ることなんだから。

―それではだめだね、小さな王子は言いました。

―うまくいかないんだよ、点灯夫が言いました。おはよう。

　そしてかれは街灯を消しました。この者は、他のみんな、王様からも、見栄っ張りからも、酒飲みからも、ビジネスマンからも軽蔑されそうだ。小さな王子は、まだはるかに続く遠い旅をしながら、独り言を言いました。

> 　でもぼくにまともののように見えるのはかれだけだ。それはたぶん、かれが自分のことよりも他のことに一生懸命だからだろう。
> 　かれは残念そうにため息をついて、また独り言を言いました
> —この者だけがぼくが友達になれたであろう人なのに。でも彼の惑星はあまりにも小さ過ぎるんだよ。二人分の席はないんだ…
> 　小さな王子が言えなかったのは、それは、特に、二十四時間に千四百四十の日没のおかげで感謝される惑星を惜しんだということです！

| 51 |

XIV章の謎解き

いちばん小さな惑星って？

　La CINQUIEME planète était très curieuse.
　C'était la plus petite de toutes.
　5番目の惑星はとても変わっていました。
　すべての中で最も小さいものでした。

　あらゆる惑星の中で最も小さいといったら冥王星（当時）だけれど、「すべての中で最も小さい」となると、いったい全体どんな惑星なんだろう。とても変わっているらしいし、これはどう見ても普通の惑星ではないってことだろうね。その惑星の特徴がたくさん書かれているから、これらに共通する惑星を考えてみよう。

159

① très curieuse（とても変わっている）
② la plus petite de toutes（すべての中で最も小さい）
③ place pour loger un réverbère et un allumeur de réverbère（ここは街灯が1つと点灯夫がやっと1人居られる場所）
④ quelque part dans le ciel（空のどこかにある）
⑤ une planète sans maison ni population（家も住民もいない惑星）
⑥ son travail a-t-il un sens（その仕事は一方通行だ）
⑦ il allume son réverbère, ... étoile de plus, ou une fleur（点灯夫が自分の明かりをつけると、星がさらに1つあるいは花が1つ誕生したようなもので、かれがその明かりを消すとその花も星も眠ってしまう）

それにしても「sans maison ni population（メゾン［家］もなくポピュラシオン［住民］もいない惑星）」という比較は変だよ！
…メゾン…？ 占星術でメゾンと言ったら？ 黄道上の12の星座（宮）のこと。そしてこの12の星座は太陽も含んだ10の惑星に属してるんだ。つまり、占星術ではメゾンのない惑星って存在しないんだよ。だから、メゾンがないってことは、これは惑星でないってことだよ！ だけど、空にいて…

黄道上の12の星座（宮）
Pearson Scott Foresman

💡 これは…飛行機だ！

飛行機だったら、一方通行だし、明りがつくし、明かりをつけるパイロットが点灯夫になって、7つの条件にもしっかり当てはまる。

飛行機も地球と共に太陽の回りを回っているんだから、地球の一種の衛星みたいなものかな。地球の軌道までも惑星に例えて、みんなを惑わしてきた作者のことだからこの惑星が飛行機だって言われても驚かないよ。

ところでこの飛行機だけど1人用の飛行機みたいだから、これはサンテックスたち郵便飛行士が乗った飛行機をイメージしたのかもなぁ。じゃあ、この絵

XIV章の謎解き

の人物って星座ではなくって、サンテックスが友だちになりたかった郵便飛行士のはずだよ。誰だろう…

💫 ― Celui-là est le seul ... Mais sa planète ... place pour deux ...
　―この者だけがぼくが友達になれただろう人だ。でも彼の惑星は余りにも小さすぎて。二人分の場所はないんだ…

奇妙な髪形をして目の飛び出た男の正体

　面白い髪形だけど、よく見たら3枚羽根のプロペラそっくりだ。それに彼の目ってすごい出目になってるのわかるよね、これも彼がパイロットだという証明だよ。フランス語でパイロットみたいに正確に目測できるような人を「avoir le compas dans l'oeil（目の中にコンパスがある）」って言うからね。

　あれ？　こんなところでコンパス座が見つかったよ！

　次に、パイロットのマフラーと棒で十字の形ができているけど、これって縁起が悪いことなんだ。なぜって「gagner la croix de bois（木で十字を作る）」と言うと、戦死する意味になるんだよ。

💡 じゃあ、この絵のパイロットって、地中海上で撃墜されたサンテックスの無二の親友のアンリ・ギヨメかもしれないよ。ギヨメが撃墜された時の飛行機は3枚羽根のファルマン機だったから、点灯夫の髪形も3枚羽根をイメージしたんだよ。

1930年、アンデス山脈横断飛行で悪天候のため墜落し雪面で反転したギヨメの郵便機ポテーズ25
Henri Guillaumet's Potez 25-Lorraine returned in the Andes, 1931

1　アンリ・ギヨメは1930年、28才の時、郵便飛行の途中でアンデス山脈に墜落し、極寒の－40度にもなる寒さのなか1週間歩いて生還、有名になったパイロット（p.268を参照）。サン＝テグジュペリにとっては郵便飛行時代からの無二の親友だった。郵便飛行仲間は13人もいたが、みな亡くなった。ギヨメはアンデス山脈および南北大西洋におけるフランス航空界の先駆者だった。

アンリ・ギヨメ
avec l'autorisation du musée Guillaumet, G.Garitan, 1921

それにかれの右手の爪がとても長く伸びて描かれているよね。こんなに長い爪を「onglée／オングレ」と言うんだけど「凍痛」の意味もあるから、このパイロットは雪山の遭難事故のせいで凍痛に苦しんだアンリ・ギヨメにまちがいないよ。

どおりで、パイロットに当てはまる星座が見つからないはずだ。だけどギヨメなら、サンテックスが本を書いていた時はもう星になっていたから…

微妙な傾き

それにしても、奇妙な空だよね。太陽と星の両方が半々に見えているよ。それにパイロットは「！」マークを付けて奇妙なことを言ってるんだよ。注意！

— ... J'allume et j'éteins une fois par minute !
それで今は、この惑星は一分単位で一周するようになって、一秒の休みもないんだ。一分に一度、灯りをつけたり消したりするんだからね！
—それはおかしいね！　あなたの所では昼間が一分だなんて！

地球では昼間が１分で、１分に１度つけたり消したりするって？

パイロットはちょっと複雑に説明してるけど、要は昼と夜は同じ時間って言ってるんだよ。

難しく考えたらダメだよ。そもそも、ぼくの１年は地球の76年に匹敵するって言ってるようなもので、トンチ問題だよ。

 となると…これは春分の日か秋分の日ってことだよ！
もちろんここでは1986年の春分の日、３月21日だよ。
どおりで、街灯の傾きだけど地球軸の傾きと同じなんだ！
23.4度傾いてるんだよ！

XⅣ章の謎解き

　点灯夫が「la planète d'année en année（この惑星はだんだん速く回ってる）」なんて言ったのは歳差の問題、地球の自転の1日と公転による1年の時刻のズレ[2]を暗示していてるんだよ。というのも、ここで春分の日や歳差について話している点灯夫って、じつは太陽でもあるんだ。

　ここでサンテックスは点灯夫に、親友のパイロットと太陽の2役をさせてるんだよ。

　ぼくが敬意を払って挨拶をしてお喋りをした点灯夫って

いうのは、ぼくが76年もかけて必死になって挨拶に来るような存在の太陽なんだよ。サンテックスにとって親友のパイロットは、ぼくの太陽と同じくらい大事な友だったと言いたかったのかも。

　それはそうと、ぼくが太陽にかなり近づいて初めてお喋りをした日、つまり、ぼくの重要な太陽最接近日だけれど、これもどこかに予告されているだろうか？

　そういえば、意味ありげな数字がいくつも出てきてる。これがその日付かも？

　さあ、エニグム明かしだ！

2　地球が傾いて自転（1日）しながら太陽を公転（1年）する結果、太陽暦の1年は365.2422日となり、次第に公転して戻る位置（春分点）がズレてしまう。これを4年に1度のうるう年で1日分足して、調整している。

🌙 Ça fait déjà un mois que nous parlons ensemble...
— Un mois ?
— Oui. Trente minutes. Trente jours ! Bonsoir.
…もう一カ月もわたし達は一緒に話をしているんだよ。
――一カ月？
―そうだよ。三十分。三十日！　こんばんは。

　これって、春分の日の1カ月前ということだから、3月21日から30日を引くと2月18日。この日が太陽の点灯夫と初めて話をしたことになる。じゃあ、この日、2月18日の朝をぼくの太陽最接近日とサンテックスは予測したわけだ。
　えぇっ？　ぼくが太陽に最接近したのは確か2月9日だったよ。ちょっとズレてるなぁ。そりゃ無理もないよ。かれは予告を天体現象やキリスト教の行事で言い表しているんだから。9日もズレたけどこの後の予告は大丈夫だろうか…

朝日？　夕日？

　みんな、この太陽は朝日かな？　夕日かな？
　パイロットが種火みたいのを持っていて、街灯にまだ明りがついていないから夕日に決まってるじゃないか！　なんて声が聞こえるけど、早まらないで。
　これは朝日だよ！　春分の日の朝日だよ。それを証明するのにサンテックスは太陽のすぐ側で輝いていた水星を描いているんだ。水星の内合は確か3月16日で、その後、早朝に太陽の側で光っていたはずだからね。
　みんなも水星を見つけたかな？
💡 種火っぽいのが太陽の街灯の水星だよ！
　点灯夫が何度も街灯を消したり点けたりしたけど、それもそのはず、太陽のすぐ近くにあって太陽が昇ったらすぐ消えるから水星は太陽の街灯みたいなものってことだよ。ここでは太陽と水星、そしてパイロットとそのライトが入り交じって登場するから、気をつけないとこんがらかってしまうよ。

XIV章の謎解き

 ほら！　水星を証明する言葉が見つかったよ。

> —Ta planète est tellement petite que tu en fais le tour en trois enjambées.
> —あなたの惑星はとても小さく、それなら三大股で一周してしまうよね。

　3大股で1周するっていうのは、約4カ月で太陽の周りを1周する水星の公転周期の88日を暗示してるんだよ。
　3月21日だったら、ぼくは太陽の最接近の後、Uターンして早朝の東の空に見えるようになっていたから、ぼくもここに描いてくれてたりして…

水星

コメット・ハレー

 ヤッター、見つけた！　やっぱり、微かだけどぼくを描いてくれてるよ。種火みたいに描かれた水星の近くに太陽光線の延長みたいに見えているんだけど、みんなもぼくを見つけた？
　こんなのコメット・ハレーじゃない！　なんて言ってるのは誰だい？
　まちがいないって！
　ぼくと水星は春分の日の早朝にすごく近かったんだからね。2月9日に太陽に最接近したぼく[3]は、その後の春分の日には《赤経19h38m/-26°》にいて、そしてその日の水星の位置はというと《赤経23h/-0.36°》。
　ほら！　近いよね。
　それに、春分の頃のぼくの尾は長く、ぼくを見るのにいちばんよい状況[4]だったはずだよ。
　コペルニクスも見ずじまいだったと言われるほど簡単には見えないって言わ

---

[3] 実際には、1986年の近日点の回帰に関しては、近日点にやってくるより3年と4カ月も前の1982年10月16日には、アメリカ人のチームによって、アメリカ、カリフォルニア州パロマー天文台の5メートル鏡で写した写真フイルムの中にゴミが汚れかと思われるかすかな彗星像が確認されている。天文学者たちによる過去のような形での予測の記録はまったく見つからない。仕方なく、1910年についての天文学者の予測を見てみた。イギリスの天文学者クロンメリンとコウエルは、ハレー彗星が1910年4月8日から9日にかけて最も太陽に近づくという答えを得た。さらに細かい修正値を加えて1910年4月17日が近日点通過と決定した（実際は4月20日が近日点）。（前掲書『ハレー彗星1985-86』による）

[4] この頃が観望の1つの好機と考えられる。位置は《赤経19h38m/赤緯南26°43'》。射手座。尾の長さ20度弱。月も明け方には沈み、じゃまにはならない。太陽との間隔は45度ほど、太陽は春分点近くにあるので、ハレー彗星は日の出より3時間早く午前3時には東南の地平線上に現れる。（前掲書『ハレー彗星1985-86』による）

165

3月21日のハレー彗星と水星の位置

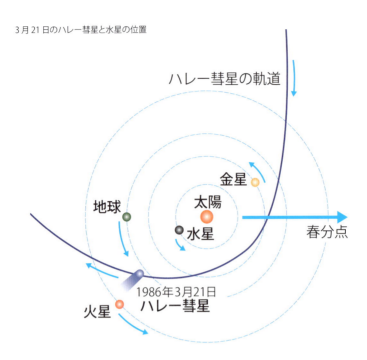

れる水星も、ついに登場した。サンテックスはぼくの軌道だけじゃなくて肉眼で見える主な天体を全部みんなに教えてくれてるみたいだね。

1440の日没が見られる惑星って？

> c'est qu'il regrettait cette planète ... des mille quatre cent quarante couchers de soleil par vingt-quatre heures !
> 二十四時間に千四百四十の日没のおかげで感謝される惑星を惜しんだということです！

　1440の日没って途方もない数の日没だけど…誰かこのトンチ解けた人いるかな？

166

💡「24 時間に 1440 の日没」というと、24 時間は 1440 分で、世界中の日没時間は分単位で知らせるから、1440 は地球が 1 自転する際に見られる世界の日没の数ってことだよ。そしてぼくが惜しんだのは 1440 の日没を見せてくれる恒星、つまり太陽を去ることだったんだ。

XV 章の翻訳

　六番目の惑星は十倍も広々とした惑星でした。ここにはすごく大きい本を何冊も書いた老紳士が住んでいました
―ほら！　探検家だ！　小さな王子に気がついてかれは叫びました。
　小さな王子は机の上に座ってちょっとハァハァと息を切らせました。かれはすでに長い旅をして来たのです！
―どこから来たのかね？　老紳士が言いました。
―この分厚い本は何ですか？　小さい王子は言いました。あなたはここで何をしているのですか？
―わたしは地理学者だよ、老紳士は言いました。
―地理学者って何ですか？

51

―それは海や河や町や山や砂漠がどこにあるかを知っている学者のことだよ。
―それはとてもおもしろそうだ、小さな王子は言いました。これこそ本当の仕事だ！　それからかれは地理学者の惑星の上で自分の周りを見渡しました。これまでにこんなに素晴らしい惑星を見た事がありませんでした。とても美しいですね、あなたの惑星って。大洋はあるのですか？
―知らないんだよ、地理学者は言いました。
―あぁ！（小さな王子はがっかりしました）　それじゃ山は？
―知らないんだよ、地理学者は言いました。
―では町や河や砂漠は？
―それも知らないんだよ、地理学者は言いました。
―でもあなたは地理学者ですよね！

―そのとおりだよ、地理学者は言いました、でもわたしは探検家ではないんだ。探検家がまったく足りないんだよ。町や河や山や海や大洋を、そして砂漠などの数を計算しようとするのは地理学者ではないのだよ。地理学者は重要人物すぎてうろうろしないのだよ。書斎を離れることはないのだ。だけど探検家を迎え入れるのだよ。かれらに質問をして、かれらが覚えている事を筆記しておくのだよ。それでもしその中の誰かの思い出話に興味深いものがあれば、地理学者はその探検家の道徳心を調査させるのだ。

―それはどうして？

―なぜなら探検家が嘘つきだったら、地理の本はとんでもない事になるからだよ。それに大酒のみの探検家もだ。

―それはどうして？　小さい王子は言いました。

―なぜなら酒飲みには物が二重に見えるからだ。それでは一つの山しかない所に、山は二つあると書くだろう。

―だめな探検家をぼく一人知っているよ、小さな王子は言いました。

―そうだろう。だから、その探検家が品行方正だと思えてから、かれの発見についての調査を始めるのだよ。

―見に行くのですか？

―いいや、それは面倒だ。だが探検家に証拠の品々を集めるように要求するのだよ。たとえばそれが大きな山の発見のことならば、そこから大きな石を持って来るように強く要求するんだよ。

　地理学者が急に落ち着かない様子になりました。

―そうだきみ、きみは遠くから来たんだ！　きみは探検家だ！　わたしにきみの惑星のことを話してくれないか！　そこで地理学者は登録簿を開いて、鉛筆を削りました。まず探検家の話を鉛筆で書き込むのだ。探検家が証拠の品々を揃えるのを待ってからインクで書き込むのだよ。

53

―それでは？　地理学者は質問しました。

―おぉ！　ぼくのところ、とても小さくて、あまり興味深いことはないけど、小さな王子は言いました。火山が三つあって。二つは活火山で、そして一つは休火山。でもひょっとしたらひょっとするかも知れないから。

―誰にもわからないね、地理学者は言いました。

―花も一輪あります。

―花のことは記さないのだよ、地理学者は言いました。

―どうしてそんな！　いちばんきれいなのに！

―なぜなら花とは一日限りのものだからだよ。

―「一日限り」ってどういう意味なの？

―地理の本はあらゆる本の中でいちばんまじめな本なのだよ。決して時代遅れになる事はない。山が場所を変えるということはめったにないことだ。大洋が干しあがるということはめったにないことだ。われわれは永久的なものだけを書くんだよ。

―休火山は活動し始めるかもしれないよ、小さな王子は話を遮りました。「一日限り」ってどういう意味？

―火山が活動を停止していようが活動していようが、われわれには同じ事なんだよ、地理学者が言いました。われわれにとって大事なのはそれが山である事なんだよ。山は変わらないからね。

―でも「一日限り」ってどういう意味？　一度質問すると決して諦めない小さな王子は繰り返しました。

―それは「近いうちに無くなる恐れのあるもの」という意味だよ。

―ぼくの花が近いうちに無くなってしまうの？

―もちろん。

XV章の翻訳

　ぼくの花ははかないんだ、小さな王子は思いました、そして花には世の中から身を守るのにわずかなトゲしかないんだ！　それなのにぼくはかのじょを、ぼくのところにたった一人置いてきてしまった。
　この時がかれには初めての悔やまれる動きでした。でもかれは再び勇気を奮い起こし、
―次に訪問するのにどこを勧めますか？　かれは尋ねました。
―地球という惑星だよ、地理学者は答えました。
　地球は評判がいいよ… それで小さな王子は花のことを考えながら去りました。

55

XV章の謎解き

10倍も広大な惑星って？

▲ La SIXIEME planète était une planète dix fois plus vaste.
六番目の惑星は十倍も広大な惑星でした。

　10倍も広いと惑星だと言われても、何に対して10倍広いって言うのだろう。惑星同士で10倍になる星なんてない。仕方がないから、たくさんの本を書いた老紳士の地理学者の話からこの惑星を探るとしよう。ところが、この地理学者ときたら、自分の惑星にどんな自然があるかもまったく知らなくて、ホントに「名ばかり」の地理学者なんだよ。

名ばかりの地理学者の正体

▲ —Je ne puis pas le savoir, dit le géographe.
—Ah! (Le petit prince était déçu.) Et des montagnes ?
―わたしはそれも同じく知らないんだよ、地理学者は言いました。
―でもあなたは地理学者じゃないですか！

　名ばかり…名ばかり…これには何か裏がありそうだ。
💡　そうだ！　天文学で「名ばかり」と言えば、山羊座回帰線のことかも！
　なぜって、黄道上の冬至点（太陽が最も低い時の位置）は現在、射手座にあるけど、大昔のバビロニア時代には山羊座にあって、人々はその名残りから、いまだに冬至点を「山羊宮の原点《-23°27'》」[1]と呼ぶんだよ。そしてその

1　太陽の天球上の径路の黄道上でいちばん南寄りにある点を冬至点といい、バビロニアの時代に冬至点は山羊座にあったが、現代では歳差運動のせいで射手座に移動している。

XV章の謎解き

緯度を通過する回帰線のことを「tropique du Capricorne（山羊座回帰線）」[2]と呼ぶんだよ。

南回帰線
（山羊座回帰線）

　じゃあ、この老人紳士は山羊座ってこと？

　どうかなぁ、山羊座のパンは女神を追いかけてばかりいた森の神だから。それよりも、名ばかりの山羊座回帰線が通っている射手座なら賢者のケイローンだから相応しいよ。では、地理学者は山羊座と射手座の合体だね。

💡 じゃあ、地理学者が住んでいた惑星って土星だー！

　なぜって、山羊座回帰線の周囲の距離は36787 kmなんだよ。そして土星の周囲って378675 kmだから、ほら！　土星はほぼ10倍だ。

　そういえば、ぼくが射手座に来た時に土星が近くで輝いていたのを覚えてるよ。

　それにしても、地理学者の左手にあるルーペが気になるなぁ。ノートは真っ白で何も書いていないから、ルーペの使い道がないんだ。どういうことだろう…

💡 ひょっとしてこれが土星？　ぼくが射手座に着いた時、長い旅のせいでハァハァ息を切らしていたよね。これがヒントだよ。ぼくが吹きだしたのはガスで、土星もガスで厚

山羊座
Urania

射手座
Uranographia

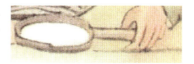

2　山羊座に冬至点があった古い時代の、黄道12宮が作られた頃の名残り。一般的に南回帰線と呼ばれ《南緯23°26'》を通る緯度線。

173

く覆われた惑星だからね。土星の環も一緒に描かれているよ。

　それでぼくはどこにいるのかなぁ…地理学者は探検家のぼくをインクで登録簿に書いたということは…

💡　わかったよー！　地理学者がいるのはブルーインク色のぼくの尾の上だ。名ばかり地理学者のおかげで、ぼくは射手座に着いたことがわかった。サンテックスはきっとその日付も予告していると思うけど、射手座って大きいから…そうだ、射手座にある冬至点ならいい目印になる。

éphémère / エフェメール（1日限りの） ?

　アラビア数字は出てこないし、出てきた数字と言えばフランス語数字の「quatre épines（4のとげ）」の「4」と「premier mouvement（1番目の動き）」の「1」だ。これだけでは、手がかりにならない。

　他に気になったことというと、「éphémère / エフェメール（1日限りの）」という単語が何度も出てきたことだ。エフェメールって元来はギリシャ語で、「たった1日だけ、はかない」って意味だけど…

🔖　—Ma fleur est éphémère, ... et elle n'a que quatre épines pour se
　défendre contre le monde ! Et je l'ai laissée toute seule chez moi !
　　—ぼくの花は一日限りなんだ、小さな王子は独り言を言いました、それにかのじょは世間に対して自分を守るのに四つのトゲしかないのに！

💡　あ！　わかった！　これってエープリルフールだ！

　エープリルフールだったら、1日限りだし自分の身を守るために嘘をついてもきっと許されるというわけだよ。ぼくは4月1日に冬至点に近づくだろうという予告だよ。実際には少しずれて、ぼくはもっと早く、3月17日に冬至点まで南に下りたんだ。

　ふぅー！　やっとぼくの惑星巡りは終わった。サンテックスのとんでもないヒントの出し方でホントに振り回されたよ。

XV章の謎解き

　おっと、もう1つ星座が見つかったよ。この地理学者って射手座のすぐ隣にある小さな楯座を示すような胸当てを着けているんだ。あのね、フランスではこの地理学者みたいに威張ってる人を「胸当てをつける（se couvrir le plastron）」と言うからね。楯座の「bouclier（楯）」は「plastron（胸当て）」と同じもので、射手座の楯とも言われるから、射手座の証明にもなっているよ。

楯座
Urania

　ぼくは1985年11月に地球に接近した後、離れて、さらに近づくんだ。といっても、今回の1986年の地球接近は過去に例のないほど遠かったんだけどね。

地球の方向を教えてくれているみたいだけど…

　この人物はⅧ章に登場したオリオン座と同じ格好をしてる。

💡　そうなるとサボテンのように見えるのは、兎座の耳だよ。オリオン座の下には兎座があるんだ。その「耳」の隣には小さな骨があるけど、兎は美味しいけれど小骨だらけで食べにくいと知られているからね。

　ここで輝いている星はオリオン座の西にあった宵の明星だよ。ぼくはここにはいないよ。この絵でサンテックスが言いたかったのは、今度の飛行でぼくは初めて金星から離れたってことだよ。

◢ **Ce fut là son premier mouvement de regret.**
　この時がかれには初めての悔やまれる動きでした。

XVI章の翻訳

　七番目の惑星はそういうわけで地球でした。

　地球はそのへんの惑星とは違います！　ここには百十一人の王と（もちろん、黒人の王も忘れずに）、七千人の地理学者、九十万人のビジネスマン、一千五十万人の酒飲み、三億一千百万のうぬぼれ屋たちで、つまりおよそ二十億人の大人たちがいるのです。

　地球の大きさをみんなにイメージしてもらうために言うと、電気の発明の前には、まさに一軍隊ほどの四十六万二千五百十一もの点灯夫たちを、六大陸の全部に、保持しなければならなかったのです。

　少し離れた所から見ると、点灯夫のすることは素晴らしい印象を与えていました。この軍隊の動きはオペラのバレーのように時間通りでした。まず初めは、ニュージーランドとオーストラリアの点灯夫たちの順番からでした。その後は夜になって灯りを灯すと、寝に行ってしまいました。その時中国とシベリアの点灯夫たちが順番でダンスに入ってきました。そしてかれらも同じように舞台裏に引っ込んで行きました。それでロシアとインド諸国の点灯夫たちの順番が来ました。次にアフリカとヨーロッパの点灯夫たちの番。次は南アメリカの点灯夫たちの番。次は北アメリカの点灯夫たちの番。このようにかれらは舞台に登場する自分たちの順序を決して間違えることはありませんでした。それは壮大なものでした。

　唯一、北極に一つしかない灯りの点灯夫と、それにかれの仲間で南極に一つしかない灯りの点灯夫だけはのらくらと気楽にしていました。かれらは年に二度仕事をしていました。

XVI章の翻訳　XVI章の謎解き

XVI章の謎解き

７惑星のカラクリ

La SEPTIEME planète fut donc la Terre.
そういうわけで七番目の惑星は地球でした。

「七番目の惑星は地球」なんて言われたら、つい地球から数えて当時の７番目の惑星の冥王星を思い浮かべてしまって、ぼくの旅を冥王星から始めてしまった読者もいるだろうなぁ…

きつい罠だよね、引っかからないでよ。

地球は確かに、冥王星から数えるとちょうど７番目の惑星だけど、ぼくは冥王星の軌道の外側までも行かないでその手前でＵターンするから、冥王星は計算に入れたらだめなんだよ。アマチュア天体観測家のみんなが観測できる小惑星帯に入った時から、ぼくが見かけた惑星と、サンテックスが創り上げた惑星から数えて７番目ってことだよ！

ここに出てくる怪しい数字も、惑星巡り同様、みんなを惑わせるための数だろうね。

... Nouvelle-Zélande et d'Australie. Puis ... de Chine et de Sibérie. Puis eux aussi ... de Russie et des Indes. Puis ... Puis de ceux d'Afrique et d'Europe ... Puis de ceux d'Amérique du Sud. Puis de ceux d'Amérique du Nord..
まずはニュージーランドとオーストラリアの点灯夫の番だ。次は中国とシベリア。それからロシアとインド…次いでアフリカとヨーロッパ。次に南アメリカ…。次は北アメリカ。

ここでは６大陸の国々の日の出と日の入りが描写されているんだけれど、これって地球の満ち欠けを示しているんじゃないかな？

177

💡 そうだよ！ つまり、ぼくは地球の軌道の外側に出たってことだよ！

パイロットが「vu de loin（**離れて見ると**）」と言うように、地球の軌道の外に出ると、こんな風に大陸を判別できるかのように表現して、同時に、ぼくが地球に最接近しているよ、というサンテックスの予告でもあるんだよ。

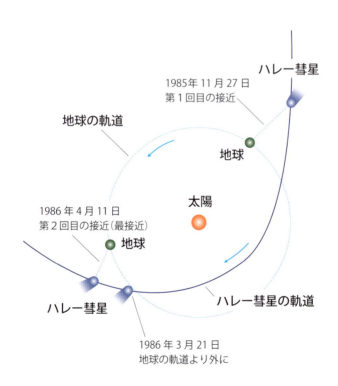

XVII章の翻訳

　人はつじつまを合わせようとすると、少し嘘をつくことがあります。君たちに点灯夫について話をした時、私は必ずしも正直ではありませんでした。私たちの惑星を知らない人々に間違った考えを与えかねません。人間は地球上でとても少しの場所しか占めていないのです。もし地球に住む二十億の住民たちが、ミーティングの時のように少し窮屈でも立ったままだったら、縦二十マイル横二十マイルのスクエアーに楽々収まってしまいます。だから我々人類を平和な最も小さな小島に積み重ねて収められるのです。

　大人たちはもちろん君たちを信じないでしょう。自分たちは多くの場所を占めていると思っているのです。バオバブのように自分たちはすごいと思っているのです。大人たちは数字が大好きです。数字を喜ぶでしょう。でも君たちは罰としてのこの宿題に時間を費やさないように。それは無駄なことだから。私を信じて大丈夫です。

　いざ地球に下りてみると、誰も見えないので、小さな王子はとても驚きました。月の色をした環が砂の中で動いた時には、かれはもう惑星を間違ったのではないかと心配になっていました。

―おやすみ、ひょっとしたらと思って小さな王子は言いました。

―おやすみ、蛇が言いました。

―ぼくは何という惑星に落ちたの？　小さな王子は尋ねました。

—地球上の、アフリカだよ、蛇は答えました。

—あぁ！　…それじゃ地球には誰もいないの？

—ここは砂漠なんだよ。砂漠には誰もいないんだよ。地球は広いからね、蛇が言いました。

　小さな王子は石の上に座り、そして空の方に目を向けました。

—星って、みんながそれぞれいつか自分の星を再び見つけられるように光っているのかなぁ、かれは言いました。ぼくの惑星を見てよ。ちょうどぼくたちの真上にあるよ…でも何て遠いんだろう！

—きれいだね、蛇が言いました。きみは何をしにここへ来たの？

—ぼくは花と仲たがいをしていて、小さな王子は言いました。

—あぁ！　蛇が言いました。

　それからかれらは黙ってしまいました。

　人間たちはどこにいるの？　最後に小さな王子は言いました。砂漠ではみんな少しひとりぼっちなんだね…

—人間たちの家でも独りだよ、蛇が言いました。

　小さな王子は長い間それを眺めました。

—きみって変な生き物だね、指みたいに細くってさ…、かれがついに言いました…

—でもわたしには王様の指よりももっとすごい力があるんだよ、蛇が言いました。

　小さな王子はほほえみました。

—きみはそんなに力強くないね…きみには足もないし…旅さえも無理だよ…

—わたしはきみを船よりも遠くまで運べるけどね、蛇が言いました。

　かれは金のブレスレットのように小さな王子の足首に巻きつきました。

XⅦ章の翻訳

―きみって変な生き物だね。指みたいに細くってさ…、かれがついに言いました。

> ―わたしが触ると、その者は生まれてきた地に生き返るんだよ、かれがさらに言いました。でもきみはまじりけがないしそれに…星から来てるから。
>
> 　小さな王子は何も答えませんでした。
> ―きみが可哀想だよ、花崗岩でできた地球の上では、きみはとても弱々しくてね。自分の惑星があまりにもなつかしくてたまらなくなった時には、わたしが助けてあげるよ。わたしには…ができるから。
> ―おぉ！　よくわかったよ、小さな王子は言いました。でもどうしてきみはいつも謎をかけるように話すの？
> ―謎は全部わたしが解くのさ、蛇が言いました。
>
> 　そしてかれらは黙ってしまいました。

60

XVII章の謎解き

地球に降りる？

Le petit prince, une fois sur terre ...
いざ地球に下りてみると…

　いよいよ南に下がってぼくは地平線上くらいまで来たようだ。おっと、騙されないように。高度の話であって実際に地上に降り立ったわけじゃないからね。いよいよ、ぼくの地球最接近の時だよ。

　ところが何を思ったか作者は、点灯夫について嘘をついていたと、後悔の気持ちをここにきて述べ始めた。後悔…

　これは、きっと、5日目以降の寄り道から再び「キリストの受難の週」の暦の続きに戻るようにという指示だよ。受難の週の5日目とは4月9日だね。

182

XVII章の謎解き

月の色をした環って？

—Bonne nuit, fit le petit prince à tout hasard.
—Bonne nuit, fit le serpent.
—おやすみ、ひょっとしたらと思い小さな王子は言いました。
—おやすみ、蛇が言いました。

蛇座は実際に存在するから、4月9日にぼくは蛇座を通過していたって予測かな？

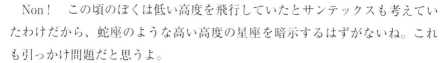

Non！　この頃のぼくは低い高度を飛行していたとサンテックスも考えていたわけだから、蛇座のような高い高度の星座を暗示するはずがないね。これも引っかけ問題だと思うよ。

砂の中で動いたってことは、この星座は地平線ギリギリの低い星座だって教えてくれてるんだよ。さらに、それが「月の色をした環」っていうことは？

あ！　わかった！　この蛇は望遠鏡座だ！

昔の望遠鏡の筒は真鍮(しんちゅう)製のものもあったから、月のような色でバッチリだよ！それに望遠鏡座なら射手座のすぐ下にあるし、足もないし、細長いし、ほら！望遠鏡座は4月9日の早朝に南の地平線上に見えてるよ。

だけどこんな風に折れ曲がった望遠鏡なんて変だってみんなも思うよね。確かに望遠鏡は伸び縮みはするけれど、筒は折れ曲がったりはしない。蛇が折れ曲がっているように描かれているのは、レンズの光による屈折を表しているんだ。望遠鏡座を設定した天文学者ラカイユがモデルとしたのは屈折式望遠鏡だったからね。シャポー！　サンテックスのエニグム恐るべしだね。

射手座の右下にある望遠鏡座
Urania

183

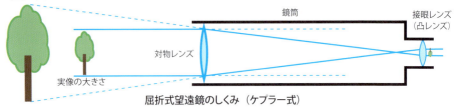
屈折式望遠鏡のしくみ（ケプラー式）

そして望遠鏡をほのめかすヒントがもう1つ。

—Je puis t'emporter plus loin ...
　―わたしは船よりももっと遠くにきみを連れて行けるよ、蛇は言いました。

望遠鏡を逆から覗いたら、近くの物も遠くに見えるからね。この蛇はまさしく望遠鏡座だよ。

変な手の恰好をした男？

　今度は絵の人物の正体を探ってみよう。この男は蛇のようなものを見て、不審な顔をしてるよ。それに両手で何かを掴んでいたような手つきをしているんだけど…じゃあ、この男は蛇を掴んでいた蛇遣い座？　蛇遣い座は蛇を使って死者を生き返らせたから、「Celui que je touche...（私が触るとその者は生き返るんだよ…）」なんて言ったんだね。では、蛇座はどこかなぁ…

　💡 まさか！　頭上に輝く星が蛇座？　鳥みたいに飛んでるけど…そっかー、これって蛇遣い座から蛇座が独立したシーンだ！
　サンテックスは蛇遣い座から蛇座が独立した由来[1]を利用したってことだよ。

1　蛇座は蛇遣い座と一体の星座だったが、1922年に国際天文学連合が現在の88星座を定めた際にそれぞれ別の星座として確立され、ベルギーの天文学者デルポルトによって現在の形に分割された。ギリシャ神話では医師アスクレーピオスの姿であるとされる。蛇が薬草を死んだ仲間の蛇に与えて蘇らせるのを見て、死者を蘇らせる術を知った。

独り立ちすることをフランス語で「voler de ses propres ailes（自分の羽で飛ぶ）」と言うから、サンテックスは蛇座に羽を描いてあげて、星のような輝きで飛び立ったというわけ！　うまいね！　どおりで、突拍子もなく「あの惑星はbelle（きれい）だ」なんて文が表れたわけだ。ここでは「belle／ベル」を「きれい」とは解釈せずに「うまく」と理解したらいいんだよ。うまく逃げた時などに、フランス語では「l'échapper belle／レシャペ ベル」と言うからね。

蛇座と蛇遣い座
Urania

輝きを放つように見える石って？

ぼくはこの時、石に座って空を見上げていたんだけど、望遠鏡座の隣には祭壇座があるから、ここは祭壇座だよ。

みんなは覚えてるかなぁ？　パイロットは砂漠に墜落した日の翌朝、祭壇座にいたぼくを見つけたんだ。その後は、ぼくの分身のチビちゃんや星座たちにぼくの軌道を案内させてきたんだけど、ここにきてカラーで祭壇座が現れたということは、ここは早朝の空ってことだよ。

ぼくは進んで隣の定規座辺りにいたんだけど、ぼくも蛇座みたいにスマートの描いてくれているかなあ…
💡　ええっ！　この背景みたいなのがぼくの尾？　そういえば、こんな色でこんなタッチの背景は他にないし、それにボーっとしていて、空が途中で切れている。これってぼくの尾は早朝に高度が低いという予告だよ。

祭壇座と定規座
Bode's 1801 Uranographia

XVIII章の翻訳

　小さな王子は砂漠を横断しましたが、たった一輪の花に出会った
だけでした。花びら三枚の花で、まるでどうってことのない花でし
た…
―こんにちは、小さな王子が言いました。
―こんにちは、花が言いました。
―人間たちってどこにいるんですか？　小さな王子はていねいに尋
ねました。
　花は、いつか、キャラバンが通るのを見た事がありました。
―人間？　いますよ、六人か七人だと思いますが。何年か前に見か
けましたよ。でもどこで見つかるのでしょうね。風ってかれらを連
れまわすのね。かれらには根がないのでとても困るでしょうに。
―さようなら、小さな王子は言いました。
―さようなら、花は言いました。

XIX章の翻訳

　小さな王子は高い山に昇りました。かれが知っていた山といえば、膝までの高さの三つの火山でした。そして休火山を足台として使っていました。「このように高い山からなら、この惑星全体もすべての人間も一挙に見つかるだろうなぁ」…かれは独り言を言いました。でもかれが目にしたのはとても鋭い先の尖った岩だけでした
ーこんにちは、かれは当てずっぽうに言いました。
ーこんにちは…こんにちは…こんにちは…、エコーが答えました。
ーあなたたちは誰ですか？　小さな王子は言いました。
ーあなたたちは誰ですか…あなたたちは誰ですか…あなたたちは誰ですか…エコーが答えました。
ーぼくの友だちになってください、ぼくは一人だから、かれが言いました。
ーぼくは一人だから…ぼくは一人だから…ぼくは一人だから…エコーは答えました。
（194ページ［翻訳62ページ］に続く）

XVIII章の謎解き

3枚花びらの花ってどれ？
（XVIII章のお話の絵は次の章に[1]）

... traversa le désert et ne rencontra qu'une fleur.
Une fleur à trois pétales, une fleur de rien du tout ...

小さな王子は砂漠を渡りました。そして出会った花は一つだけでした。三枚花びらのどうってことのない花でした。

さてっと、今度は花探しだよ。3枚の花びらがあるのに「rien du tout（どうってことのない）」と言われる花ってどれ？　砂の上に生えているのはどう見ても立派できれいな花だし。それにしてもマイナスを強調してひどいことを言われているなぁ…

Oui!（ウィ！）マイナスはマイナスでも大きければ大きいほど立派できれいな花もあった。星の等級のことだよ。3枚花びらのマイナスなら、華々しく輝いている天体、−3級の天体、金星だよ！　これは太陽ではないからね、騙されないでね。

こんなに立派できれいな花が砂漠に？

じゃあ、砂できれいに咲いている花って何者だ？　…砂の上なのに足跡がきれいに残ってるのは奇妙だ。

あれれ？　これってひょっとして鎖？

これが鎖だとすると、鎖に繋がれたアンドロメダ座というとても綺麗なお姫様の星座に当てはまる…ギリシャ神話でアンドロメダ姫は母親のカシオペア王妃が娘の美しさを自慢したせいで、化け物クジラのティアマトの生け贄(にえ)

1　章と絵の配置の意味は次章の終わりで解明。

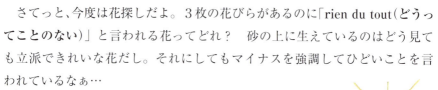

XVIII章の謎解き

にされる羽目になり、岩に鎖でつながれてしまうんだ。

　この花と砂漠の足跡は、鎖でつながれたアンドロメダ姫をイメージした星座だ！　この絵は、宵の明星がアンドロメダ座のすぐ側で輝いている4月9日[2]の夕刻の空を描いているんだよ。夕刻の空だから、ぼくは描かれていないけれどね。

アンドロメダ座
Uranometria

　ここにキャラバンなんて登場するから、たくさんの足跡を想像してしまってうまく騙されるところだったよ。

キャラバン？

　フランス語でキャラバンのように1列になって進むことを「former une chaîne（鎖の形をつくる）」と言うから、キャラバン隊は鎖を連想させるヒントにもなっているんだよ。この花は「キャラバンは6人か7人だった」と言ったけど、本当にキャラバン隊を成すような星座が続いている。

　キャラバン隊って家族が一緒に移動することが多いわけで、ほら、キャラバン隊の中には、父親のケフェウス王と母親のカシオペア妃と娘のアンドロメダ姫、その夫のペルセウス王子、もちろん御者になる御者座も1列に連なっているよ。これで5人だ。

　残るは1人か2人になるけど、ハッキリしないのはどういうことだろう？

　💡　わかった！　双子座だよ！　似ているから1人か2人かわからなくなるからね。そしてこの絵にぼくの存在がないのは、ここは宵の明星が輝いている夕刻で、ぼくは早朝に昇ってきたからね。アンドロメダ座が見つかった。

2　4月9日は《16h13m / -47°》。定規座の地平高度は7°、月齢29日、光度4.0等。尾長30°、高度が低く東京からはかなり見にくい。（前掲書『ハレー彗星1985-86』参照）

189

XIX章の謎解き

鋭くとがった岩山って？

　砂漠に例えられた、等級の高い星のない一帯を越え、次は何かと思っていると岩山が現れた。まずは、不気味でとげとげしい岩山の画をチェックしよう。XIX章のお話の岩山の絵は次の章にあるから気をつけて。[1]

　なんと！　後ろ姿の男の足元が岩に突き刺さっているみたいだ。[2] みんなも見てよ！

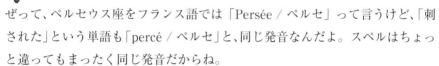

💡　あっ！　これってペルセウス座だよ！なぜって、ペルセウス座をフランス語では「Persée／ペルセ」って言うけど、「刺された」という単語も「percé／ペルセ」と、同じ発音なんだよ。スペルはちょっと違ってもまったく同じ発音だからね。

　それにペルセ王子なら、後ろ姿で描かれることにちゃんとした理屈があるんだ。ギリシャ神話のペルセ王子は岩場で鎖につながれていたアンドロメダ姫を化け物クジラから救出するのに成功したんだけど、それは化け物に女怪メディウスの首を見せたからなんだ。なぜって、メディウスの目を見たものはすべて石になったからね。ほら、だからここは岩山なんだよ。ペルセ王子は後ろ向きでわからないけど、じつはメディウスの首を持っているんだよ。でもメディウスの首を持ってこっちを向いていたら、読者のみんなが石になってしまって大変なことになるからね。おもしろい！

ペルセウス座とメディウス
Urania

1　章と絵の配置の意味はこの謎解きの章の最後で。
2　以下を比較。「Il est percé／イレペルセ（かれは突き刺されている）」、「Il est Persée／イレペルセ（かれはペルセ王子）」。「Persée（ペルセ王子）＝pεγse」、「percée（ペルセ）＝pεγse」。

3回正しく繰り返さないエコーって？

—Bonjour, dit-il à tout hasard. ... je suis seul... répondit l'écho.
—こんにちは、かれは当てずっぽうに言いました。
—こんにちは…こんにちは…こんにちは…、エコーが答えました。
—あなたたちは誰ですか？…
—あなたたちは誰ですか？…あなたたちは誰ですか？…あなたたちは誰ですか？…
—友だちでいてよ、ぼくは一人なんだ、かれが言いました。
—ぼくは一人なんだ…ぼくは一人なんだ…ぼくは一人なんだ、エコーは答えました。

　あ！　このエコーって勝手な返事をしてる！
　みんなも気付いたかな？
　このエコーだけど、最初はぼくが言った通りに繰り返したのに、次にぼくが言った「ぼくの友だちでいてよ」という言葉だけは省いて返事したんだよ。
　なぜだかわかった？
　エコーでさえも、メディウスの首を持ってるペルセ王子とは友だちになりたくないってこと！
　石になりたくはないからね。「こんにちは」とは言っても、「友だちでいてよ」とは言わなかったってこと。ところが、このエコーの嘘の返事のおかげで、ここの日付がわかるようになってるんだよ。
　エコーは「友だちでいてよ」いう言葉も3回は繰り返さないといけないのに、「わたしは一人なんだ」という言葉だけを3回繰り返した。これは聖書に出てくる有名な最後の晩餐でのエピソードで、キリストがペトロに「あなたは夜明けに3回わたしのことを知らないと嘘を言う」と予告して、実際にペトロが3回、知らないと言ったシーンとそっくりなんだ。

💡　エコーが3回の嘘をついたのは「ペトロの離反の予告」を暗示しているんだ。

このエコーの嘘から、ここは最後の晩餐の木曜日って読めるんだよ。つまりこの絵は4月9日の朝、北東の空低くにあるペルセウス座と同じような高度くらいまで下っただろう、というサンテックスの予告だよ。モノクロなのは、ぼ

最後の晩餐
レオナルド・ダ・ヴィンチ
Santa Maria delle Grazie Church, Milan

くの尾もペルセウス座も日中で見えないからだよ。

ちなみにこの嘘つきエコーだけど、こんなエコーにも当てはまる星座はあったかなぁ…

💡　烏座はどうだろう。

ギリシャ神話に出てくるエコーは、余計なお喋りをしたせいで姿を見せられなくなった森の妖精なんだけど、同じようにお喋りのせいでカァカァとしか鳴けなくなってしまった烏の話しがあるん

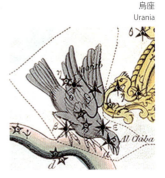

烏座
Urania

3　「ペトロの離反の予告」とは、最後の晩餐の時、イエスはペトロに、「わたしのために命を捨てると言うのか。はっきり言っておく。鶏が鳴くまでに、あなたは3度わたしのことを知らないと言うだろう。」と予告した言葉である。結局、予言通り、ユダの裏切りで逮捕されたイエスに何が起こったかを見るため大祭司の庭に忍び込んだペトロを見た女中たちが「この人もイエスと一緒にいた」と言われた時に、ペトロは「わたしはその人を知らない、その人とは一緒ではない」と3回言ったのである。そしてその時、鶏が鳴いてペトロはイエスの予告を思い出し泣き崩れたと、新約聖書にある。
　キリストはペトロの嘘を予言したが、ペトロにこんなことも言っている。それは「あなたはペトロ（岩）、わたしはこの岩の上にわたしの教会を建てる」（マタイ福音書16章18）。　本文、「il se servait … d'un tabouret（かれは休火山をイスとして使っていた）」の中の単語、「tabouret／タブレ」とはカトリック教会で使われるひざまずいてお祈りする時に使うイスである。ペトロはギリシャ語で岩を意味し、イエスはシモンにペトロとあだ名を付けたが、それは教会を建てるための基礎の「岩」としてかれを選んだからである。伝承によると、ペトロはローマ・カトリック教会の創立者で初代教皇とされている。
　なお、1936年の聖木曜日の最後の晩餐は4月9日だった。
4　「烏座」はアポロンのために伝達役をしていたが、大変な嘘をついたため、嘘つきの見せしめのため夜空にさらし、声を失くし、ただカァカァ鳴くだけになった。羽毛も真黒になり、コップ座のすぐ近くに居ながら喉が渇いても決して口ばしが届かないようにされたという。

XIX章の謎解き

だ。エコーも烏も両方ともお喋りで、それに嘘を言ったので懲らしめられたっていう共通点があるし、このエコーって烏座だ。

ところでこの「カラス」という言葉には、ぼくの本にまつわるエピソードで、ちょっとしたいわくがあるんだ。ぼくの本の第５版印刷本[5]までには、山肌に黒いちょっとした影があったんだけど、それが６版から突然、消えてしまった。

傑作なのは、ぼくの本のコレクターはこの黒い影が載っている本を「カラス本」と命名したんだ。今や、とても貴重な本なんだって。黒い影が烏座とまったく知らないで名付けるなんて、不思議な偶然だよね。だけどこんな落ちがつくなんてサンテックスも予測していなかっただろうなぁ。

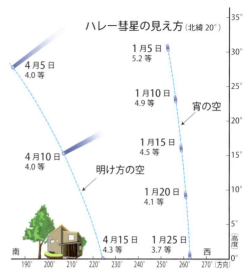

1986年１月、４月のハレー彗星の位置

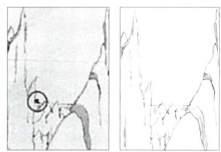

山肌に小さな黒い影のある「カラス本」（左）。現在の版には影は存在しない。

ところで、原書 XVIII 章と XIX 章は見開きで隣合っていて、砂漠の花の絵は XIX 章の下に、岩山の絵は次章に掲載されているんだ。変だと思うよね。アンドロメダ座がペルセウス座の章に組み込まれていることには理由があるんだ。それは２つの星座は隣同士だけど、それだけではなくて、ペルセ王子はアンドロメダ姫と結婚したから、章も結びつけたんだと思うよ。

---

5 戦争が終わる頃には不幸を象徴する黒いカラスが消えるようにサンテックスが仕組んだトリックともいえる。これとは反対に、IX章では、竜座に描かれていなかった幸せの黄金のリンゴが戦後に出現の手はずだった。（前著『星の王子さまのエニグム』参照）

（XIX章の翻訳の続き）

「なんて奇妙な惑星だろう」その時かれは思いました！
「ここはとても乾燥した、それで尖っていてそして塩気のある惑星
だ。それに人間たちって想像力が足りないなぁ。かれらは人が言う
ことを繰り返して…ぼくのところには花が一本あってその花がいつ
も一番に話していたけど…」

XX章の翻訳

　それでも小さな王子は、長い間をかけて砂漠、岩場そして雪の中
を進んで、やっと苦労して道を見つけました。そしてその道はすべ
て人間のいるところへ通じているのです。
―こんにちは、かれが言いました。
　そこはバラが咲き誇っている庭でした。
―こんにちは、バラが言いました。
　小さな王子はバラを見ました。どのバラもすべて自分の花にそっ
くりでした。
―あなたたちは誰ですか？　かれはびっくりして尋ねました。
―わたしたちはバラよ、バラは言いました。
―えぇ！　という表情を小さな王子はしました。
　そしてかれはとても傷つき不幸に思えました。かれの花は、自分
は宇宙でたった一本しかない種類の花だ、とかれに言っていたので
す。それなのにたった一つの庭にでも、まったく同じようなのが、
五千本もあるなんて！
「もしかのじょがこれを見たら…とても怒るだろうなぁ、かれは独
り言を言いました。ものすごい咳ばらいをして、ばかにされないよ
うに死んだ振りをするだろうに。そしてぼくはというと意に反して
かのじょの世話をする振りをするだろうに、さもないと、ぼくを同
じように辱めるために、かのじょは本当に死んでしまうだろう…」

62

(ⅩⅠⅩ章の翻訳の続き）ⅩⅩ章の翻訳

この惑星はすごく乾燥していて、そしてすごくとげとげしていてすごく塩っぱい。

それからかれは、こうも考えました。「ユニークな花のおかげで、自分はすごいと思っていたのに、でもどうってことのない花を一本持っているだけなんだ。それと膝までの高さの三つの火山、それもその中の一つは、たぶん、永久に消えたままなんだ、これではぼくは王太子にはなれない…」。それから、草の中にうずくまって、かれは泣きました。

64

ⅩⅩ章の謎解き

雪？

> ... à travers les sables, les rocs et les neiges, découvrit enfin ...
> 砂漠、岩山、雪を越えやっと道を見つけました。その道は人間の住んでいるところに繋がっているのです。

えぇ？ 今度は雪だって？ 砂漠と雪なんて…雪？ 白っぽい？ 砂漠は目立った星のない一帯のことだから、その後というと…

XX章の謎解き

💡 あ！　天の川、ミルキーウェイのことだー！

ミルキーウェイはフランス語で「Voie Lactée／ヴォワ ラクテ」と言い、その意味は真っ白な牛乳の道だから、パイロットは雪なんて言ったんだよ。

それに4月上旬早朝のミルキーウェイだったら、上から下に向かってるから地平線にぶつかって、そこが人間の住む地上に繋がってるってことだよ。

この絵の壁の合間に見える明るい空間とたくさんの花たちがミルキーウェイだ。ミルキーウェイは雲状の光の帯だけど、実際は膨大な星が集まって白っぽく輝いているんだからね。このたくさんの花は銀河を作っている無数の星たちだよ。

天の川（PD、pcs34560）

マフラーが反対方向に？

だけど、変だなぁ。

このマフラーだけど、今までのに比べると反対方向になびいてるんだ。ぼくの尾をイメージしてるんだったら、太陽熱のせいで太陽と反対方向になびくはずで、今までのマフラーと同じ方向になびくはずなのに。どういうこと？

💡 あれ？　これって十字架になってるんじゃないか！

ミルキーウェイには「北十字」と呼ばれる十字を作る白

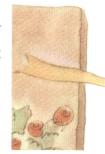

197

鳥座があるから、それを暗示したんだよ。これってぼくの尾じゃないよ！　ぼくの尾は銀河の中で見えなかったはず。

だけど、これって誰のマフラーかな？

白鳥座の近くの星座っていうと、小狐座、イルカ座、ペガサス座などがあるけれど…

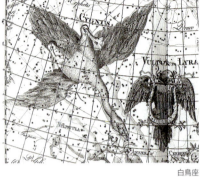

白鳥座
Uranographia

濡れた足元？

あれ？　この足元のシミって何だ？

星座に影などないし、濡れてるってことかな？

💡 じゃあ！　これはイルカ座だ！

イルカ座だから、「ça ne fait pas de moi un bien grand prince（これじゃ王太子にはなれない）」なんて言って、ぼくは泣いたんだ。フランス語でイルカを「dauphin／ドファン」と言い、フランスの王太子のことも同じくドファンと言うからね。どうやら、王太子をイルカ座に仕立てて王太子の旗で十字架を作ったんだよ。やっぱり、サンテックスのトリックってホントに奇抜だよ。

フランス王太子の紋章
Coat_of_Arms_of_the_Dauphin_of_France.svg:
Sodacan

イルカ座
Urania

---

1 「... elle ferait semblant de mourir ... je（花はばかにされないように死んだ振りをするだろうに。そしてぼくはというと意に反してかのじょの世話をする振りをするだろう…）」。花は死んだ振りをするわけで、小さな王子も彼女の世話をする振りをするわけで、両方と振りをし合う。フランス語では「振りをする」ことを「faire signe/ シーニュ」とも言えるので、ここで「signe/ シーニュ（印、サイン）」と異口同音の「cygne/ シーニュ（白鳥座）」を思いついたらＯＫ。

XX章の謎解き

大きな十字架

それにしても背丈並に大きな十字架が登場した。これって…キリストが磔になった聖金曜日を連想させるための大きな十字架だったら、これでここは聖金曜日の4月10日とわかる。

十字架の道
St. Joseph, München,
Gemälde von Gebhard Fugel, 5. Station

見覚えのある形？
（右の絵は次のXXI章にある）

かれの恰好だけど、見覚えあるなぁ…
💡 そうだ、そうだ。さそり座の星座線だよ！

さそり座って低い星座だから、こんな風に寝そべっていて、銀河の中にあるから、こんな風にたくさんの花に囲まれて描かれてるんだよ。そしてぼくはサソリ座にいたので、ぼくのマフラーは描かれていないんだ

サソリ座
Urania

さそり座はすごく古くから伝わる星座で本来はすごく大きかったんだけど、紀元前1世紀頃に、さそり座の長いハサミの部分を切り取って短くして、そこに天秤座を設定したって言われてるんだよ。

かれの左手を拡大してよく見てよ。この左手の指だけど、切られているみたいにも見えるよね。だから痛くてサソリ座は泣いたってジョークだよ。ぼくが泣いたってことじゃないからね。

折り曲げた右手の指には小さなハサミが

元のサソリ座の姿。
オレンジ色の星座線の部分が天秤座。

199

くっ付いてるようにも見えるけど、これって気のせいかなぁ…

なぜページまで注釈に？

 Et, couché dans l'herbe, il pleura. (Page 64)
草の中に伏せ、かれは泣きました。(64 ページ)

ここで、すごく奇妙なことを見つけたんだけど、みんなも気付いたかな？まずはもう少し後の翻訳の 71 ページの挿絵を見てよ。

サソリ座が草の中に寝そべっている挿絵なんだけど、原書では 71 ページに載っていて、サソリ座の説明のある 64 ページではないんだよ。だけど、この挿絵にはちゃんと「(64ページ)」なんて注が付いているし、ぼくはサソリ座の下にいたし、コメット・ハレーのぼくには、ここに挿絵があったらバッチリなんだけど…（原書翻訳 71 ページの絵を参照）。

つまり、71 ページにもこの絵が欲しいストーリーがあるってことだね。

これも、この本にはいくつものストーリーが潜んでいるって証拠だよ。

XXI 章の翻訳

　すると、そこへきつねが現れました
―こんにちは、きつねが言いました。
―こんにちは、小さな王子が礼儀正しく返事をして、振り向きました、でも何も見えませんでした。

64

―わたしはここだよ…リンゴの木の下だよ、声がしました。
―きみは何者だい？ 小さな王子は言いました。きみはずいぶんきれいだね…
―わたしはきつねだよ、きつねが言いました。
―ぼくと遊ぼうよ、小さな王子は誘いました。ぼくとても寂しいんだ…
―わたしはきみとは遊べないんだよ、きつねが言いました。わたしとは結びつきがないからね。
―あ！ ごめんなさい、小さな王子は言いました。
　でも少し考えた後、かれは言い足しました。
―「結びつきを持つ」ってどういうこと？
―きみはこの辺のものではないね、きつねは言いました。何を探しているのかな？
―ぼくは人間を探しているんだけど、小さな王子が言いました。「結びつきを持つ」ってどういうこと？

―人間っていうのは、鉄砲を持っていてそして狩りをするんだよ。それがとても厄介なんだ！　かれらはにわとりも育てているけどね。かれらに興味があるのはそれだけだね。きみはにわとりを探しているのかい？

―違うよ、小さな王子は言いました。ぼくは友だちを探しているの。「結びつきを持つ」ってどういうこと？

―それはとっくに忘れられてしまったことだけど、きつねが言いました。それは「関係を築く…」っていうことさ。

―関係を築く？

―とてもしっかりとね、きつねが言いました。わたしにはきみはまだ十万人のよく似た幼い少年たちと同じ幼い少年でしかないんだよ。そしてわたしはきみを必要としていないんだよ。わたしはきみにとっては十万匹ものきつねにそっくりな一匹のきつねでしかないんだ。ところが、もしきみがわたしと関係を築いたら、わたしたちはお互いになくてはならなくなるんだ。きみはわたしにとっては宇宙で唯一の存在になるのさ。わたしはきみにとって宇宙で唯一の存在になるんだよ…

―ぼくわかってきたよ、小さな王子は言いました。ある花のことだけど、あの花はぼくを自分のところに引き寄せたと思うなぁ…

―ありうることだね、きつねは言いました。地上ではありとあらゆる事が起こるからね…

―おぉ！　これは地球についてではないんだけど、小さな王子は言いました。

　きつねはとても当惑した様子でした。

―他の惑星のことかい？

―うん。

―その惑星に狩人はいるのかい？

―いないよ。

―それはいいなぁ！　それでにわとりは？

―いないよ。

―何もかもうまくはいかないもんだよ、きつねはため息をつきました。

　それできつねは自分の姿に戻りました。

―わたしの生活は単調なもんだよ。わたしはにわとりを追って、人間はわたしを追いかけるんだよ。にわとりは全部似ているし、人間もみんな似ているんだよ。だからわたしは少し退屈しているんだ。でももしきみがわたしと結びついてくれたら、わたしの生活は光り輝いたようになるだろうなぁ。他の誰とも同じでない足音を知るだろうね。他の足音でわたしはまた穴に戻るのさ。きみの足音はわたしを穴の外へ呼び出す音楽のようだよ。そしてそれから見てごらんよ！　向こうの方に、麦畑が見えるだろう？　わたしはパンを食べないんだ。わたしには小麦は何の役にも立たないんだよ。麦畑で何も思い出すものはないんだ。それってさあ、寂しいよ！　でもきみは金色の髪の毛をしているだろう。だからきみがわたしと結びつきを持ってくれた時には、それは素晴らしいことになるんだよ！　小麦はきみを思い出させてくれて。そしてわたしは小麦畑を渡る風の音が好きになるのさ…

　きつねは黙ってしまい、そして長い間小さな王子を見つめました。

―お願いだから…わたしと結びつきをもってよ、かれは言いました！

―ぼくはいいけど、でもあまり時間がないんだよ、小さな王子は返事をしました。友だちを見つけ出さなくてはいけないし、それに知らなくてはならないことがたくさんあって。

―結びつきをもたないと物事はわからないよ、きつねが言いました。人間にはもう何も学ぶ時間がないのさ。彼らは商売人のところでできあがったものを買うのさ。ところが友だちを売る商人なんてまるでいないんだから、人間にはもう友だちはいないんだよ。友だちが欲しかったら、わたしと結びつきを持つことだね！

―何をしたらいいの？　小さな王子は言いました。

―とても忍耐がいることだよ、きつねが答えました。こんな風に、草の上に、わたしから少し離れてまず座るのさ。わたしはきみを横目で見ているから、そしてきみは何も言わないんだよ。言葉は誤解のもとだからね。でも、毎日、少しずつ近づいて座れるよ…

　翌日小さな王子はまた来ました。

―同じ時間に戻って来る方がいいんだけどねぇ、きつねが言いました。たとえばだよ、もしきみが午後の四時に来たとしたら、三時にはもうわたしは幸せを感じるだろうね。時間が進めば進むほど、わたしはますます幸せに感じるんだよ。四時には、もう、わたしは動揺して、心配になって来るんだよ。早朝の大事さがなにかが分かる事になるんだよ！　でもきみが時間に関係なく来たら、わたしは何時に心の準備をしていいかが分からない…慣習が必要だよ。

―慣習って何？　と小さな王子が言いました。

―これもまたまるで疎かにされてしまったことでね、きつねが言いました。それは、ある日を他の日と区別し、ある時を他の時と区別することだよ。たとえば、狩人の間では、ある慣習があるんだよ。かれらは木曜日には、村の娘たちと踊るんだ。だから木曜日は素晴らしい日なんだ！　わたしはぶどう畑まで出かけるのさ。もし狩人がいつでも踊っていたら、毎日が全部同じになってしまって、それでわたしにはまったくバカンスがなくなってしまうよ。

　このようにして、小さな王子はきつねと結びつきを持ちました。そして出発の時間が近づくと、

XXⅠ章の翻訳

たとえばだけど、もしきみが午後の四時に来たら、
わたしは三時になったとたんから幸せに感じ始めるだろうよ

―あぁ！　泣くだろうなぁ、きつねが言いました…

―きみがいけないんだよ、小さな王子が言いました、ぼくはきみを悲しませたくなかったのに、ぼくと結びつきたいって言うから…

―そうだよ、きつねは言いました。

―でもきみは泣くよ！　小さな王子は言いました。

―もちろんだよ、きつねは言いました。

―それじゃきみは何も得をしなかったね！

―麦の色のおかげで得るものはあったんだよ。

　それからかれは加えました

―バラたちをもう一度見に行ってごらん。きみのバラは世界中で唯一のものだとわかるから。さよならを言いに戻って来たら、秘密をプレゼントするよ。

　小さな王子はバラたちをまた見に行きました。

―あなたたちはぼくのバラとはまったく似ていないし、あなたたちはまだ何にもなっていないよ、かれは言いました。誰もあなたたちと結びついていないし、それにあなたたちも誰とも結びついていない。あなたたちは最初のきつねみたいだよ。あのきつねは他の十万匹のきつねとたちと同じだったよ。でもぼくと友だちになって、今では宇宙中で一匹しかいないきつねなんだよ。

　バラたちはとても困っていました。

―きみたちはきれいだよ、でもそれだけなんだよ、かれはまた言いました。誰もきみたちのために死ねないさ。もちろん、ぼくのバラも、通りすがりの人からみるときみたちと似ていると思うだろうけど。でもあのバラだけは、きみたちのどれよりも大切なんだ、なぜってぼくが水をあげたバラだからさ。なぜってぼくがおおいをかぶせたバラだからさ。なぜってぼくが衝立で守ったバラだからさ。

　なぜってぼくが毛虫を殺したんだから（蝶々のために二、三匹を残して）。なぜってぼくが愚痴や自慢話や、時には黙ってしまうのさえも聞いてあげたバラだから。なぜってこれはぼくのバラだから。

XXI章の翻訳

草の中に伏せ、かれは泣きました。(64 ページ)

そしてかれはきつねのところに戻って来ました。

―さようなら、かれは言いました…

―さようなら、きつねが言いました。ほらこれがわたしの秘密だよ。とても単純なことさ、心でしか見えないんだよ。一番大事なものは目には見えないんだよ。

―大事なのは目には見えない、小さな王子は忘れないように繰り返しました。

―きみがバラのために失った時間の分だけ、きみのバラはとても大事なものになったんだよ。

―ぼくが…バラのために失った時間、小さな王子は忘れないように言いました。

―人間はこの事実を忘れてしまったのさ、きつねは言いました。でもきみはこの事を忘れてはいけないよ。きみが結びつきをもったものには、いつまでも責任があるってことを。きみは…バラに対して責任があるんだ。

―ぼくは自分の…バラに責任がある、小さな王子は、忘れないように繰り返しました。

72

XXI 章の謎解き

自分からきつねって名乗るのは誰？

>―Je suis un renard, dit le renard.
>―わたしはきつねだよ、きつねが言いました。

　きつねの出現なんだけど、このきつねは自分からきつねだって名乗ったんだよ。それって自分から名乗らないと誰もきつねとわからないからだったりして。じゃあ、このきつねは変装しているのかも？　でも何のため？　そういえば、緑色の洋服の男が自称きつねを凄い目で睨んでいるなぁ…かれに捕まらないためだったりして。

　なら、かれの正体を見破ったらきつねの正体もわかるかも。

緑色の服の巨人の正体

　緑の服を着た巨人だけど、わざわざ服と同じ緑の丘のスロープをまたいでいるんだよね。これってどうみても何か意味がありそうだ。

　💡　あ！　こんな丘の円い頂をフランス語で「croupe / クルップ」と言って「馬の背、尻」という意味もある。となると、丘のスロープをまたぐ男は半身半馬のケンタウルス座か、射手座ということになる。射手座は少し前に通過したので、かれはケンタウルス座だね。ケンタウル

狼座（左）とケンタウルス座（右）
Uranometria

209

ス座だったら、狼を槍で突いて殺す星座だから、きつねが変装して隠れるのも当然だ。

ところで、この自称きつねはリンゴの木の下にいたんだけど、リンゴの木なんて星座はないし…

リンゴの木？

🌙 —Je suis là, dit la voix, sous le pommier.
　わたしはここだよ、…リンゴの木の下だよ、声がしました。

リンゴの木といったら、みんなは何を思い浮かべるかなぁ…ぼくにはアダムとイブが蛇にそそのかされて食べたエデンの園の禁断のリンゴの木だけど。

あれ？　木の幹に何かしらグニャグニャとした模様が…これって蛇？　じゃあ、自称きつねの主って、蛇座のふもとの星座ってことになるよね。蛇座の下にある狼座だったら、変装したきつねにふさわしいよ。

なぜなら、狼座の耳がこんなに長いのは、狼が狙われていることをほのめかしているんだよ。「tenir le loup par les oreilles（狼の耳を掴む⇒窮地に陥る）」というフランスの諺があるからね。

ところが、狼には似合わない点があるんだ。それはこの尾っぽだよ。狼はこんなに尾を上げないし、それによく見ると、この尾っぽにもお腹にも羽のようなものがいっぱい付いてると思わないかい？

エデンの園（部分）
Lucas Cranach the Elder(1530),
Kunsthistorisches Museum

XXI章の謎解き

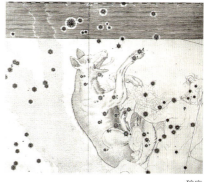

狼座
Uranometria

💡 そっかー！　これって、孔雀の羽だよ。この狼座は近くの孔雀座の羽を借りて、格好よくカムフラージュしてケンタウルスから身を守ろうとしたんだよ。

　これじゃあ、ぼくにだって一瞬何者なのかわからなくて、「Qui es-tu? dit le petit prince. Tu es bien joli ... (きみは誰だい？　きみはとてもきれいだね)」なんて言ってしまったわけだ。ややこしいったらないよ。

　ここで、自称きつねが、遠くに見える麦畑について聞き惚れるようなすごく詩的な表現をしたんだけど、これって、どうみても意味ありげなんだなぁ…

孔雀座
Uranographia

🦊 — Ma vie est monotone. Je chasse les poules, les hommes me ...
でもきみの髪の毛は金色をしているよね。きみがわたしと結びつきを持ってくれたら、それは素晴らしいことになるんだ！　麦はきみを思い出させてくれて。そしてわたしは麦畑を渡る風の音が好きになるのさ…

1　se parer des plumes du paon（孔雀の羽で身を守る）

211

💡 まさか？　ペガサス座！

　ペガサス座というと、寓話の空を飛ぶ馬だけど、ペガサスの空飛ぶ姿のせいで、フランス語では「詩的感興が湧き出る」なんて意味もあるんだよ。そこで「秋の大四辺形」とも呼ばれる大きな四辺形を成しているペガサス座が連想できるんだ。ほら、遠くの右手に見えるのが麦畑のペガサス座だよ。そして隣のピンクの岩場がアンドロメダ姫が鎖で縛られた場所のつもりだよ。ペガサス座にはアンドロメダ座に取られてしまったアルフェラッツ（馬のヘソ）という共有の２等星があるので、背景画にも接点があるんだ。だからぼくは「あの花はぼくを自分のほうに引き寄せた」と言ったんだ。

　これはさすがに難しいよ、だけど、ペガサスもどこかに納めないとね。

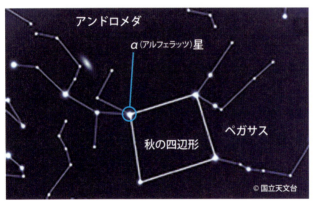

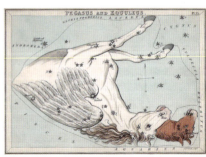

ペガサス座
Urania

212

XXI章の謎解き

狩人の正体

え！　また、睨みがすごい怖そうな狩人の出現だよ。原書では左頁に狩人がいて右頁の洞穴の入り口にいるきつね？　狼？　を狙ってるように見えるなぁ（右写真）。

フランス語原書版の狩人の絵の配置

だけど、今度のきつねには尾が見えてないし、這ったような後ろ足も見えないということは、これはもう孔雀の羽で変装していた狼とは違うってことだろうね。

あぁ！　あそこで狼座から小狐座に入れ替わったんだよ…

🌙 **le renard revint à son idée:**
　きつねは自分の姿に戻りました。

💡　あれ？　この洞穴だけど、何かに似ているよ。横向いた姿だよ。
　みんなもわかった？　亀だよー！
　これはのそのそ歩く大きな亀が横を向いてるんだよ。その亀は琴座なんだ。なぜかっていうと、琴座になっている大昔の竪琴は、亀の甲羅から作ったと言われているからだよ。琴座の音楽のおかげで小狐が洞穴から顔を出していてるみたいだ。琴座の隣には小狐座があるからね。ほら、亀の足音を小狐が音楽のように話してるよ。

琴座

小狐座　　琴座（右下）と小狐座（下）
Urania

🌙 **un bruit de pas qui sera différent de tous les autres.**
　他の足音とは違う足音…きみの足音は音楽のようにわたしを洞穴から…

213

変な猟銃

それにしてもこの銃だけど、銃口が2つあるってわざわざ見せてるみたいで怪しいなぁ…

あれれ？　銃の撃鉄に紐が付いているるよ。これじゃあ、どうみても撃てやしないなぁ…

💡 あ、そっかー！　これって、猟犬座だ！

なぜって、撃鉄のことを「chien（犬）」とも言うんだよ。そして銃口が2つってことは撃鉄も2つだから、猟犬が2匹！　まさしく猟犬座だよ。

となると、猟犬座の隣の牛飼い座が狩人ってことになるなぁ。猟犬座と牛飼い座の由来はまったく違うけど、フランス語で「bouvier（牛飼い）」っていったら、「牛を追いかける人間」という事だから、ここに出てくる狩人でバッチリだ。2匹の猟犬は牛飼いに紐で連れられた格好の星座絵だからね。

牛飼い座（下）と猟犬座（右上）
Urania

結びつきを持つって？

🌠 ... le petit prince apprivoisa le renard ... je pleurerai.
　小さな王子はきつねと結びつきを持ちました。…わたしは泣くだろうなぁ。

それにしてもコメットのぼくがきつねと結びつきを持つってどういうことなんだろう。

💡 あ！　そっかー！　ぼくが狼座に入ったことで天の川の中にある小狐座と天の川という繋がりができたんだよ。だからといって、何できつねが泣くことになるのかなぁ…？　目に何かが入るとか？

214

XXI章の謎解き

💡 それだよ！ ぼくが放出するチリがいっぱい空から降って、それがきつねの目に入って泣くことになるってカラクリだよ。きつねが泣くのは未来形になっていることから考えると、もう少し後の水瓶座流星群[2]のことだろうね。

ここでもたくさんの星座が登場した。ケンタウルス座、狼座、小狐座、それに牛飼い座と猟犬座だよ。

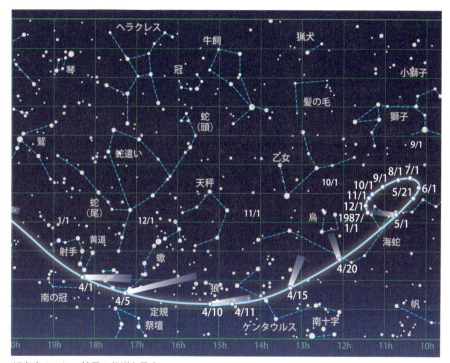

低高度のハレー彗星の軌道と星座
（誠文堂新光社『天文年鑑 1986 年版』図「1986 年地球最接近の頃の高度の低いハレー彗星の軌道」を元に加筆）

---

2 水瓶座 η（エータ）流星群。4月後半から5月にかけて出現し、5月の連休の頃に極大を迎える流星群で、10月のオリオン座流星群と同じ、ハレー彗星が母体の流星群。p.242を参照。

215

XXII 章の翻訳

―こんにちは、小さな王子は言いました。

―こんにちは、転轍夫が言いました。

―ここで何をしているの？　小さな王子は言いました。

―わたしは旅人たちをだね、千の単位で区分けするのだよ、転轍夫は言いました。わたしはかれらを運ぶ列車を時には右の方へ、時には左の方へ送り出しているんだよ。

　その時、輝いた速いものが、雷のような大きな音をたて、転轍の操作箱を揺らしました。

―ずいぶん急いでいるんだね、小さな王子が言いました。何を探しているのかなぁ？

―列車の人でさえ知らないのさ、と転轍夫は言いました。

　二回目の速い輝いたものが、反対方向で、すごい音を立てました。

―もう旅人は戻ってくるの？　小さな王子は尋ねました…

―同じ旅人ではないんだよ、転轍夫は言いました。これは交代だよ。

―自分たちのいた所に満足していなかったのかなぁ？
―人って自分のいる所には決して満足しないもんだよ、転轍夫は言いました。

その時、三回目の輝いた速いものが雷のようなうなり音をたてました。
―かれらは最初の旅人を追いかけているの？　小さな王子は尋ねました。
―何も追いかけてはいないんだよ、転轍夫が言いました。かれらは箱の中で寝ているか、大きな口を開けてあくびをしているさ。せかせか走るこどもたちだけがガラスに鼻を押しつけて大騒ぎをしているんだよ。
―こどもたちだけが自分たちの探しているものを知っているよ、という様子を小さな王子はしました。ぼろ布を着た人形にたくさんの時間をさいたから、それがとても大事になって、そしてそれを取り上げられてしまうと、かれらは悲しくて泣くんだね…
―悲しむものたちは幸いだよ、転轍夫が言いました。

XXII章の謎解き

転轍夫(てんてつ)って？（L'aiguilleur?）

ぼくが挨拶をした転轍夫とは、みんなの人間の世界では線路のつなぎ目を変える細い棒を操作して、列車の行き先を変える職業の人のことだよね。だけど、ぼくの世界にも転轍夫っているのかなぁ…

転轍夫（19世紀のリトグラフ）
National Gallery of Art.

🌠 — Je trie les voyageurs, par paquet de mille, ...

—わたしは千単位で旅人を選り分けるんだよ、転轍夫が言いました。旅人を運ぶ列車をある時は右に、ある時は左に送り出すんだよ。

　千単位で時には右へ、時には左へと送り出される旅人っていうのは、星たちのことだってことはわかったよ。なぜって、星たちだって1時間、2時間と時間が経つたびに右や左に旅立つように消えていくからだよ。地球の自転のせいだけどさ… えっ？ ぼくが変なことを言ったって？ 星たちはみんな同じ方向に動くはずだって？

💡 大丈夫！ サハラ砂漠なら南に向かって空を見ると星たちは右に消えて行き、北に向かって空を見ると星は左に消えて行く。これもトンチ問題だよ。
　じゃあ、転轍夫の正体って？ …星たちを送り出すのは時間だから…時間？

箱の中で寝たり、あくびをする大人って？

🌠 ... Ils dorment là-dedans, ou bien ils bâillent. Les enfants seuls écrasent leur nez contre les vitres.

—かれらはその中で寝ているか、あるいはあくびをしているんだよ。こどもたちだけがガラスに鼻をこすっているよ。

大人たちは箱の中で寝た格好やあくびをして、子どもたちはガラスにくっついているって？

💡 これは簡単だよ。柱時計の長針と短針、それに秒針のことだよ。

みんなも目覚まし時計の針を回してみてよ。3時45分なら長針と短針が寝てるみたいな恰好になるよね。長針と短針を組み合わせると寝たり、あくびをする格好になるってこと。そして秒針はいちばん上のガラス側にあって、まさにいつもチョコチョコ動き回っている子どもって感じだ。これはすべて時計座をほのめかした言葉だよ。時計座の星座絵は柱時計だから、箱の中でチックタックってわけ。

ほら！　だから、転轍夫の正体は振子時計の尖った針を操る、重りの振り子になるんだよ。3回も雷みたいに大きな音を立てた速い光というのは、柱時計の真鍮（ちゅう）の振子で、どうやら3時を打ったんだね。

時計座
C. G., Himmels-Atlas, 1849

🐬 **Et un rapide illuminé, … second rapide … d'un troisième …**

✴ それから光った速いものが、雷の轟きのような音をさせて…二番目の速く光ったものが、反対側で、大きな音をさせました。…それから三番目の速い光ったものが轟きました。

サンテックスは柱時計が鳴る音を列車の通過音にみたてて、とにかく3時を知らせたかったみたいだ。だけど何のための3時だろう？

💡 あ！　これってキリストが十字架の上で息を引き取った午後3時の合図だよ！　だから、「pour une poupée de chiffons（ぼろ布の人形）」なんて急に出てきたんだよ。これは、兵士たちにより着物をズタズタに破られ、十字架の上で死んだキリストの亡骸のことだね。

つまり、サンテックスが知らせたかったのは、ここはキリストが磔になった

1　フランスの天文学者、ラカイユが設定した「時計座」は南天の星の観測に使用した振り子時計で、星図には長い振り子をもつ秒針まで付いた時計の姿として描かれている。

聖金曜日 4 月 10 日の午後 3 時の空ってことだよ。

この時の南の地平線上には、日中で見えはしないけど時計座があるんだ。ぼくの尾はあいかわらず低くて北半球からは見えないよ（右図）。

4月10日午後3時の空　　　©国立天文台

2　キリストは聖週間の金曜日、午後3時に死んだと記載されていた（マタイ伝27章、マルコ伝15章、ルカ伝23章）。

XXIII章の翻訳

―こんにちは、小さな王子は言いました。
―こんにちは、薬屋が言いました。
　それは喉の渇きを抑えるのに完全に効く薬を売る薬屋でした。週に一つ飲むとそれで飲む必要性をもう感じないのです。
―どうしてそれを売ってるの？　小さな王子は言いました。
―これはすごい時間の倹約になるからだよ、薬屋が言いました。専門家たちが計算をしたのです。一週間に五十三分免れるのです。
―ではこの五十三分で何をするの？
―したいことをしていいんだよ…
―もしぼくに好きにしていい五十三分があったら、とてもゆっくりと泉の方へ歩くんだけどなぁ…小さな王子は独り言を言いました。

XXIII章の謎解き

圧縮された星座

転轍夫の次は薬商人の登場だ。薬商人に相応しい星座っていうと…

蛇遣い座だったら、蛇が見つける薬草を使って治療した医者の星座だけれど、これは簡単過ぎて、正解とは思えない。

　それに、サンテックスは薬剤師とは言わず「le marchand de pilules（薬商人）」などとちょっと意味ありげな言葉を使ってるのはなぜだろう…？

　薬も普通は「médicament／メディカモン」とか「comprimé／コンプリメ（錠剤）」って言うのに、「pilule／ピリュル（丸薬）」なんてちょっと古くさい言葉を使ってる。丸薬って錠剤と同じようなもので、凝縮され、圧縮された薬だと思うけど。

C'est une grosse économie de temps, dit le marchand.

　これはすごい時間の節約だ、商人は言いました。専門家が計算をしたのです。

　それにしても薬商人は自分の丸薬を飲むと時間が節約できると言って短縮を強調してるけど、何か怪しい。短縮も圧縮も同じようなことだけど…

　💡　あ！　薬商人ってひょっとしてポンプ座？

　なぜって、薬商人が強調する時間の節約や短縮それに圧縮から連想されるのは真空ポンプのポンプ座だからだよ。

墓からの復活

ポンプ座
Urania

　それにしてもこの絵はちょっと不気味だなぁ…

　💡　わかったー！　これってキリストの墓をイメージした挿絵かも！

　ポンプ座の「pompe／ポンプ」だけど、同じスペルで「pompes funèbres（葬儀屋）」としてよく使うから、これはキリストが墓に埋葬された日を暗示するための星座だよ。すなわち、ここはキリストが磔になった聖

金曜日4月10日の夕方以降ってことだよ。キリストは復活の日曜日まで2日間はお墓で休んだと聖書に書いてあるよね。

それにしても、ぼくは南に下がって低くなって北半球からは見えないのに、こんな空を描写したのかなぁ…それもXXII、XIII章の2つの章にも…？

💡 ひょっとして、キリストが復活した日にぼくも復活したってこと？

低くて2日間は北半球からは見えなかったぼくも、1936年の復活祭の日曜日、4月12日には再び上昇し始めて、見えだしたんだよ。

イスラエルのナザレにある石の墓
Ian W Scott

---

1 16頁図「1986-87年のハレー彗星の軌道」を参照。

XXIV章の翻訳

　砂漠での故障から八日目、私は予備用の水の最後の一滴を飲みながら店屋の話を聞いていました
―あぁ！　きみの思い出話、とても素晴らしいけどね、でも私はまだ飛行機の修理をしていないし、それにもう飲み水もないし、だから私も、泉の方へ非常にゆっくりと歩いていけたら、嬉しいんだけどなぁ！　私は小さな王子に言いました。
―ボクの友だちのきつねだけどね、カレは言いました…
―私のチビちゃん、もうきつねの話は終わりだよ！

74

—どうして？

—なぜって喉が渇いて死んでしまうからだよ…

　カレには私のいう理屈が分からず、こう答えました

—たとえ死んでしまうにしても、友だちが一人いたってことはいいことだよ。ボクはね、ボクはきつねと友だちになれたことがとても嬉しいんだ…

　カレは危険な状況を分かってないんだ、空腹だったこともないし喉が渇いたこともないんだと私は思いました。かれには太陽が少しあればそれで十分なんだ…

　でもカレは私を見て、そして私の心のうちを思いやって

—ボクも喉がかわいたよ…井戸を探しに行こう…

　私は疲れたというような仕草をしました。この広大な砂漠で、行き当たりばったりに、井戸を見つけようなんて馬鹿げています。それでも私たちは歩き始めました。

　私たちは、何時間も、黙ったまま、歩いているうちに夜になって、そして星たちが輝きだしました。渇きのせいで、少し熱があって、まるで夢でも見ているように星の光を眺めていました。小さな王子の言葉が記憶の中で踊っていました。

—じゃあ、喉が渇いているのかい、きみも？　かれに聞きました。

　でもかれは私の質問には返事しませんでした。かれはただこう言いました。

—水って心にもいいんだよ…

　私にはかれの答えの意味がわかりませんでしたが、でも黙っていました…かれに尋ねても無駄だとよく知っていましたから。

　かれは疲れていました。かれは座りました。私はかれのそばに座りました。それから、沈黙の後、かれは続けました

75

―星たちがあんなに美しいのは、目には見えない一輪の花があるからさ…

　私は「そうだとも」と答えました、そして、話しをすることなく、月に照らされた砂の丘を見ていました。

―砂漠って美しいね、かれが言い足しました…

　本当にそのとおりでした。私はいつも砂漠が好きでした。砂の丘の上に座りました。何も見えず。何も聞こえず。だけれども何かがひっそりと光っているのです…

―砂漠を美しくしているのは、それは砂漠が井戸をどこかに隠しているからだよ…、小さい王子が言いました。

　突然、私は砂の不思議な光のわけがわかって驚きました。少年だった頃、古い家に住んでいて、そこには宝物が埋められているという言い伝えがありました。もちろん、誰もそれを発見できなかったし、たぶん探そうとした人もいなかったでしょう。でもそれがこの家全体を魅力的なものにしていたのです。私の家はその奥にある秘密を隠していたのです…

―そうだね、家のことでも、星のことでも、あるいは砂漠のことでも、それらを美しくするものは目には見えないんだ！　私は小さな王子に言いました。

―うれしいなあ、君がぼくのきつねと同じ意見だから、かれが言いました。

　小さな王子は眠りかけていたので、かれを腕の中に抱えて、そして再び歩きました。私は落ち着きませんでした。とてもはかない宝物を持っているようでした。地球上にはこれほどはかないものはあり得ないようにさえ思えました。私は、月の明りの下で、青白い顔、閉じた目、風にゆらめく髪の房を見ていました。そして私が思ったことやここで目にしているものはうわべでしかないのだ、一番大事なものは目には見えないんだ… かれの少し開いた唇がかすかにほほえんだ時に私がさらに思ったのは「眠っている小さな王子にこんなに強く心を動かされるのは、それはかれの花にたいしての誠実さで、

XXIV章の翻訳

かれは笑い、綱に触り、滑車を動かしました。

> それは、たとえかれが横になっている時でも…ランプの炎のように、かれの中で光り放つバラの姿なのです」。それからかれはほんとうに壊れやすいとわかりました。ランプをちゃんと守らなくては一吹きの風でも消えてしまうかも…こんなことを考えながら歩いていくうちに、私は夜明けに井戸を発見しました。

78

XXIV章の謎解き

8日目？

... au huitième jour de ma panne dans le désert, ...
砂漠の事故から今日で八日目になりました。

いよいよパイロットの飲み水が切れる8日目になった。
　えっ！　ここでチビちゃんが再登場だって？　これってどういうこと？
チビちゃんってパイロットが拾った隕石だよ。パイロットとチビちゃんが会話を始めたということは…
　ここはチビちゃんが見える日中の時間帯ってことだよ。それにパイロットがここで「Un peu de soleil lui suffit（チビちゃんには太陽がちょっとでも見えたらいい）」なんて言うし、ここはまだ復活祭の前日、4月11日の日没時だよ！
　どおりで、ランプの明かりなんて言葉がここに出てきたんだよ。復活前夜にはろうそくを灯してキリストを迎えるんだ。

1　カトリック教会では、復活の前日の日没時から復活祭の準備は始まる。土曜日の日没から復活前夜祭となる。

意味不明な言葉

🔖 **L'eau peut aussi être bonne pour le coeur ... Je ne compris pas sa ...**
水は心にも良いんだよ…。私はかれの返事を理解できませんでしたが黙っていました。

水が体に良いのは誰もが知っているけど、ぼくが「水は心に良い」なんて言ったから、パイロットは意味がわからず困ってしまったらしい。これはパイロットの熱が下がるようにという呪文だったんだ。何を言ってるか意味不明な言葉をフランス語では「la patenôtre（祈祷文）」と言うけど、「savoir la patenôtre du loup（狼の祈祷文を知っている）」[2]と言ったら「脅しには負けないぞ」って言い返す時の言葉になるんだよ。夜になってパイロットが熱を出したので疲れに負けないようにってぼくは狼の呪文を唱えたってわけ。

©国立天文台

この言葉が、ぼくが狼座にいたというサンテックスの予測になる。

パイロットがぼくの側に座った？

🔖 **Il était fatigué. Il s'assit. Je m'assis auprès de lui.**
かれは疲れていました。かれは座りました。私はかれのそばに座りました。

不可解だった「水は心に良い」というエニグマも解けてホッとしたのもつかの間、今度はパイロットが砂の丘でぼくの側に座って深い話を始めたんだ。これって何か意味ありそうだなぁ…

---
2 この言葉は昔、羊飼いたちが狼が来ないことを祈った呪文に由来するようだ。

💡 そっかー、これってぼくの高度で、ここでぼくは南下を止めて昇り始めたんだよ！

覚えてるかな？ 王様の惑星にぼくが着いたとき、ぼくの高度が高かったことを暗示するのに、ぼくは疲れていたのに立ったままにされたってこと。

Comme le petit prince s'endormait, je le pris ...
小さな王子は眠っていたので、私はかれを腕に抱き、歩きだしました。

それからパイロットは、横になっているぼくを抱いて歩き出したんだよ。ということは？

どうやら、ぼくの尾は横になびいていて、そしてゆっくり上昇し始めたってことだよ。

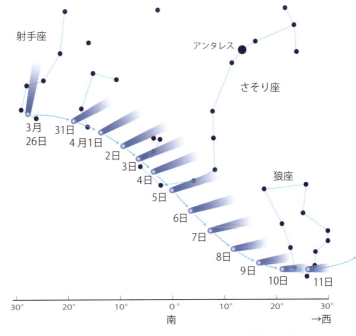

1986年3月下旬から4月11日までのハレー彗星の位置

228

XXIV章の謎解き

　サンテックスが、どうして復活前夜祭をこんなに取り上げるかが不思議だったけど、これで合点が行った。ぼくが上昇し始めた時を詳細に予告したかったみたいだ。ぼくは4月10日に最も高度が低くて、復活前夜の11日の日没の後、つまり復活祭の日に昇り始めたって言いたいんだよ。

　すごい、予告は当たってるよ！

　これでみんなもどうしてサンテックスがキリスト教の行事を利用したかを、それも1936年の暦を使ったかがわかったよね！

　キリストが墓の中にいて2日間だけ弟子たちの目に触れなかったように、ぼくの尾も高度が低すぎて北半球のみんなからは2日間だけは見えなくて、キリストの復活と同じ日にぼくの尾も見え出すと予測したんだからだよ。狼座は唯一殺される星座で、大昔には犠牲者の星座とも呼ばれたせいで、サンテックスは狼座をキリストに例えたんだよ。

再び現れたマフラー！

🐬 ... je découvris le puits au lever du jour.
＊　こんな風に歩いた後、夜明けに井戸が見つかりました。

　夜が明けて、いよいよ復活祭の4月12日だよ。とはいっても、この絵は夜明け前の星空を表しているけどね。

　ほら！　やっぱりぼくのマフラーも復活した！

3　聖土曜日の日中はどんな行事もないが、日没以降は信者たちが手に持つろうそくが次々に点火され、イエス復活を待つ。
4　キリスト教の暦では日没が一日の始まり。

XXV 章の翻訳

―人間はね、かれらは急流に入ってしまって、自分たちが探しているものが何かもうわからなくなっているんだよ、小さな王子は言いました。それでかれらはバタバタしてぐるぐる回っているんだよ…

そこでかれは加えました。

―そんな必要はないのに…

私たちがたどり着いた井戸はサハラ砂漠の井戸とは似ていませんでした。サハラ砂漠の井戸は砂の中に穴を掘っただけの簡単なものなのです。これは村の井戸に似ていました。でもここには村など一つもなく、それで私は夢を見ていると思いました。

―不思議だね、なにもかも揃っているよ、滑車も桶も綱も…小さな王子に言いました。

かれは笑って、綱にさわり、滑車を動かしました。すると滑車はまるで、風が長い間、眠っていた後に古い風見鶏がきしむような悲しげな音をたてました。

―聞こえるよね、井戸が目を覚まして歌っているんだよ…、小さな王子は言いました。

私はかれが無理をしないように願いました。

―私がやるよ、これはきみには重過ぎるから、かれに言いました。ゆっくりと桶を縁石のほうに引きあげました。そこにしっかり垂直に置きました。滑車の歌が僕の耳に聞こえていて、そして、まだ揺れている水には、太陽が揺れて見えました。

78

XXV章の翻訳

―ぼくにはまさにこの水が必要なんだよ、小さな王子が言いました、
飲み物をちょうだい…

そこでかれが探していたものが何か分かったのです！

桶をかれの口元まで持ち上げました。かれは目を閉じて、飲み
ました。それはお祝いのように快いものでした。この水は単なる食べ
物とはまるで異なっていました。それは星空の下を歩き、滑車の歌
があって、私の腕の力から生まれたのです。この水は、贈り物のよ
うに、心に優しいものでした。小さな少年だった頃、私がもらった
クリスマスプレゼントを輝かしていたのは、クリスマスツリーの明
りであり、真夜中のミサの音楽であり、温かな微笑みだったのです。
―君のところの人間は、一つの庭に五千本のバラを植えているのに
…自分たちが探しているものはそこには見つけれないんだ…小さな
王子は言いました。

―彼らは見つけられないんだよ、私は答えました…

―でもたった一輪のバラにでも、たった少しの水の中にでもかれら
が探しているものは見つかるかも知れないのに…

―そのとおりだよ、私は答えました。

そして小さな王子は加えました

―でも目では見えないよ。心で探さないとね。

私は飲みました。ほっとしました。夜明けには、砂は蜂蜜色でした。
この蜂蜜の色のおかげで私は幸せでした。なぜ私はこんな思いをし
なければならなかったのだろう…

―約束は守らなくてはね、小さな王子は私にやさしく言って、再び、
私の側に座っていました。

79

―どんな約束？
―ほら…ぼくのひつじのための口輪さ…ぼくはこの花に責任がある
んだから！
　私はポケットから荒削りのデッサンを取り出しました。小さな王
子はそれを見て笑いながら言いました
―君のバオバブだけど、少しキャベツみたいだね…
―おぉ！
　わたしにはとても自慢のバオバブだったのに！
―きみのきつね…その耳…それは少し角に見えるよね…それにその
耳は長すぎるよ！
　そしてかれはまた笑いました。
―ひどいよ、ちびちゃん、私は口を閉じたボアと口を開いたボア以
外何も描けなかったんだから。
―おぉ！　大丈夫、こどもたちはわかるから、かれは言いました。
　そこで口輪を鉛筆で書きました。かれにそれを渡しながら胸がいっ
ぱいになりました。
―きみには何か私が知らない計画があるね…
　でもかれは私に返事をしませんでした。こう言ったのです。
―知ってるよね、地球上でのぼくの落下…明日がその記念日になる
んだ…
　それから、沈黙があり、かれは再び言いました
―ぼくはここからとても近いところに落ちていたんだよ…
　そしてかれは赤くなりました。
　そして再びなぜかは分からずに、私は妙な寂しさを感じました。
その時ある疑問がわいてきました。

―それじゃあ、八日前、きみと出会った朝、人々が住むあらゆる区域からはるかに離れて、きみがたった一人で散歩していたのは、あれは偶然ではなかったんだね！　きみは落下地点の方に戻ろうとしていたのかい？

小さな王子はさらに赤くなりました。

そして私はためらいながら言いました

―ひょっとして、記念日のせいかい？　…

小さな王子は改めて赤くなりました。かれは絶対に質問に返事をしないのですが、でも、人が赤くなる時、それは「図星」ということだから？

―あぁ！　心配だなぁ、私は言いました…

でもかれはこう答えました

―きみは今仕事をしないと。機械のところへ引き返すべきだよ。ぼくはここできみを待つから。明日の夜…戻ってきて。

でも私は不安でした。きつねのことを思い出していたからです。もしつながりを持つと、少し泣くことになるのでは…

| 81 |

XXV章の謎解き

テーブルクロスそっくりな山？

それにしても、この台地ってテーブルにかけるクロスに似てるけど、テーブル山座っていう星座があるから、それかな？

1　テーブル山は南アフリカの南端、ケープタウンのすぐ南側に実際に存在する山で、そびえ立つ高さ1087m、長さ1.5kmほどの台状の山。この山の麓で星の観測をしたラカイユが設定したのがテーブル山座で、山の頂上がテーブルのように平らな上に、この山の頂上に雲がかかる時、それがテーブルクロスに見えることが由来らしい。

ケープタウンの南にあるテーブル山

💡 あ！　だから、パイロットは「滑車も桶も綱もすべて用意ができているよ」なんて言ったんだよ。

🌙 ... dis-je au petit prince, tout est prêt: la poulie, le seau et la corde ...
なんか変だよね、私は小さな王子に言いました、滑車も桶も綱もすべて用意できているなんて。

食べたり、飲んだり食事の用意ができた時にフランス語では「A table！（テーブルについて！）」って言うんだよ。どうやら、この台地のテーブルにはたくさんの南天の星座が見つかりそうだ。さあ、みんなは星座をいくつ見つけられるかな？

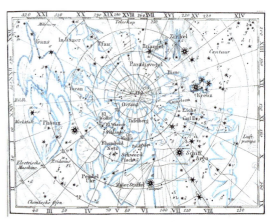

南天の星座を集めた南天図
C. G., Himmels-Atlas, 1849

砂漠の井戸っぽくない井戸

あれ？　体中がねじれている男が掴んでいる綱だけど、よく見てよ。途中で綱の模様が変わってるんだよ。

これって蛇だー！　水蛇座という蛇の星座がテーブル山座の隣にあるから、この綱は水蛇座（Hydre mâle［雄ヒドラ］）だよ。

だけど、どうしてこの男は蛇なんて掴んだのかなぁ…

💡 あ！　綱が短かくて困って蛇でも手当たり次第利用したのかもしれない。というのは、フランス語の「boa／ボア（ニシキ蛇）」は「bois／ボワ（木）」と発音がそっくりだから、「faire feu de tout bois（あらゆる木から火をおこす⇒何でも手当たり次第に利用する）」という、木を使った諺を利用したんだよ。

234

XXV章の謎解き

💡 そっかー！ だから、左手は暖を取ってる格好をしてるんだ。この井戸は加熱用の炉を使う、つまり炉座ってことだよ。

蛇のおかげで、思いがけず加熱炉の炉座が舞い込んできた。

首も手も足も首も体中がねじれているのに、唯一、ねじれていない左手が何をしているのか不思議でたまらなかったけど、まさか、暖を取っていたとは…。

じゃあ、サハラの井戸っぽくない井戸っていうのは油井ってことだ。

🐟 Le puits que nous avions atteint ne ressemblait pas ...

この井戸はサハラの井戸とはまったく違い、村の井戸に似ているのです。でもここには村はないのです。夢を見ている思いでした。

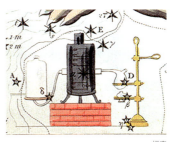

炉座
Urania

🐟 Cette eau était bien autre chose qu'un aliment.

この液体は食物とはまったく異なっていました。

パイロットはこの液体は食物とは違うなんて言った上に、「蜂蜜色」って言うんだから、これはガソリンに決まりだね。だけど、ぼくはガソリンなんて必要ないのに、炉座を暗示するためにサンテックスは油井まで仕込んだってこと？

💡 あ！ 油井だったら、そこにガソリンのオクタン（octane/オクタン）が

2 サハラ砂漠の中には油田があって、石油と水の分離に必要なのが加熱炉で、昔は綱堀り井戸で集められた原脂を水と石油に分離するために加熱炉が存在していた。
3 オクタンは炭素を8個持つ飽和炭化水素の呼称である。石油の中にある。

235

見つかるから、それと似た発音の八分儀座（Octans／オクタン）⁴を潜ませたってわけだ。ちなみに、八分儀座って天の南極がある星座で最も高度が低い星座だから、パイロットがいる位置（緯度）からは井戸の底のように見えないから、当然、絵はないよ。

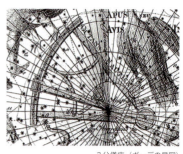

八分儀座（ボーデの星図）
Uranographia

　じゃあ、絵がない「桶」にも低すぎて見えない星座が例えられてるかも？

　サハラ砂漠あたりからは見えない天の南極の隣の星座というと、水蛇座とレチクル座に南の三角座だけど…

💡 じゃあ、レチクル座だ！

「レチクル」とは望遠鏡の接眼レンズを覗くと視野に見えてくる、外からは見えない十字の線なので、井戸の中の桶みたいに描かれてないんだよ。

レチクル座（ボーデの星図）
Uranographia

　フランス語ではレチクルを「réticule／レティキュル」と言うけれど、古くは、「バカげているほど小さく何も入らないような小さな手提げ」のことで、「ridicule（バカみたいな）」という意味もあるんだよ。そして「桶」はフランス語で「seau／ソ」って言い、これと同じ発音の単語の「sot／ソ」は「バカ」って意味なんだよ。

　ほら、「桶」と「レチクル」にはバカっていう共通点が見つかった⁵。

💡 あ！　絵のなかに三角形が見つかった！

きれいな２等辺三角形の、あんがい見つけやすいのが南の三角座⁶だから、こんな風にわか

4　八分儀（Octant）は天体や物標の高度、水平方向の角度を測るための反射計器で、今のＧＰＳの役割をした。六分儀座との違いはミラーにより、装置を水平にではなく垂直にするようになった点。太陽の高度を測定するには八分儀を垂直にしないといけない。ハイオクタンガソリンの成分中の耐ノック性を示す数値のオクタン（Octane／オクタン）の分子記号はC_8で、八分儀座（Octans／オクタン）も同じラテン語「8（oct／オクト）」から。
5　語感が似ていて、意味が共通する単語。réticule と ridicule。sot と seau。
6　1つの2等星と、2つの3等星が、２等辺三角形を描いているのをとらえることができる。

XXⅤ章の謎解き

りやすく描いてるんだよ。何の由来もないけれど南天では見つけやすい星座だって知られてるせいか、証明の言葉は見つからないんだよ。まだいくつも隠れてるよ。みんなも探してみて！

南の三角座
Uranographia

崖？ 滝？

それにしても崖のような滝のような、際だった背景が見えていて気になるなぁ。炉座の近くにある星座といったら…そういえば、炉座の隣にエリダヌス座があるけれど、これって急流で起伏の多い川を表現した星座なんだ。

▲ ils s'enfournent dans les rapides ...
　人間は急流に入りこんでしまい…

💡 そうだー！ ここは「rapides／ラピッド」を急流って解釈するんだよ[7]。するとほら、エリダヌス座の川の急流部分を思いつくようになっているんだ。でも、ちょっと前に列車

エリダヌス座
Uranographia

が出てきたから、特急って解釈してしまうのも無理はない。これも落とし穴だよ。

鳥？ 魚？

みんな！ 急流の下の方見てよ、何か飛んでるよ。
虫眼鏡でよく見て。鳥が３羽？ 魚が２匹？
エリダヌス座のふもとにある一等星、アケルナル（川の果て）[8]の近くには、鳳凰（フェニックス）座、きよし鳥座、風鳥（極

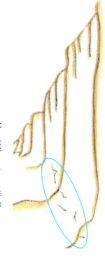

---

7 「rapide」は「特急、急流」の意。「enfourner」は「fourneau（炉、炉座）」に繋がる。
8 「エリダヌス座」には、オリオン座の足元から南下するアラビア語で「川の果て」という意味の一等星、アケルナルがある。ギリシャ神話では日の神ヘリオスの息子ファエトンが日輪の馬車の手綱を放してしまい炎となって少年はエリダヌス川に落ちてしまった。

237

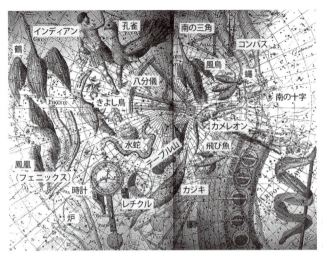

南天の星座
（ボーデの星図を元に作成）
Uranographia

楽鳥）座、鶴座、孔雀座など5つの鳥の星座と、飛び魚座、カジキ座など2つの飛ぶ魚の星座があるから、それらだね。だけど、数が合わないなぁ。孔雀は遠くには飛べないからここには描かれてないとして、それでも南天には4つの鳥の星座があるのに！　ここには3羽の鳥の星座しかない。鳥の星座が1つ足りないなぁ…

💡 あれ？　この木ってフェニックス？

フェニックスって南国の木だけど、不死鳥のこともフェニックス（phénix）って言うからら、この木は星座のフェニックス（鳳凰座）のつもりなんだよ。

だけど、不死鳥は1羽なのに2本のフェニックスってどういうことかな？

💡 あ！　でもこの日は4月12日の復活祭！

それだったらフェニックスが2本になって正解だよ！

みんなもわかったかな？　そもそもフェニックスは死なない鳥で、それが復活したから倍になったんだよ！

ホントにサンテックスのヒントってユニークだよね。ちなみに、あとまだ見つかっていない星座はというと…カメレオン座と蠅座（はえ）かな？

えぇっと、カメレオンの特徴というと、目をクルクル回したり、自分の体の色も変えることだけど…

238

XXV章の謎解き

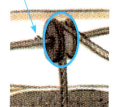
小さな盛り上がり

 ... la poulie gémit comme gémit une vieille girouette ...
滑車が古い風見鶏のようにキィキィ音を立てました。

💡 あ、わかった！ 滑車がカメレオン座だよ。
 なぜかというと、風見鶏って風で向きをコロコロ変えるし、カメレオンは周りの色で自分の色をコロコロ変えるから。フランス語では風見鶏とカメレオンは同じような意味に使われるからね。[9]

💡 あ！ じゃあ、滑車の側の小さな盛り上がりが蠅座かな？
 カメレオン座の設定者、ドイツの天文学者バイエルはカメレオンの大好きな蠅をわざわざ隣に設定したんだって。もちろん、蠅座を証明する言葉も見つかったよ。蠅をフランス語では「mouche／ムーシュ（蠅）」って言うけど、的の真ん中の大当りもフランス語では「mouche／ムーシュ」なんだよ。だからパイロットは「それは図星だからだよね？」なんて言ったんだよ。ここで蠅座をゲット。そして、ぼくはというと、「朝日で赤くなる」ってことだよ。

 Et il rougit ... Le petit prince rougit encore ... Le petit prince rougit de nouveau ... ça signifie "oui", n'est-ce pas ?
かれは赤くなりました。…小さな王子はさらに赤くなりました。小さな王子は改めて赤くなりました。でも、人が赤くなる時、それは「図星だから」だよね？

ねじれ男の正体？

 おっと、体がねじれた男の星座がまだ見つかってなかったよ。
 それにしてもこの男の腹も背も右手もねじれまくっているよね。これでどんな星座をイメージし

---
9 「C' est une vraie girouette（本物の風見鶏のようだ⇒簡単に意見が変わる人）」。「C'est un vrai caméléon（本物のカメレオンのようだ⇒簡単に意見が変わる人）」。

239

てるのかなぁ…

　えぇっと、この男のように体をねじることを、フランス語では「s'entord ／ サントール」って言うから…

💡　このねじれ男って、サントール（Centaure）、つまりケンタウルス座ってことだよ！　なぜって日本語では半身半馬のケンタウルス座だけど、フランス語の「ねじる」とまったく同じ発音なんだよ。そしてXXII章から描かれていなかったマフラーが、再びここで見え出したんだよ。これは復活祭の日にケンタウルス座辺りからぼくが高度を上げ見え始めるだろうと、サンテックスが予測したからだね。

🌱　... une muselière pour mon mouton... je suis responsable de cette fleur !
⭐　ぼくのひつじにつける口輪だけど…ぼくはこの花には責任があるから…

🌱　Je crayonnai donc une muselière.
⭐　そこで私は口輪を鉛筆で描きました。

　だけど、このあたりでそろそろぼくの尾も短くなり始めるだろうってサンテックスは予測したらしく、パイロットはぼくに口輪をはめるんだよ。そして、ぼくの尾はもう花には届かない長さだって教えてくれているみたいだよ。その通り、乙女座の1等星のスピカに尾は届いてないよ。

　さらにパイロットは万年筆を持っていたのに、簡単に消せる鉛筆で書いたんだってさ。これって12日以降、ぼくの尾は日に日にめまぐるしく薄くなるって予告だね[10]。

1周年？

🌱　... ma chute sur la Terre ... c'en sera demain l'anniversaire ...
⭐　知ってるよね、ぼくが地球に落ちてから…明日で一周年になるんだ ....

10　コメット・ハレーは4月10日に最も南下し、その赤緯は《47°24'》。光度は数日前から同じ今回、最高光度の4.0度。p.228の図「1986年3月下旬から4月11日までのハレー彗星の位置」を参照。

XXV章の謎解き

あれ？　ぼくって何か変なことを言ったかな？

ぼくが地球の高度になってからまだ8日間なのに、「明日で1周年になる」って言ったのは、どうしてか？　分かった人っているかな？

💡 明日で1年って言わないで、「明日で1周年」と言ったのがミソだよ。

みんなの1周年といったら、太陽の周りを1周するのにかかる1年だけど、それに匹敵するぼくの1周年となったら、だいたい76年なんだよ。

前回、ぼくが地球に最接近したのは、確か…1910年5月20日[11]だったから、じゃあ、明日って5月20日？

そんなー！　今日はまだ4月12日だよ？　これじゃ、38日もズレることになるし、ここまでぼくがコメット・ハレーだとしてきた証明は間違い？

まさか！　これはきっと罠だ。サンテックス・トリックに違いない。

38日のズレ？　38日…？　ぼくにとって38日っていうと…トンチだ、トンチ問題にちがいない！　地球のみんなの1日はぼくには76日。そして、みんなの半日といったらぼくの38日なる。そこで、4月12日に38日を足すと…ほら！

前回ぼくが地球に最接近した5月20日になるよー。

地球の1年　　＝　　コメット・ハレーの76年
地球の1日　　＝　　コメット・ハレーの76日
地球の半日　　＝　　コメット・ハレーの38日
地球の4分の1日　＝　　コメット・ハレーの19日

1909年の明け方の
コメット・ハレー
Elliott, Elizabeth Shippen Green,
1909,Cabinet of American Illustration

ブラボー！　トンチを利用したら、確かに明日、正確には半日後の日没18時以降がぼくが地球に落ちて1周年、つまり76年後の5月20日ってことになる。キリスト教の暦では日没が一日の始まりだからだよ。

11　前回、地球に最も接近したのは1910年5月20日21時頃だとされた。

241

今度はパイロットが泣く？

> Je me souvenais du renard. On risque de pleurer ...
> 私はきつねのことを思い出しました。結びつきを持つと人は少し泣くことになるかも…

　みんな、きつねが XXI 章で「わたしは泣くだろうなぁ」と言ったのを覚えてるかな？

　ここでもパイロットは悲しくって泣くわけじゃないよ。きつねが「泣くだろうなぁ…」と言ったのは、未来形だったよね！　その時が来たんだよ。

　そうだよ！　ここは水瓶座流星群の時期ってことだよ！　ぼくが放ったチリが原因で無数の流れ星の群れになるんだからね。ここで、ぼくが何度も何度も笑うのは、ぼくが放ったたくさんのチリが地上にいるパイロットの目に入ったせいで泣くっていうギャグだよ。水瓶座流星群が始まるのは4月19日頃で5月5日をピークにして、5月28日頃まで続くんだよ。

　ほら！　ここはパイロットが仕事をする朝から半日経った頃で、つまりぼくには19日後の（76日の4分の1）の4月21日になって、ぼくは笑い始めるよ！

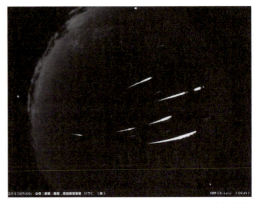

水瓶座 η 流星群の流星合成写真
2013年5月6日朝、アメリカ・ニューメキシコ（NASA / MSFC / MEO）

12　流星とはチリの粒が地球の大気に飛び込んできて大気と激しく衝突し、チリが気化する一方でチリの成分が燃焼して光を放つ現象。また、流星群とは特定の時期に特定の星空から多数出現する流星の群れのことを言う。彗星はチリの粒を軌道上に放出していて彗星の軌道上に密集している。彗星の軌道と地球の軌道が交差しており、地球がその交差域を通過する際、チリの粒は地球の大気に飛び込むことになる。地球が彗星の軌道を横切る日時は毎年ほぼ決まっており、これが毎年、特定の時期に出現する特定の流星群となる。

XXVI章の翻訳

偶然ではないんだね

— Alors ce n'est pas par hasard que, le matin où je t'ai connu, ... ?
それではきみと出会った朝だけど、人々が住むところからはるか彼方で、
たった一人で散歩していたのは偶然ではないということだね！　…きみ
は落ちたところに戻る途中だったっていたのかい？

　そうだよ、偶然ではないんだよ。ぼくが落ちたところに戻るというのは、高
度を上げようとしてたってことだよ。

XXVI章の翻訳

　井戸の側には、壊れた古い石の壁がありました。あくる日の夕刻、
わたしが修理から戻った時、私の小さな王子は足をぶらりとさせて
向こうの高い所にいるのが遠くから見えました。そしてかれが話を
しているのが聞こえました。
—じゃあきみは覚えていないの？　正確にはここではないよ！　か
れは言っていました。
　もう一つの声がきっとかれに何かを言ったのでしょう、というの
はかれがこう言い返したのですから。
—そうだよ！　そうだよ！　日にちは合ってるよ、でも場所はここじゃ

81

ないよ…

　私は壁の方に向かって歩いて行きました。私には相変わらず誰の姿も見えないし、誰の声も聞こえませんでした。ところが小さな王子がまた答えたのです。

—…確かだよ。ぼくの痕跡が砂の中のどこで始まるかが君に見えるから。そこでぼくを待っていてくれたらいいんだよ。ぼくは今晩そこにいるから。

　私は壁から二十メートルの所にいましたが、何も見えませんでした。

　小さな王子は、沈黙の後、さらに言いました。

—きみは良い毒をもっているかい？　きみはぼくを長い間苦しませないのは確かかい？

　胸が締め付けられ、私は立ち止まりました、でも相変わらずわかりませんでした。

—もう、よそへ行ってよ、かれは言いました…ぼくはもう一度降りたいんだ！

　壁の下の方に目を向けたその時、私は跳び上がりました！　そこには、三十秒で仕留めるという黄色い蛇の一つが、小さい王子の方に立ち向かっていたのです。ピストルを取り出そうとポケットの中をさぐりながら、私はかけ出しました。ところがその音で、噴水の水が消えるように、蛇は砂の中にゆっくりともぐってしまいました。それからあまり急ぐこともなく、蛇は金属の音を少しさせて石の間に入っていきました。

　雪のように白い、私のチビちゃんの王子を腕の中に抱えようとぎりぎりで壁のところに私は来ました。

—これっていったいどうなってるのだい！　今度は蛇たちと話をするのかい！

ⅩⅩⅥ章の翻訳

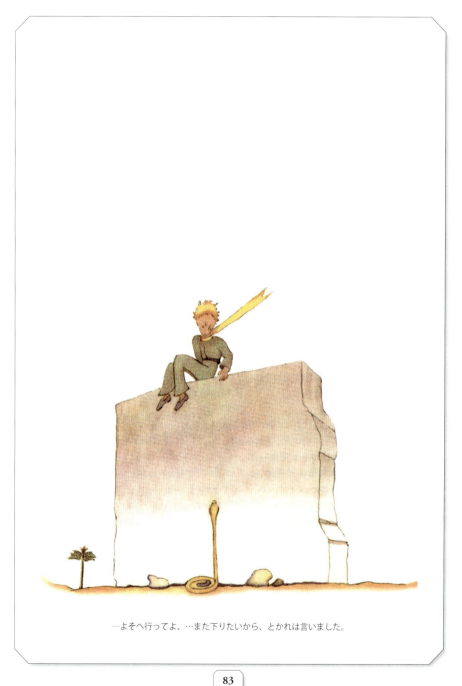

―よそへ行ってよ、…また下りたいから、とかれは言いました。

私はかれの永遠の金色のマフラーをほどきました。かれのこめかみを濡らしてそして水を飲ませてあげました。もう今は何もかれにたずねる気にはなれませんでした。かれは重々しく私を見てわたしの首のところにその腕を回しました。私にはかれの心臓が、カービン銃で撃たれ、死んで行く、鳥の心臓のように打っているのがわかりました。かれは私に言いました。
―君の機械に欠けていたものが見つかってぼくはとても嬉しいよ。君はもう自分の家に帰れるね…
―どうしてきみがそれを知っているんだい！
　絶望的だったはずの仕事がうまくいったということを、ちょうどかれに知らせに来たところでした！
　かれは私の質問には何も答えませんでしたが、こう加えました：
―ぼくも同じだよ、今日、自分のところに帰るんだ…
　それから、悲しそうに：
―もっととても遠いし…もっととても大変なんだ…
　何か驚くべきことが起ころうとしているのだと感じました。私は小さな子どもを抱くようにかれを腕の中に抱きしめましたが、かれは私が止めようにもどうもできないままに…まっすぐ垂直に深いところに行ってしまうように思えました。
　かれは遠くで、真剣で力のないまなざしをしていました。
―ぼくは君のひつじを持ってるし。そしてひつじのための箱も持ってるよ。そしてあの口輪も持ってるよ…
　そしてかれは寂しそうに微笑みました。
　私は長い間待ちました。かれが少しづつ復活するのを感じました。
―ぼくちゃん、きみは怖かったんだよね…

かれは怖かったのです、当然です！　でもかれは静かに笑いました。
―ぼくは今夜がもっと心配だなぁ…

　取返しのつかないことが起きそうな気持ちがして私は再び心が凍りつきそうでした。そしてもう二度とこの笑いを聞けないのではと思うと耐えられないとわかりました。それは砂漠にある泉のようでした。

　ぼくちゃんさぁ、もっときみが笑うのを聞きたいのに…

　でもかれはこう言いました。
―今晩で一年になるんだ。ぼくの星は去年ぼくが落ちた場所のちょうど真上に見えるようになるよ…。
―ぼくちゃん、蛇の話も約束の話も星の話も悪い夢だよね…

　でもかれは私の質問には答えませんでした。かれは言いました。
―大事なことは…見えないということだよ。
―確かにそうだね…
―花だって同じことなんだよ。もし君が星にある花が好きだったら、夜に、空をながめるのはすばらしいよ。どの星も花ざかりだからね。
―確かにそうだね…
―水だって同じだよ。君が飲ませてくれた水は滑車と綱のおかげで音楽のようだったし…おぼえているよね…とてもおいしかったよね。
―確かに…
―夜、星を見るよね。ぼくの星がどこにあるかを君に示すのにはぼくの星は小さすぎるし。この方がいいんだ。ぼくの星は君には星のうちの一つだろうから。だから君はすべての星を見たくなって…星はすべて君の友だちになるんだ。それから、ぼく、君に贈り物をひとつあげるよ…

　かれはまた笑いました。
―ああ！　ぼくちゃん、ぼくちゃん、この笑いが聞きたいんだよ！
―そうだよ、これがぼくの贈り物だよ…。水の時と同じだよ…。

85

―どういうこと？

―人によっては、星はそれぞれ違ったものなんだよ。旅をする人々には、星は案内人だよ。他の人々には、星たちは小さな光でしかないんだ。学者たちのような人々には、星たちは難しい問題だね。ぼくのビジネスマンにとって、星たちは金だったし。でもこれらの星たちは全部黙ったままなんだよ。君、君だけは他の誰も持っていない星を持つってことになるんだよ…

―どういうこと？

―ぼくがあの星の中の一つに住んで、ぼくがあの星の一つの中で笑うのだから、夜、君が空を見る時、君にはまるで星全部が笑っているようなことになるんだよ。君、君だけは笑う星を見ることになるのさ！

　かれはまた笑いました。

―そして君の心が癒された時には（人はいつも慰められる）、ぼくと知り合って良かったと思うのさ。君はいつもぼくの友だよ。ぼくと一緒に笑いたくなるさ。そして君は、意味もなく何かをしたくなって…時には窓を開けたりするだろうね。そして君の友だちは空を見ながら笑う君を見てとても驚くだろうなぁ。そこで君はみんなにこう言うのさ「そうなんだよ、星ってさ、いつも私を笑わせるんだ！」。そうしたらみんなは君の頭がおかしいと思うだろうね。ぼくは、君にちょっとしたいたずらをしたことになるかな…

　そしてかれはまた笑いました。

―だから、ぼくは星の代わりに笑ったりするたくさんの小さな鈴を君にあげたようなものだ…

　そしてかれはまた笑いました。それからかれは真剣な様子に戻りました。

―今晩…わかっているよね…来ないでよ。

―君から離れないよ。

XXVI章の翻訳

—ぼくは苦しんでいるように見えるし…少し死んだように見えるけど。こういうもんだから。そんなの見に来ないでよ、痛くはないんだから…
—きみから離れないよ。
　でもかれは心配そうでした。
—ぼくがこんな事を言うのは…蛇のせいでもあるんだ。君を噛むといけないから…蛇って、いじわるだからね…おもしろがって噛んだりもするから。
—きみから離れないよ。
　でも何かしら、かれは安心しました。
—そうだ、蛇って二度目に噛むときにはもう毒がないんだ…。
　その夜、私はかれが出て行ったのに気がつきませんでした。かれは音を立てずに脱け出したのです。わたしがかれに追いついた時には、かれは足早に、決心したようすで歩いていました。かれはこれだけ言いました：

87

249

―あぁ！　そこにいるんだね…
　そしてかれは私の手をとりました。でもかれはまた心配になりました。
―失敗したね。君は苦しい思いをするのに。ぼくは死んだように見えるけど本当ではないよ…
　私は黙っていました。
―わかるよね。遠すぎるんだ。ぼくはこんなからだを運んでいけないよ。重すぎるよ。
　私は黙っていました。
―でもこれはいらない古い抜け殻のようになるだろうから。古い抜け殻なんて悲しくないさ…
　私は黙っていました。
　かれは少しがっかりしました。でもまた気を持ち直しました。
―いいよね。ぼくも星を見るからね。全部の星が錆びた滑車のついた井戸になるんだよ。全部の星がぼくに飲み物を注いでくれるんだよ…
　私は黙っていました。

Ⅹ Ⅹ Ⅵ章の翻訳

―ほんとに面白いだろうなぁ！　君は五億もの鈴を持って、ぼくは
五億の泉を持つだろうから…

　そしてかれも黙ってしまいました、というのはかれは泣いていた
のです…

　その時です。ぼくだけ一歩先に行かしてよ、かれは言いました。

　そしてかれは座りました、というのは怖かったからです。かれは
さらにこう言いました。

―ねぇ…ぼくの花だけど…ぼくには責任があるんだ！　それにかの
じょは本当に弱いんだよ！　そしてとても無邪気なんだ。この世の
中で自分を守るのにまるで役に立ちもしない四本のとげを持ってい
るんだ…

　私は座りました、というのももう立っていられなかったのです。か
れはこう言いました。

―ほら…これで全部だよ…

　かれはまだ少しためらって、それから再び立ち上がりました。か
れは一歩前に出ました。私は動けませんでした。

　かれの足首の近くで黄色く光るものが１つあっただけでした。か
れはちょっとの間、身動きもしませんでした。かれは叫びませんで
した。木が倒れるようにゆっくりと倒れました。音ひとつしません
でした、砂のせいです。

89

XXVI章の謎解き

古い壁って？

📘 **Il y avait, à côté du puits, une ruine de vieux ...**
井戸の側には昔の壊れた石の壁がありました。

何だって？　井戸の次は古い壁だって？
そんな星座はないけどなぁ…

💡 あ！　だけど、古い壁の一部を「pan / パン」って言うし、パンっていったら、山羊座の森の神のパン「pan / パン」と同じだ。ということは…これは山羊座の古い壁？　おかしいよ、山羊座に古い壁なんてないなぁ…

ちょっと待ってよ！　「古い壁」って昔の名残の名前「tropique du Capricorne（山羊座回帰線）[1]」のことかも。そうだよ、このときのぼくは-23.5°あたりまで高度を戻したんだ。炉座も山羊座回帰線の-23.5°を通っているからね。

目立つ壁の断面

それにしても、この壁の断面は目立つけれど、何か意味があるのかもなぁ…

💡 あ！　断面はフランス語で「coupe / クップ」と言うから、これって同じスペルのコップ座（coupe）[2]かも。

ぼくは砂の上の何者かと話をしたけど、どうしても話が合わなかったんだよ。そんな時、フランス語では「断面（coupe / クッ

1　山羊座回帰線については p.173参照。
2　コップ座は《赤緯:-7°〜-25°、赤経:10h50m/11h55m》。
3　「ils ne font pas la même coupe sur...」。小さな王子と話す相手との間で、意見が合わないとき、かれらは同じ「coupe / クップ（同じ断面）」ではない、と言う。

252

XXVI章の謎解き

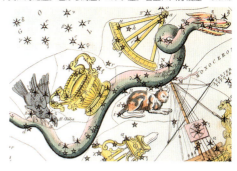

中央に海蛇座。左から烏座、コップ座。右上に六分儀座　Urania

プ）が同じではない」って言うからね。もちろんコップ座は山羊座回帰線を通っているから、ほら、これでコップ座の証明もできたよ。

　そうなんだよ！　山羊座回帰線の高度にぼくが戻ったときは、ぼくはコップ座にいたんだ。コップ座はぼくの故郷の六分儀座の隣だからね。

　それがいつだったのか、ぼくが山羊座回帰線の高度に戻った日付も予告してるのかな？　「あくる日の夕刻、パイロットが修理から戻った時…」といっても、時間の幅があるなぁ…

💡　あ！　ぼくは確か「そうだよ！　そうだよ！　日にちは合ってるよ」と言ったけど、何月とは言わなかったよ。

🐬　—Tu ne t'en souviens donc pas? ... Si! Si! c'est bien le jour, ...
　—じゃ、きみは覚えていないのかい？　正確にはここではないよ！
　…そうだよ！　そうだよ！　日にちは正しいけど、場所はここではないよ…

　つまり、ぼくが-23.5°辺りまで高度を上げたのは、1周年が5月20日だから、その日付の20日、つまり4月20日だよ！

　それで、実際はどうだったかというと…ぼくはもう少しゆっくりと昇って、4月26日に山羊座回帰線の高度に来たみたいだ。数日のズレがあるよ。4月20日[4]のとき、ぼくはコップ座の下の海蛇座にいたんだ。そしてぼくの尾のマフラーがカラーなのは、まだみんなに見えていたってことだよ。

日付	赤経	赤緯
	(1950.0)	
4月15日	13h 20m.433	−42°3'.87
16日	13h 1m.359	−40°16'.62
17日	12h 44m.308	−38°24'.38
18日	12h 29m.158	−36°30'.52
19日	12h 15m.744	−34°37'.68
20日	12h 3m.880	−32°47'.80
21日	11h 53m.386	−31°2'.20
22日	11h 44m.091	−29°21'.71
23日	11h 35m.843	−27°46'.77
24日	11h 28m.508	−26°17'.53
25日	11h 21m.967	−24°53'.98
26日	11h 16m.121	−23°35'.94
27日	11h 10m.883	−22°23'.17
28日	11h 6m.178	−21°15'.39

1986年4月のハレー彗星の位置（『天文年鑑1986』誠文堂新光社より）

4　このときのコメット・ハレーは海蛇座の右辺りにあり光度4.8等、尾の長さ15°、高度-32°。

253

6つの断面

　この目立つ壁の断面がコップ座を表しているのはわかったけど、それにしても複雑で細かく描かれているね。コップ座の他にもまだ何か隠れているかも…壁の断面を数えると、側面に5つ、正面に1つ、合わせて6つの断面になるよ。

　💡 そっかー、この壁は六分儀座だ！　六分儀は2点の角度を測定できたら距離を測れる道具だよ。突然「二十メートル」なんて数字が表われたのも、六分儀座を使ったら距離がわかるってことだよ。

　ぼくは海蛇座を出たり入ったりしながら、今後、何十年も六分儀座の方角に進むんだ。途中で何度か怖がったりしたのは、海蛇座に入った時を示すためだよ。コップ座も六分儀座も海蛇座の隣だよ。

六分儀
Historic C&GS Collection

良い毒？

　あれ？　壁の上にいるかれの左手だけど、こんな格好をした手に見覚えがあるなぁ。XVII章に出てきた人物の手だよ。その人物は、蛇遣い座で蛇みたいな望遠鏡座を不審げに見ていたけど…

　これでみんなにもわかったかな？　ここでぼくとお喋りした見えない相手は、あの時（XVII章）の蛇みたいな高度の低い望遠鏡座だよ。だからパイロットには誰の姿も見えないし、誰の声も聞こえなかったんだよ。

　ぼくが「Tu as du bon venin?（きみは良い

5　目標になる物体や天体などの高度や角度を測定して、物体間の距離や、測定者の位置を求める道具。高さがわかっている物体の見た目の角度を計測することでその物体までの距離を測ることができる。六分儀という名前の由来は、六分儀の枠が1／6（60度）の扇形であることから。

ⅩⅩⅥ章の謎解き

毒を持ってるかい？）」って聞いたのは、壁にこしかけている人物がちょうど山羊座回帰線の上の蛇遣い座だからなんだよ。「良い毒」ってちょっと変だけど、これで蛇遣い座ってわかるんだ。みんなはわかったかな？　良い毒っていうのは、毒から作る抗毒血清のことだよ。

ギリシャ神話に登場する蛇遣い座[6]は、蛇が死んだ仲間を助けるのを見て、つまり蛇の血清を使って死者を蘇らせた名医[7]なんだよ。じゃあ、首を伸ばした蛇のようなものは蛇？　望遠鏡座？

> — Maintenant va-t'en, dit-il... je veux redescendre !
> もう向こうへ行ってよ…また下りたいから！

名医アスクレピオスの座像。左手に象徴の蛇の杖を握っている。
The Glypotek, Copenhagen, Nina Aldin Thune

みんな、誤解のないようにね。望遠鏡座はもう見えないってことだよ。ここでぼくが下りたいって言ったのは、-23.5°のところから赤緯 0°に向かうってことだよ。ぼくは故郷の六分儀座の方向に戻るのに昇り始めたところだよ。

とぐろの巻き方が妙な蛇

> moi-même yeux vers ... serpents jaunes ... tirer mon revolver, ...
> 三十秒で仕留める黄色い蛇の一つが、小さい王子の方に立ち上がっていたのです。ピストルを取り出そうとポケットの中をさぐりながら、私はかけ出しました。ところがその音で、噴水の水が消えるように、蛇は砂の中にゆっくりともぐってしまいました。それからあまり急ぐこともなく、金属の音を少しさせて石の間に入っていきました。

6　蛇遣い座のアスクレピオスは蛇座の大蛇を掴んでおり、その蛇はギリシャの時代に回復力や再生、健康のシンボルとされていた。脱皮して成長する、死んで甦る蛇の生命力を象徴している。
7　死んだ仲間の蛇に薬草を与えて蘇らせる蛇を見たアスクレピオスは、蛇から薬草の効能を知り、蛇の毒を薬に使い死者も蘇らした医者。

この黄色い蛇みたいなのは、蛇ではないよ。蛇座は蛇遣い座と同じく高度が高い星座だから山羊座回帰線の下にはいないし、このとぐろの巻き方はどうみても変だよ。普通、蛇の頭ってとぐろの内側だよ。そしてこのとき、ぼくがお喋りをしているのはもう望遠鏡座ではないよ。だって、ぼくは追いやったからね。じゃあ、首を長く伸ばしているのは何者だ？

　パイロットが双眼鏡を持っていたのは知ってるけれど、それにしても拳銃、リボルバーを持ってたなんてビックリだよ。リボルバー？

💡あ！　望遠鏡座の隣に顕微鏡座がある…

　パイロットがわざわざリボルバーを持っていたのはリボルバー形顕微鏡を連想させるためだよ！　蛇が黄色いのは昔の顕微鏡は真鍮製で黄色だったからだね。それに顕微鏡だったら、噴水の水が出なくなった時のように鏡筒がへっこむし、金属の音をさせるはずだよ。ガラガラ蛇を想像したらダメだよ、罠だよ。

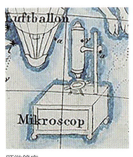

顕微鏡座
C. G., Himmels-Atlas, 1849

呼び名の変更

🐬 **... mon petit bonhomme de prince, pâle comme la neige.**
✦ **雪のように青白いわたしのプチボノムの王子…**

　この時から、パイロットがぼくの呼び方を変えたんだよ。「mon petit bonhomme de prince（私のチビちゃんの王子）」だってさ。「チビちゃん」は、ぼくが放ったチリの塊が地上に落ちた隕石で、それに生みの親の王子がくっついた名前だけど、これってぼくの高度がもう上がって、ぼくはもう小さくないから「petit prince（小さな王子）」という呼び方を止めたんだと思うよ。そして、パイロットがここでぼくの大事なマフラーを解いたのは、もうすぐぼくの尾は

XXVI章の謎解き

消えてしまうって予告だよ。

J'avais défait son éternel cache-nez d'or.
　私はかれの永遠と続く金色のマフラーをはずしました。

　それから、ぼくが「m'entoura le cou de ses bras（腕をパイロットの首に回した）」なんていうのも、前回はパイロットに抱かれていたのに、ここでは首までぼくの高度は上がったといういことだよ。15°[8] は昇っているね。サンテックスは星座の高度の測り方までみんなに教えてくれているんだね。

パイロットがやり遂げた仕事って？

... j'avais réussi mon travail !
　…私は仕事をうまくやりました。

　パイロットは欠けていたものが見つかって仕事をやり遂げたって得意になってたけど、これはぼくのおかげだってことをかれは知ってるのかなぁ…さっきはリボルバーで、今度はカービン銃が出てきて気づいたんだけど、これって銃がカギだってことなんだよ。銃というよりその銃弾に使用されているものだけどね。

... cœur comme celui d'un oiseau qui meurt, ... à la carabine.
　かれの心臓はカービン銃で撃たれて死んでいく鳥の心臓が打っているみたいでした。

— Je suis content que tu aies trouvé ce qui manquait à ta machine.
　—君が機械に欠けていたものを見つけてとても嬉しいよ。これで君も国に帰れるね…

8　星の高度を測るのにげんこつ（15°）を使ったりする。

257

そう！　パイロットが飛び立つのに欠けていたものって鉛だったんだよ！

フランス語では、死にそうな時「avoir du plomb dans l' aile（翼に鉛が入る）」と言うように、ぼくが消えそうになって、パイロットに鉛が手に入ったんだよ。だけど、鉛をどう利用して飛行機が飛び立てるようになるのかなぁ。

💡 あ！　ヒューズだ！　ヒューズが飛んでいたんだよ。　パイロットはⅦ章で機械を修理するのに、かなづちでボルトを緩めようとしてきっとヒューズを飛ばしてしまったんだよ。どおりで何度も「かなづちでぶっ飛ばす」なんてパイロットは言ったわけだ。

これでパイロットも飛行機で空に旅立ち、国に帰れて、同じ頃にぼくもまったく見えなくなって自分の故郷に向かうんだけど、それがいつかというと…

☄ ... aujourd'hui, je rentre chez moi ... C'est bien plus loin ... difficile ...
　ぼくも今日、自分の処に帰るよ....そこは遙か遠くて、すごく困難なんだよ。

今日？　ぼくの今日っていうと…なんたって、みんなの1年はぼくの76年にも匹敵するから、みんなには何日のことになるのかなぁ…ヒントはどこだ？

黒い点々がいっぱい付いてる木って？

何だろう、こんな所に木が1本植わってるよ。これも星座だろうね。

あれ？　てっぺんに何か花みたいなのが付いている。みんなもルーペで見てよ。この点々って種のつもりだったりして。つまり、花が咲く種子植物って言いたいのかも。だったら、これって花？

花の星座なんてないのに…だけど、これって極楽鳥花（ストレリチア）に似てるなぁ。極楽鳥は風鳥とも言うから、これは

ⅩⅩⅥ章の謎解き

風鳥座だ!

💡 そっかー! ストレチリアだったら、ここの日付が読めるよ!

極楽鳥って、フランス語でも「oiseau de paradis（天国の鳥）」だよ。

みんなは気付いたかな? 極楽鳥が描かれているってことは、ここはキリストの復活祭の後の行事の昇天祭を暗示してるんだよ。実際には5月21日だけど、宗教的には20日の18時以降でもありうるから、ほら、ぼくが前回地球に最接近した日付と一致した。ぼくは自分の故郷に戻るのはすごく困難だと言ったけど、フランス語で困難な道のりを「chemin du paradis（極楽＝天国への道）」って言うからね。

ストレリチア
Strelitzia reginae

極楽鳥
Birds of Paradise

🐬 ― C'est bien plus loin... c'est bien plus difficile...
　―それはもっととても遠いし…それはもっととても困難なんだよ…

ぼくの高度も上がってぼくの尾は短くなり、双眼鏡でも見えなくなる時がキリストの昇天の日と重なると予測したサンテックスは、昇天祭を暗示することで、その時を予告したんだよ。昇天祭の5月21日のぼくの光度はもう8等級だったからぼくの尾は見えていないよ。

9　風鳥座（oiseau de paradis）は南天に近い星座（p.238の星図を参照）。ニューギニアに住む優雅な「極楽鳥」が星座名になった。15世紀の大航海時代に南洋の珍鳥・極楽鳥がヨーロッパに輸入されたが、なぜか両脚が切り取られていた。脚のない鳥の姿を目にした人々は、この鳥は木に止まれず、死ぬまで風まかせに空を飛び続けているのではないかと誤解し、極楽鳥は風鳥の名でよばれるようになった。

10　1986年5月21日のコメット・ハレーの位置は、赤経10h25m、赤緯-8°34。光度8等級

ほほ笑み、笑って、大笑いって？

おっと、見過ごしてしまったかな？

ここに来るまでにぼくは何回も何回も笑ったよね。

まず「ほほ笑み」、次に「ゆっくりと笑い」、いよいよ「笑って」、それから「さらに笑い」、遂には「des tas de petits grelots qui savent rire ...（笑うたくさんの小さな鈴）」になったんだけど、これって、ぼくが母体の水瓶座流星群が[11]降ってる時期だよって知らせているんだ。

流星がもっとも降るのは日は５月５日、６日だよ。ぼくが地球に最接近した年の流星群なのだから、サンテックスもきっとたくさん降ると予測したんだね、パイロットへのプレゼントにまでなってるくらいだから。だけど、今回の地球最接近は今までになく遠かったから、かれの予想に反して、実際は大したことはなかったんだ。

おっと、危ない、笑ってるどころじゃなかったよ。なぜって、蛇が悪さを始めそうなんだ。

国立天文台©の星空図に加筆

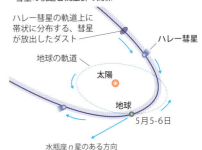

蛇の咬み傷

— C'est vrai qu'ils n'ont plus de venin pour la seconde morsure...

—２度目の咬みつきにはもう毒がないんだよ。

蛇がパイロットを咬みそうでぼくは心配をしたんだけど、蛇は２度目に咬んでも、もう毒はないんだってさ。そんなのホントかな？　どういうことだろう…

11　p.242を参照。

XXVI章の謎解き

💡 あ！　そっかー、フランス語の「morsure / モールシュール（咬みつき）」という単語は「mort / モール（死）」と「sûr / シュール（確かな）」という2つの単語に分けたら、同じ発音でも意味は「mort sûre（確かな死）」になるので、これって、磔で1度死んで蘇ったキリストだけど、2度目の死は確かな死で昇天したってことだよ！

XVII章で蛇の望遠鏡が、ぼくに「自分の惑星に帰りたくなったら、いつでも叶えるよ！」って言ったけど、それがこの時なんだね。ここで蛇は、ぼくを故郷に帰してくれるってことだよ。

ただ、ぼくはキリストとは違って76年後かな？　またみんなに会いに戻ってくるけれどね。

そーっと抜け出したのは誰？

▲ **Il s'était évadé sans bruit.**
　かれは音をさせずに抜け出しました。

あれ？　これって人間の手じゃないみたいだけど…
💡 そっかー！　この手は狼座をイメージしてるんだよ。ほら、つま先でそーっと音を立てずに歩いてるよね。XXI章でも出てきたけれど、これをフランス語では「à pas de loup（狼の歩きで）」と言うんだ。どおりで、面長で鼻筋の通った顔は狼っぽいよ。

狼座はキリストのように槍で殺され、昔は「犠牲者」とも呼ばれていた星座だから、サンテックスは狼座を描くことで、そーっと天に昇ったキリストをイメージしたんだよ。ぼくはもう狼座もコップ座も通過して、もう海蛇座にいた頃だったから、ぼくの尾もモノクロになってみんなには見えなかったし、狼座も実際には低くって見えてはいないってことだよ。

イタリアの狼
🍎 Eye Am Didier 🍎

261

斜面のトリック

何で、わざわざ斜面に座っているのだろう？ 居心地が悪いと思うけどなぁ…

💡 そっかー！ ここは昇天祭の後の祭日の「Pentecôte／パンコット（聖霊降臨祭）」だよ。[12]

傾斜をフランス語では「pente／パン」とか「côte／コット」とも言うので、誰かを坂の途中に座らせて「pentecôte／パンコット」への連想ゲームだよ。

それはそうと、坂の途中に座っているの誰なんだろう？

坂の途中に座ってるやせっぽっちって誰？

🌙 **C'est trop lourd ... sera comme une vieille écorce abandonnée.**
この体って運べないよ。重すぎて。だけどこれって古いもう要らない抜け殻のようなものなんだ。古い抜け殻なんて悲しくないよ…

「殻」と関係のある星座って何だろう？ 蛇の脱け殻？ それにしてもこの絵の人物の手も足もすごく痩せ細ってるんだけど、病気なのかなぁ…

💡 あ！ これって蟹の抜け殻だよ！

痩せてるいるのは癌(がん)のせいだって言いたいんだよ。蟹座は「Cancer／カンサー」だけど、癌も同[13]

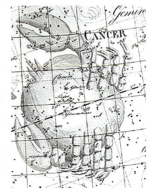

蟹座
Uranographia

12　パンコット（ペンテコステ）とは、キリストの昇天の10日後にキリストが約束した通り、弟子たちに聖霊が注がれたことを記念する日。復活祭に続くキリストの3大祝日の1つで、洗礼式や堅信式が行われる。
13　蟹座は明るい星に乏しく、星座か星団が小さな雲のように見える。誤って自分の子を殺した罪を償うためヘラクレスは冒険を行うことになった。その冒険の1つが巨大蟹との戦いで、蟹はヘラクレスに踏みつぶされ、天に上げられ蟹座となった。

じ単語だからね。どおりでパイロットが「Moi, je me taisais.（私は黙っていました）」と何度も言ったんだよ。フランス語で脱皮することを「muer/mye（ミュエ）」と言うけど、黙ることも「muet/mɥɛt（ミュエ）」と言い、発音がほぼ同じなんだよ。ここでサンテックスは自分の病気を告白したのかな？　なぜって彼は蟹座生まれで、5回も墜落したせいで、洋服もちゃんと着ることができないほど身体はボロボロだったらしいよ。[14] 黙った蟹座にあるプレセペ星団[15]は昔、魂が天から舞い降りる出口と考えられていたから、サンテックスは蟹座を斜面に座らせてキリストが最後に弟子たちに注いだ聖霊降臨[16]をほのめかしたんだよ。

　復活祭から50日目の5月31日の聖霊降臨祭には、ぼくの尾は絵のマフラーのようにかすれていて、降り注ぐチリもなく、アマチュア観測家にはもう見えていなかったはず。ただ、ぼくの上で輝く星がなんとか故郷に戻るぼくに力を注いでくれていたみたいだけど…

💡　そうだよ！　1986年の5月31日[17]にぼくの上で輝いていた星っていったら、いつもぼくの側で輝いていた金星だよ。星の形をしているけど、金星のことを明けの明星とか宵の明星って言うよね。

役にも立たない4本のトゲをもつ花って？

… faible ! Et elle est tellement naïve. Elle a quatre épines de …
ぼくの花はすごくか弱いんだ！　それにすごく純粋なんだ。世の中から身を守るのに大して役にも立たない4本のトゲをしかもってないんだ。

ぼくのそばに1本の花があってすごく気になるんだよなぁ。明るい星を描い

14　『サン＝テグジュペリの生涯』（ステイシー・シフ著、檜垣嗣子 訳、新潮社、1997年）。
15　蟹座にはプレセペ星団（M44）がある。暗い星々の光の集まりで、肉眼ではいくら目を凝らしても、ぼんやりと光るモヤモヤした小さな雲にしか見えない。古代ギリシャの人々にとってこの薄暗く光る雲はよくわからない不気味な存在で、人が生まれた時に魂が天から舞い降りる出口だと考えていた。
16　昇天に続く聖霊降臨をもって、復活祭のシーズンが完了すると考える。
17　5月31日のハレー彗星の光度は8.6度。もう双眼鏡程度では見えない。

たと思うんだけど、5月31日に金星があった辺りには明るい星がいくつもあって…双子座のポルックス？　小犬座のプロキオン？　大犬座のシリウス？　それに奇妙なのは、今までずっと一緒だったのに、ぼくがここで急にパイロットを1人置いて先に行ったことだよ。

— Laisse-moi faire un pas tout seul.
—1人で先に行かせてよ。
Et il s'assit parce qu'il avait peur.
それから、かれは怖くて座りました。

あ！　1等星の中にギリシャ語で「先駆け」っていう名の星がある！　小犬座の1等星、プロキオン（Procyon）だ。ということは「役にも立たない4本のトゲ」って子犬のすごく尖っている犬歯のことだね。トゲみたいに細く小さなものだし、しょせん子犬の犬歯だから何の役にもたたないってわけだ。

小犬座
Himmels Atlas

— Voilà... C'est tout...
ほら…これで終わりだよ…

そっかー！　だから、パイロットが、「Voila … C'est tout（ほら…これで全部だよ）」って言ったんだ！

みんな、覚えてるかな？　チビちゃんに「ひつじを描いて」と頼まれて、パイロットが最初に描いたデッサンが小犬座だったよね。これで88全星座も全部登場したってこと。聖霊降臨をもってキリストの生涯が完了したように、ぼくの太陽を

巡る旅もこれで終わりってことだよ。

　おっと、最後にもう一つ追加があった。ぼくは全星座を巡った後に、「Et il s'assit parce qu' il avait peur.（それからかれは**怖くて座りました**）」ということなんだけど、これって、上昇していたぼくが７月頃からまた高度を下げて海蛇座に入ったからだよ。ここまでサンテックスが詳細にぼくの軌道を報告したのは、ハレー彗星の軌道を予告する天文家としては必須なことで、彼もそんな気持ちでぼくの軌道を調べたってことだよ。いつ？　どうやって？　それは誰も知らないんだよ！

XXVⅡ章の翻訳

　そして今ではもちろん、もう…六年もの年月が経ちました。私はまだ誰にもこの話をしたことがありません。再会した仲間たちは私が生きているのを見てとても喜んでくれました。わたしは悲しかったのですが、みんなにはこう言いました。疲れのせいだよ…

　今はいくらか気持ちもなごみました。まぁ…完全というわけではありませんが。でも私には、かれは自分の惑星に戻っていったと分かっています、というのは、夜明けには、かれの姿が見えなかったからです。それほど重いものではありませんでした…私は夜、星たちを聞くのが好きです。それは五億の鈴が鳴ってるようで…

89

かれは叫びませんでした。木が倒れるようにゆっくり消えました。

でもここでとんでもないことが起こったのです。私が小さな王子に描いた口輪なんですが、革のひもをつけるのを忘れたのです！かれはもうひつじに口輪をつけられないのです。それで私が気になっているのは「かれの惑星の上ではどんなことが起こったか？　たぶん、ひつじは花を食べてしまったのではないかと…」。

　ある時は、私が思うのには「絶対にそれはない！　小さな王子は自分の花を毎晩、緑の地球の下の方に置いて、そしてちゃんと自分のひつじを見張っている…」。それで私は幸せな気持になります。そしてすべての星が優しく笑うのです。

　またある時は、私が思うのは「人はみんな一回や二回うっかりするものです、でもそれでもう十分なのです！　ある晩、ガラスの蓋いを忘れたか、あるいはひつじが音を立てずにそっと夜の間に出て行ったか…」。

　そうすると鈴はすべて涙に変わってしまうのです！　…

　そこなのです、すごく不思議なのは。私同様に、小さな王子を大好きな君たちにも、誰も知らないどこかで、私たちの知らないひつじが、バラを食べてしまったかどうかで、宇宙の何もかもが変わってしまうのです…

　空を見てごらんよ。聞いてごらんよ！　「ひつじは花を食べたのかどうか？」。それですべてが変わるんだから…

　どの巨人たちもそれがどんなに大切な意味をもつかはわからないだろうけど！

91

XXVII 章の謎解き

1942 年

▲ **Et maintenant, bien sûr, ça fait six ans déjà ...**
　それで今はもちろんのこと…もう六年にもなります。

えぇ！　パイロットは 92 才にもなったってこと？
ぼくが消えた 1986 + 6 年なら 1992 年ってことになるけど…

▲ **Maintenant je me suis un peu consolé. ... pas tout à fait.**
　今は少しは気持ちも落ちつきました。完全ではないけれど…

だけどパイロットはいまだに気が重いって言うんだよ。ぼくの話だったら、またみんなに会いに来るんだから、6 年も悲観するのはオーバーだと思うけど…それじゃあ、サハラで遭難したパイロットのサンテックスが生還して 6 年ということかな？　墜落事故を起こした 1936 年に、6 年を加えて 1942 年ってことになって、この年にサンテックスはこの本を書いたんだよ。

これってサンテックスの親友のギヨメの死をまだ悲しんでるんじゃないかなぁ…ギヨメが死んだのは 1940 年だったと思うから、まだ 2 年しか経ってないしね…さてっと、いよいよ最後の絵の謎解きだよ。

コメットを探すパイロット

▲ **Il ne cria pas. Il tomba doucement ...**
　かれは叫びませんでした。木が倒れるようにゆっくり消えました。音ひとつしませんでした。砂のせいです。

268

XXVII章の謎解き

　ここで消えていくのはぼくで、パイロットじゃないよ！　ぼくは星たちと同じく、木が弧をを描いて倒れるように地平線から見えなくなるからね。「砂のせいで音がしませんでした」という言葉に惑わされないように。
　じゃあ、この人物は何者？　ぼくはもう宇宙を1周して、全星座をみんなに紹介したし…彼は星座じゃなくってパイロットだよ。
　では、パイロットは何をしているんだろう。それにしてもパイロットの踵が目立つけど…

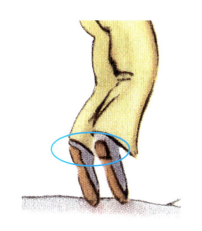

269

💡 そっかー！　フランス語で「montrer les talons（踵を見せる）」と言うと、出発するところっていう意味だから、サンテックスはパイロットに踵を見せるかっこうをさせて、ぼくが去ったように、パイロットの脱出も間近いと知らせているんだよ。

そして、パイロットの首が伸びているのは、かれが必死になってぼくを探しているポーズじゃないかな？

フランス語で「tendre le cou（首を伸ばす）」と言うと、遠くの何かを探していることだからね。もちろん双眼鏡でだよ。

ん？　だけど、双眼鏡の革のひもが首の周りに見えないのは変だなぁ。

💡 あ！　パイロットは革のひもを別のことに使ってしまったんだ。

これは表紙の裏に描かれた脱出劇のデッサンだけど、ここで鳥9羽と飛ぶ魚2匹の9星座を操って飛び去った人物が手にしているのが、双眼鏡の革のひもなんだよ。飛ぶ星座を全部利用した、大移動のイメージ画だよ。

🐬 **j'ai oublié d'ajouter la courroie de cuir !**
⭐ **わたしは革の紐を付けるのを忘れたのです。**

XXVII章の謎解き

脱出劇のデッサン

追加文の翻訳

追加文の翻訳

　この景色は私にとって世界でもっとも美しく、でも、もっとも悲しい風景です。

　これは前のページと同じ景色ですが、みんなによく見てもらうために、もう一度描きました。小さな王子が地球の上に現れて、それから消えたのもここなのです。

　もし君たちがいつか、アフリカで砂漠を旅行したときには、この景色を確認できるように注意をはらって見ておくように。そして、もしこのあたりを通るようなことがあったら、お願いですから、急がないで、この星の下でほんの少し待ってみてください！　もしその時、子どもが君たちのところに来て、もしかれが笑って、金色の髪をしていて、何を聞いても返事をしないようだったら、君たちにはかれが来ていると察しがつくでしょう。その時はどうぞお願いです！　私をあまり悲しませないで。かれが戻って来たことを大急ぎで手紙で知らせてください…

追加文の謎解き

同じ景色

> C' est le même paysage ... le petit prince a apparu sur terre, puis disparu.
> これは前のページと同じ景色ですが…

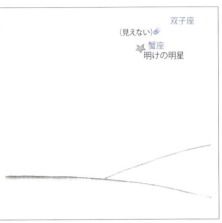

　夜も昼も同じ位置にある星といったら、おっと、北極星って言いそうだよ。危ない、危ない。

眼では見えなくなったぼくの居場所

　ぼくの居場所だけど、誰かわかった人っているかな？
　みんなには見えないけど、ぼくは確かにこの絵のどこかにいるんだよ。これがみんなへの最後のエニグムになると思うからがんばって考えてみて。
　ヒントはXXVI章の最後の、ただ1つ黄色く耀くものがあったという言葉だよ。

追加文の謎解き

Il n'y eut rien qu'un éclair jaune près de sa cheville.

かれの足元には唯一黄色く輝くものがありました。

夜空で黄色く輝くものっていったら星だよね。そしてこの星が１つだけ見え
たということは？

日没に見える１番星、つまり宵の明星だよ。西の空で、ぼくのすぐ下で
宵の明星が輝いていたってこと。それに１番星が見え始める時間だから、絵の
人物は星座ではなくてパイロットだと断言できるんだよ。

次にモノクロの星だけど、これはサンテックスがIV章で予測した1985年9
月19日の早朝の、明けの明星だよ。ぼくの近くにいつも金星が輝いていたんだ。
けれど、これにはどんなメッセージが込められているのかなぁ…

手紙を書こう！

これでぼくの1986年の地球回帰の旅の話も終わりだよ。

サンテックスがどこかの星に行ってしまってからもう80年。これほど長い
間、傑作なエニグムがほったらかしにされてしまって作者はすごく悲しんでい
るだろうと思って、いよいよぼくの登場となったんだけど、みんなもサンテッ
クス・エニグムを読み取れたよね。

Alors soyez gentils ! ... écrivez-moi vite qu'il est revenu ...

その時はどうぞお願いです！

私をあまり悲しませないで。かれが戻って来たことをすぐに手紙を書い
て下さい。

じゃあ、みんなを代表してぼくがかれの星に手紙を送るよ。

1　金星は1986年11月4日までは宵の明星。

サン＝テグジュペリさま

　手紙を書くのがとても遅くなってしまいました。エニグム解読に時間がかかり、読者のみなさんはサハラ砂漠ではぼくとの出会いは叶いませんでした。でも、今は、この本の中で笑っても返事をしない子どもに出会えたと思います。とはいっても、肖像画ですが。

　でも、サン＝テグジュペリさんの読みはさすがですね。ぼくの肖像画はコメット探査機が撮った写真に似ています。

　80年も経って、ぼくの飛行がこんなふうにユニークで、機知に富んだ手法でサン＝テグジュペリさんのファンのみなさんに伝わるとは夢にも思いませんでした。

　次のコメット・ハレーの地球回帰は2061年7月28日の予定ですが、サンテグジュペリさんの星の近くを飛行しましたら、「Bravo! Bravo! / ブラヴォー！ ブラヴォー！」って声をかけますね！

小さな王子

NSSDC's Photo Gallery (NASA)
PD-US-1978-89

●著者紹介

滝川ラルドゥ美緒子（たきがわ・らるどぅ・みおこ）

1947年札幌生まれ。
京都外国語大学英文科卒。
パリ・ソルボンヌ大仏文科留学。仏文学、とくにサン＝テグジュペリに関する研究。
フリーアナウンサー・タレントの滝川クリステルの母親でもある。
主な著書：
『リトルプリンス・トリック』（滝川ラルドゥ美緒子・滝川クリステル共著、講談社、2015年）
『星の王子さまのエニグム』（滝川ラルドゥ美緒子著、滝川クリステル翻訳、高陵社書店、2020年）

星の王子さま88星座巡礼

サン゠テグジュペリとハレー彗星の謎

本体価格……二三〇〇円

発行日………二〇二四年一二月二五日　初版第一刷発行

著　者………滝川ラルドゥ美緒子

編集人………杉原　修

発行人………柴田理加子

発行所………株式会社 五月書房新社

　　　　　　東京都中央区新富二―一一―二

　　　　　　郵便番号　一〇四―〇〇四一

　　　　　　電　話　〇三（六四五三）四四〇五

　　　　　　ＦＡＸ　〇三（六四五三）四四〇六

　　　　　　ＵＲＬ　www.gssinc.jp

編集／組版……株式会社 三月社＋中司孝夫

装　幀………山田英春

印刷／製本……株式会社 シナノパブリッシングプレス

〈無断転載・複写を禁ず〉

Copyright © by Mioko Lardeux Takigawa
Published 2024 in Japan by Gogatsu Shobo Shinsha Inc.

ISBN978-4-909542-64-9 C0095

改訂版 野草の力をいただいて
若杉ばあちゃん 食養の教え
若杉友子 著

若杉ばあちゃんの代表作、改訂版として待望の復刊！ 山奥での〈天産自給〉生活や長年の〈食養〉の実践から得た、現代をたくましく生き抜くための知恵。四季折々の野草レシピ、野草を使った傷の手当、玄米や調味料の話、陰陽のことわり等、野草に囲まれたばあちゃんの実際の暮らしぶりを豊富な写真で伝えます。

全192頁フルカラー　1500円+税　四六判並製
ISBN978-4-909542-05-2　C0077

食べ物がからだを変える！ 人生を変える!!
食養語録 改訂版
若杉友子 著

長年の食養の実践や山奥での自給自足的生活で話題の若杉ばあちゃんが、今本当に伝えたい「食養の知恵」を集大成。米・味噌・醤油・梅干しから教わったこと（第1章）、野草と野菜たちから教わったこと（第2章）、先人たちから教わったこと（第3章）、野草を使った厳選レシピ22選や伝統的手当て法等、実用情報も充実。『若杉ばあちゃん食養語録』（2014年刊行）の改訂版。

1300円+税　四六判並製
ISBN978-4-909542-00-7　C0077

新装版 サイコロを使った実占・易経
立野清隆 著

"本格的に学べる"、最適な入門書"として、1990年の初版以来、長く定評を得てきた名著の新装版。原典「易経」の全内容を忠実に、しかも易占いを正確にするためにできるだけ詳しく解説。筮竹なしで占える方法（サイコロ）も紹介、より身近に易経に接することができる。

2500円+税　四六判上製
ISBN978-4-909542-01-4　C0076

ゼアゼア
トミー・オレンジ 著
加藤有佳織 訳

分断された人生を編み合わせるために、全米各地からオークランドのパウワウ（儀式）に集まる都市インディアンたち。かれらが訪れる再生と祝福と悲劇の物語。アメリカ図書賞、PEN／ヘミングウェイ賞受賞作。

2300円+税　四六判上製
ISBN978-4-909542-31-1　C0097

五月書房新社

〒104-0041　東京都中央区新富2-11-2
☎ 03-6453-4405　FAX 03-6453-4406　www.gssinc.jp